김태영 著

112

선도체험기 112권을 내면서

Preface

『선도체험기』 112권을 내면서

『선도체험기』 112권을 내보낸다. 이 책에는 우리나라 정계에 완강하게 버티고 있으면서 어떻게 하든지 대한민국을 사회주의 혁명으로 개조하려고 꿈꾸는 일단의 정치인들의 움직임을 부각시켜 보았다.

동유럽과 소련에서 사회주의 국가군들이 미국과의 "별들의 전쟁"이라는 군비 경쟁에서 패배함으로써 지금으로부터 25년 전인 1991년의 어느 한순간에 세계 지도에서 감쪽같이 사라져버린 것을 모르는 사람은 없다. 그런데도 왕년에 반공 국가로 유명했던 대한민국에서 가리늦게 그런 일이 벌어지다니 놀라운 일이 아닐 수 없다.

내가 보기에 그들은 조선왕조 5백 년 동안 이 나라 정계를 좌지우지했던 주자학 학자들의 행태를 방불케 한다.

이 밖에 특이한 것은 젊은 미혼 남녀들이 배우자 선택 요령을 다룬 '내 짝 찾기'이다. 지금처럼 우리나라 신생아 수가 계속 줄어든다면 백 년쯤 후에는 국가가 존립할 수 있을지 의심된다고 한다.

이러한 비상시국에 처하여 미혼 남녀들의 배우자 선택 요령이야말로 시의적절(時宜適切)한 관심사가 아닐 수 없다. 바로 이 배우자 선택 기준이 바로 음양오행 체질감별법이다.

끝으로 이 책에서 특기할 일은 그동안 지원자가 없어서 거의 중단 상태에 있던 현묘지도 화두 수련이 재개되어 김희선 양과 김광호 씨가 26번째와 27번째로 '현묘지도 체험기'를 싣게 된 것이다.

이메일 : ch5437830@naver.com

단기 4349(2016)년 8월 4일

서울 강남구 삼성동 우거에서 김태영 씀

차 례

Contents

5차 핵실험이 몰고 올 파장

2016년 4월 7일 목요일

우창석 씨가 말했다.

"한반도 남쪽에서는 제20차 4.13 국회의원 총선으로 눈코 뜰새 없이 바쁘게 돌아가고 있는데, 함경북도 길주군 풍계리 핵실험장에서는 김일성의 생일인 4월 15일 전후에 제5차 핵실험을 할 징후가 보인다는 보도가 나오고 있습니다.

북한이 이처럼 핵실험을 다른 때보다 서두르려는 진짜 속내는 어디에 있을까요?"

"앞으로 있을 수 있는 미국과의 핵 담판에서 자기네가 미리 유리한 고지를 선점하려는 엉큼한 속셈 때문이라고 봅니다. 이러한 북한의 의도를 꿰뚫어보고 있는 미국은 북한의 수에 그렇게 호락호락 월남전 때처럼 말려들지는 않을 것이고 무조건 핵부터 포기하라고 단호하게 제재를 가중시킬 것입니다."

"북한이 과연 핵을 포기할까요?"

"이번엔 중국과 러시아까지 유엔 안보리 결의를 지지하고 나선 판이고 까딱하면 핵과 미사일 때문에 김씨 왕조의 생존에까지 초점이 쏠려 있어서 그전처럼 구렁이 담 넘어가듯 그렇게 흐지부지 넘겨버릴 것 같지는 않지만 이 사건이 실제로 어떻게 전개되어 나갈지는 역시 두고 보아야 할 것입니다."

"북한이 핵개발을 강행하는 진짜 속셈은 어디에 있다고 보십니까? 정말 그들의 말대로 미국 본토를 때리기 위해서일까요?"

"그건 분명히 아닐 것입니다. 북한이 진짜로 노리고 있는 것은 다른 데 있는 것이 틀림없습니다."

"그게 도대체 무엇일까요?"

"한반도에서의 미군 철수입니다. 41년 전에 미국과의 단독 담판으로 남부 월남에서 미군을 철수시킨 월맹이 무력으로 월남을 적화 통일한 전철을 따라 북한도 미국과의 양자 핵 협상으로까지 압축시켜 미군을 남한에서 철수시키고 한반도 전체를 기어코 붉게 물들이고 말겠다는 것이 그들의 한결 같은 소망이요 목표입니다.

북한은 육이오 때 김일성이 미군 때문에 못 이룬 한반도 적화 통일의 한을 풀기 위해 이번엔 주한 미군을 핵으로 협박하여 남한에서 철수시키고, 하늘이 두 쪽이 나는 일이 있어도, 월맹이 남부 월남을 적화 통일한 것처럼 한반도를 적화하려는 속셈을 추진하려는 것이 틀림없습니다."

"그러한 북한의 의도가 과연 먹혀들 수 있다고 보십니까?"

"천만에요. 북한의 김씨 왕조의 꿈은 이번에도 역시 육이오 때처럼 한낱 허황된 일장춘몽(一場春夢)으로 끝나버리고 말 것입니다."

"왜요?"

"북한이 핵만 가지고는 미군을 남한에서 철수시킬 수 없기 때문입니다."

"그럼 핵 외에 다른 요인이 있습니까?"

"있습니다. 핵보다도 더 중요한 것이 있는데 북한은 그것을 아직 모르고 있습니다."

"그것이 도대체 무엇입니까?"

"경제력입니다."

"경제력이라뇨?"

"그렇습니다. 북한은 마땅히 핵무기를 뒷받침해 줄 만한 경제력이 있어야 하는데 그들에게는 그것이 전연 없을 뿐만 아니라 북한 경제는 이미 20년 전부터 3백만 명의 주민을 굶어 죽게 할 정도로 거덜이 났다는 것이 저들이 처한 움직일 수 없는 냉혹한 경제 현실입니다.

만약 중국이 그동안 굶어 죽지 않을 정도로 식량과 연료를 무상 지원해 주지 않았더라면 김씨 왕조 체재는 벌써 20년 전에 소련처럼 공중분해되고 말았을 것입니다.

바로 그 경제력 파탄 때문에 소련이라는 연방제 국가는 어쩔 수 없이 1만 1천 개의 핵탄두를 엄연히 움켜쥐고 있었으면서도 단 한 개도 써먹어보지도 못하고 미국과의 군비경쟁에서 탈락하여 소련이 성립된 지 74년 만인 1991년, 어느 한순간에 감쪽같이 세계 지도상에서 사라져버리고 말았습니다.

소련은 개구리가 황소처럼 몸을 키워보겠다는 허세로 뱃속에 계속 바람만 잔뜩 채우다가 어느 한 찰라에 뻥 터져버리고 만 것입니다.

북한은 지금도 남한을 삼켜버리겠다는 욕심이 눈앞을 가려서 소련의 전철을 제대로 꼼꼼하게 통찰해 보지 못했으므로 제 주제조차 파악

하지 못한 채 소련의 전철을 따라가려고 허우적대고 있는 것입니다."

미군이 월남서 철수한 이유

"그건 그렇다 치고요. 40년 전에 미국은 무엇 때문에, 한국에서와는 달리, 월맹의 요구에 응하여 남부 월남에서 미군을 그렇게 선선히 철수시킬 수 있었을까요?"

"그때는 한반도에서와는 다른 다 그럴 만한 이유가 있었습니다."

"그 이유가 도대체 뭐죠?"

"첫째로 외침을 당한 나라가 다른 나라에 군사 원조를 청했을 때는 그 나라 국민이 그 외적과 싸워서 꼭 물리쳐버리고야 말겠다는 자주적인 결의와 투지가 투철하고 한결 같아야 하는데 월남공화국 국민들은 그러지 못했습니다."

"월남공화국 국민들이 어땠는데요?"

"그들은 주적(主敵)인 월맹군의 포화 속에서도 월남 내의 월맹 지원세력인, 한국으로 말하자면 이석기의 RO나 통진당, 한총련, 한민련과 비슷한 베트콩을 도와 자국 정부를 반대하는 시위를 밥 먹듯이 하는 등 반정부적이고 망국적이고 비애국적인 난동을 자행함으로써 심한 적전분열 현상을 일으키고 있었습니다.

그런가 하면 승려들은 정부에 대한 불만 표시로 분신자살(焚身自殺)극을 일상행사처럼 잇달아 자행하곤 했습니다.

둘째로 열대 지방의 상시 우거진 밀림 때문이었습니다. 이 열대성

밀림은 맹독성 고엽제를 뿌려도 제거되지 않아서 기계화 부대의 작전에 막대한 지장을 초래했습니다. 이 때문에 프랑스군도 월맹군에게 패하여 철수한 일이 있습니다."

"그럼 북한의 운명은 앞으로 어떻게 될 것 같습니까?"

"첫 번째로 과거에도 늘 그랬지만 앞으로도 중국이 어떻게 나오느냐에 달려 있습니다.

두 번째로 중국이 지금처럼 북한을 자국의 울타리로 이용하기 위해서 식량과 원유를 굶어 죽지 않을 정도로 무상 공급을 계속해 주는 한 북한은 지금처럼 그럭저럭 구차하게 여전히 살아남아 핵과 미사일로 긴장감을 조성하게 될 것입니다.

세 번째로 북한 주민들이 민중 봉기를 일으키거나 동독인들이 그랬듯 꾸준한 대량 탈북의 흐름이 지속되지 않는 한 이번의 유엔 제재도 별 효험을 낼 수 없을 것이고 북한은 구차하게나마 살아남아 핵과 미사일을 대외에 과시하는 막장극을 벌이게 될 것입니다.

그러나 중국이 유엔에 대한 공약대로 이번에야말로 안보리 제재에 적극 가담한다면 북한의 김씨 왕조는 결국 무너지고 말 것입니다."

"그러나 제아무리 북한을 자국의 울타리로 이용하기 위해서라고 해도 온 세계의 북한 핵 반대 여론을 무시하고 중국이 끝까지 그 비도덕적이고 잔인무도(殘忍無道)한 중동의 아이에스와 같은 깡패 국가를 먹여 살리고 있다고 규탄하는 지구촌 전체의 날카로운 비난의 화살을 끝내 감당해 낼 수 있을까요?

그리고 그러한 태도로 G2 국가로서 중국은 감히 미국과 함께 세계를 관리할 자격이 과연 있다고 말할 수 있을까요?"

"사람도 하늘도 용납 못할 짓을 중국이 하고 있다면 반드시 하늘은 응분의 처분을 내리게 될 것입니다."

"그렇지만 저는 생각이 좀 다릅니다."

"어떻게요?"

"하늘의 처분만 기다릴 것이 아니라 분단된 피해 당사국으로서 그리고 수익자(受益者) 부담 원칙에 따라 이번에는 한국이 솔선하여 적극 발 벗고 나서야 한다고 봅니다."

"어떻게 말입니까?"

교역량에서 이탈리아 따돌린 한국

"1990년에 서독이 미국과 소련에게 그랬던 것처럼, 그리고 지금으로부터 668년 전인 1348년에 신라가 당(唐)에 대하여 그랬던 것처럼, 한반도의 현 휴전선 분단의 책임을 지고 있는 미국과 중국을 상대로 한국이 단호하게 주도적으로 나서서 적극적으로 중재하고 설득해 나감으로써 통일 과업을 선도적으로 그리고 창의적으로 이끌어 나가야 한다고 봅니다.

한국은 이미 국제 교역량에서 영국 다음으로 유럽연합의 네 번째 강국인 이탈리아를 추월했습니다. 그리고 2차대전 후 외국 원조를 받는 식민지에서 출발한 독립국가들 중에서 처음으로 한국은 산업화와 민주화에 성공했고 외국의 원조를 받는 나라에서 원조를 주는 유일한 나라로 탈바꿈했습니다.

그뿐 아니라 국민소득 3만 달러로서 G20국이 되었으므로 그만한 중재역할을 할 만한 기량과 자격이 충분히 있다고 봅니다."

"서독의 통독 과정은 다 아는 일이고 신라는 그 당시 당에 대하여 어떻게 대응했죠?"

"신라는 당과 동맹을 맺고 백제를 660년에, 고구려를 668년에 차례로 멸망시키자, 당은 신라를 배신하고 망해버린 백제와 고구려의 옛 땅을 이참에 아예 먹어버리려고 비밀리에 작전을 개시했습니다.

그러나 신라는 이러한 당의 배신과 흉계를 미리 알아차리고 만반의 준비를 갖추고 대기하고 있다가 당의 작전 개시와 함께 2차에 걸쳐 당군(唐軍)을 맹공격하여 그 엉큼한 음모를 좌절시켜 버리고, 백제와 고구려 유민들을 감싸안고, 당을 잘 달래서 계속 동맹 관계를 유지함으로써 삼국통일의 위업을 주도적으로 달성해 나아갔습니다."

"그럼 이번에 한국은 중국을 어떻게 설득하면 될 것 같습니까?"

"중국은 한중 국경에서 중국군이 미군과 대치하는 것을 극력 꺼립니다. 육이오 때에도 중국 수상 저우언라이는 미군이 38선을 넘어 진격하면 중국은 좌시하지 않을 것이라고 경고했건만 미군은 이를 무시하고 압록강과 두만강의 한중 국경 지대로 계속 진격했으므로 한국전에 본격적으로 개입한 것입니다.

따라서 통일 후 북한의 중국 울타리 역할을 북한 대신에 한국이 자진하여 떠안음으로써 중국군과 미군이 두만강과 압록강의 한중 국경선 상에서 직접 얼굴을 마주 대하는 일이 없도록 중국과 미국 사이에서 지혜롭게 중재하고 처신하여 나가면 됩니다.

다시 말해서 1953년 7월 27일의 휴전협정에 따라 미군은 휴전선 이북에 주둔하지 않도록 한국이 미국 및 중국 사이에서 잘 타협하여 나가면 될 것입니다."

"북한이 5차 핵실험을 한다면 그것을 계기로 한국의 박근혜 대통령이 주도하여 기필코 민족의 숙원인 통일 사업을 성취하기 바랍니다."

베트콩의 기구한 운명

"매우 그럴듯한 창의적인 시나리오입니다. 그건 그렇고요, 월맹의 요구대로 미군이 남부 베트남에서 철수한 뒤에 월맹이 적화 통일에 성공한 후 월남공화국에서 월맹의 베트남 적화통일에 한몫 단단히 한 베트콩은 어떻게 되었습니까?"

"월맹은 적화 통일에 크게 이바지한 베트콩에게 큰 상을 주기는커녕 통일 직후 잔인하게도 그들 조직원들을 모조리 다 무자비하게 숙청해버리고 말았습니다."

"여기서 숙청이라는 것은 정확히 무슨 뜻입니까?"

"토사구팽(兎死狗烹)과 같은 말입니다. 토끼를 잡으니 사냥개는 삶아먹는다는 뜻입니다. 필요할 때는 요긴하게 잘 이용해 먹고 나서 거추장스러우면 아예 흔적도 없이 깨끗이 죽여 없애버린다는 말입니다.

"아니 그렇다면 그 유명한 베트콩은 토사구팽으로 모조리 월맹에 의해 말살당하고 말았다는 말씀입니까?"

"그럼요."

"왜요?"

"그 이유는 베트콩이 제아무리 월맹을 도왔다고 해도 그들이 일단 자유세계의 맛을 본 이상 앞으로 공산 치하에서 까딱하면 불만 세력으로 변질될 가능성이 있을 뿐 아니라 어쩌면 불평분자가 되어 두고 두고 골칫거리가 될 수도 있다고 월맹은 판단한 것입니다.

북한에서도 휴전 직후에 육이오 전쟁 중에 북한군을 적극 도와준 박헌영을 위시한 월북한 남로당원들을 '미제국주의자의 간첩'이라는 엉뚱한 누명을 씌워 모조리 다 죽여 없애버린 것도 같은 이유에서였습니다. 총살형을 앞둔 박헌영은 김일성의 속셈을 미리 읽고 처신하지 못한 것을 천추의 한으로 여겼다고 합니다."

"아니 그렇다면 가령 북한이 앞으로 남한을 적화 통일한다면 남한에서 그들을 적극 도와 준 이석기의 RO조직이나 이정희의 통진당이나 남총련, 한민련 같은 조직원들도 모조리 다 토사구팽을 당할 것이라는 말인가요?"

"그렇다니까요. 그것은 공산당의 오래된 변함없는 생리요 철칙이니까 절대로 예외는 있을 수 없습니다."

"그건 좀 너무한 것 아닐까요?"

"정치란 원래 그처럼 비정한 것입니다. 부자(父子)와 모자(母子), 형제와 삼촌 조카 사이에서도 살인극이 예사로 벌어지는 것이 왕조시대에도 다반사로 벌어지지 않았습니까?

하물며 재판 과정도 없이 자신의 친 고모부인 장성택을 대중들이 보는 앞에서 고사기관총으로 쏘아 죽이고 나서 그 시신마저 한 조각도 남기지 않고 화염방사기로 모조리 다 소각해버린 김정은이 통치하는 그 잔인무도하기로 이름난 북한의 김씨 왕조야 더 이상 말해 무엇하겠습니까?"

"그건 그렇다 치고요. 이번에 미국과 유엔은 북한이 끝내 5차 핵 실험을 강행할 경우 북한을 최종적으로 굴복시키기 위하여 군사행동으로 나올 가능성은 없을까요?"

"그렇지 않아도 한·미·일 연합 차원에서 이번에도 중국이 북한에 대한 제제를 구두선(口頭禪)으로만 끝내고 종전대로 식량과 유류를 계속 무상 공급해준다면 그것을 빌미로 하여 이번에야말로, 말로만 그치지 않고 군사 행동으로 나올 가능성이 충분히 있습니다."

"그럴 경우 중국은 어떻게 나올까요?"

"그동안 국제사회를 상대로 안보리 결의를 이행함으로써 북한을 제재하겠다고 여러 차례 약속한 것을 이행치 않은 중국으로서는 입이 열 개 있어도 할 말이 없게 될 것입니다. 노련한 미국과 유엔 안보리가 못처럼 만에 찾아온 이러한 호기를 놓쳐버리려고 하지는 않을 것입니다.

영변 핵 시설 폭격 계획 전말

그렇지 않아도 미국은 벌써 22년 전에 북핵 저지를 위해 영변 핵 시설을 폭격할 구체적인 계획 단계까지 진행되었지만 돌발 변수가 발생하여 폭격을 중지한 일이 있습니다."

"그 돌발 변수라는 것이 도대체 무엇이었는데요?"

"당시 김영삼 대통령의 완강한 반대로 북한의 핵 시설 폭격 계획이 취소되었습니다.

만약에 그때 미국의 의도대로 영변 핵 시설이 폭격되어 초토화되었더라면 북핵 문제는 21년 전 그때에 이미 깨끗이 끝나버리고 말았을 것입니다."

"김영삼 대통령은 도대체 그때 무엇 때문에 그렇게 완강하게 북한의 핵 시설 폭격을 반대했습니까?"

"그 이유는 한반도 자체가 핵 방사능으로 오염되는 것을 좌시할 수 없다는 단순한 이유 때문이었습니다.

그러나 대통령 퇴임 후에 북한이 겁도 없이 2차, 3차, 4차 핵실험을 계속 감행하는 것을 지켜본 김영삼 전 대통령은 그때 자기가 미국이 영변 핵 시설 폭격을 못 하게 한 것을 뼈저리게 후회했다고 합니다."

"그때 만약 미국의 의도대로 영변 핵 시설 폭격이 실행되었더라면 어떻게 되었을까요?"

"이스라엘이 자국에 위험을 초래할 것이 명백한 시리아의 핵 시설을 폭격한 이후처럼 아무 일 없었을 것입니다.

악의 씨는 싹이 돋아날 때 용서 없이 잘라버려야 하고, 소도둑은 바늘도둑일 때 단호하게 때려잡아야 합니다. 김영삼 전 대통령이 자기 생각이 짧았음을 뼈저리게 후회한 것도 바로 이 점 때문이었을 것입니다.

이로써 김영삼 전 대통령은 IMF 사태 초래 외에도 미국의 북한 핵 시설 폭격 계획을 저지했다는 결코 명예롭지 못한 부담을 안게 된 한국 대통령으로 역사에 남게 되었습니다."

"그러나 그 일로 앞으로 미국이 한반도 문제에서 한국의 어깨 너머로 얄타 협정에서처럼 소련과 협의했듯이 중국이나 러시아와 협상을 하는 일은 결코 없을 정도로 한국이 강해졌다는 것을 미국이 확인해 주었다는 점은 꼭 기억해두어야 할 것입니다.

그리고 이번에 미국과 유엔이 의도한 대로 대북 군사 행동이 실현되고 그것이 성공할 겨우 북한에는 실제로 어떤 변화가 일어날까요?"

"아무래도 북한은 중국과 러시아까지 가담한 단합된 유엔군의 응징에 저항하기는 역부족임을 깨닫게 될 것입니다.

마침내 중국의 식량과 유류 지원까지 끊어진 북한은 생존하기 위해서라도 20년 전부터 계속 성장해 온 장마당 세력에게 경제 장악력을 크게 잠식당하지 않을 수 없게 될 것입니다.

마침내 북한 경제는 죽지 않고 살아남기 위해서라도 중국과 베트남처럼 시장 경제에 편입되지 않을 수 없게 될 가능성이 농후합니다."

"그럼 남북 관계는 어떻게 될까요?"

"대만과 중국 본토의 양안 관계처럼 정치와 군사는 빼놓고라도 경제와 문화 분야는 자유롭게 소통되지 않을까 생각됩니다."

말기 암환자의 깨달음

2016년 4월 14일 목요일

『선도체험기』를 110권까지 읽었다는 장소운이라는 50대 중반의 남자 수련생이 찾아와서 말했다.

"선생님 저는 비장암(脾臟癌) 말기 환자로서 죽음의 그림자 속에 떨고 있었습니다. 그렇지만 선생님께서 25년 전에 쓰기 시작하신 『선도체험기』를 우연한 기회에 친구의 소개로 읽고 다소 마음의 안정을 얻게 되었습니다.

제가 여행을 할 만한 기력이 있을 때 선생님의 육성으로 유익한 충고라도 혹시 들어볼 수 있을까 해서 이렇게 실례를 무릅쓰고 제주도에서 선생님을 만나 뵈려고 이렇게 찾아왔습니다."

"환우(患憂) 중에 먼 길을 찾아오시느라고 수고가 많습니다. 의사도 아니고 한갓 보잘것 없는 구도자요 문필가에 지나지 않은 제가 무슨 도움이 될 수 있을지 걱정이 앞섭니다."

"천만에 말씀이십니다. 이처럼 저를 물리치지 않으신 것만도 저에게는 더없는 행운이요 영광입니다."

"과분하신 겸손이십니다."

"지금 앓고 계시는 지병을 알게 된 지는 얼마나 되었습니까?"

"벌써 한 3년 되었습니다."

"지금 담당 의사는 뭐라고 하던가요?"

"암이 상당히 진행되어 다른 장기들에도 이미 전이가 시작되어 수술할 때를 놓쳤다고 합니다.

저는 원래 몸에 칼 닿는 것을 본능적으로 싫어했을 뿐만 아니라 『선도체험기』를 읽으면서 현대의학과 수술을 더욱 기피하게 되었습니다.

그렇다고 해서 그 책의 저자이신 선생님에게 감히 저의 수술 기피의 책임을 돌리자는 생각은 추호도 없으니 그 점은 안심하셔도 됩니다."

"혹시 오행생식을 해 본 일은 없었습니까?"

"왜요. 있었습니다. 그런데 불행하게도 저는 생리적으로 제 몸이 생식을 받아들이지 않는 특수체질입니다. 그래서 아무리 먹고 싶어도 먹을 수가 없습니다. 생식 냄새만 맡아도 구역질이 나서 근처에도 못 갑니다."

"생식 대리점을 운영하다가 보니 나 역시도 고객들 중에서 천 명에 한 명 꼴로 오행생식을 못 먹는 사람을 만나곤 합니다. 그 대신 생식을 소화 흡수할 수 있는 사람은 아무리 심한 암에 걸린 사람도 빠짐없이 낫는 실례를 숱하게 보아왔습니다.

몇 달 전에도 실제로 겪은 일입니다. 위암 3기 환자인데 그분도 수술 시기를 놓치는 바람에 죽을 날만 기다리다가 친지의 소개로 오행생식에 마지막 기대를 걸고 찾아왔습니다. 그런데 생식을 먹기 시작하자 뜻밖에도 한 달도 채 안 되어 암이 말끔히 나아버렸습니다.

그 환자는 그렇게도 무서워했던 암이 너무도 쉽게 나아버리자 적어도 1년 이상 표준생식을 계속하여 암에 다시 걸릴 체질을 완전히 바꾸어야 한다고 충고했건만 내 말을 무시하고 제멋대로 생식을 중단해버렸습니다."

"아니 어떻게 그럴 수 있는지 저에게는 상상도 할 수 없는 일입니다?"

"그러나 실제로 가끔씩 일어나는 일입니다."

"그래서 어떻게 됐습니까?"

"내가 보기에는 너무 쉽게 치료가 되니까 암을 감기 몸살 정도로 우습게 본 것이 틀림없습니다. 본인이 오행생식을 안 하겠다는데야 내가 더 이상 무슨 말로 그분의 자유의사에 대하여 이러니저러니 주제넘게 시비를 걸 수 있겠습니까?

완치를 바랐던 나는 다소 난감한 기분이었지만 정부의 허가를 받은 의사도 아니고 일개 생식 판매업자로서 곱게 참는 수밖에 더 있겠습니까?"

"인심(人心)은 조석변(朝夕變)이고 화장실 들어갈 때 다르고 나올 때 다르다고 하지만 그건 너무한 것 같습니다. 그런 걸 생각하면 아무리 생각해도 저는 암으로 죽으라는 사주팔자를 타고 난 것이 아닌지 모르겠습니다."

"사람의 일은 한치 앞을 내다 볼 수가 없으니 너무 비관만 할 필요는 없습니다."

"그럼 혹시 무슨 방법이라도 있을까요?"

"혹시 단식(斷食)을 해본 일은 있습니까?"

"아뇨."

"『선도체험기』에도 쓴 일이 있지만 나는 21일 동안 단식을 한 일이 있는데 그때 알게 된 사실입니다. 외부에서 늘 공급되던 음식이 어느 날 갑자기 중단되면 우리 인체는 생존을 위해서 비상 상태에 돌입하게 됩니다.

그 첫 번째 단계가 그동안 오장육부 곳곳에 숨겨져 있던 노폐물이 연소되어 비상식량으로 이용됩니다. 바로 이 노폐물이 연소될 때 몸속에 기생하던 각종 병원균들과 바이러스와 함께 암세포까지도 함께 연소되어 생존을 위한 에너지로 이용됩니다. 단식하는 사람들은 바로 이때 태어나서 몇십 년 만에 처음으로 자기 몸의 구석구석을 완전히 분해소제하게 됩니다.

그건 그렇고 실제로 중증 위암으로 3개월 후면 죽는다는 의사의 사망 선고를 받은 한 중년 부인은 이왕 죽을 거면 차라리 굶어 죽겠다고 독하게 마음먹고 단식에 돌입했습니다. 그러나 뜻밖에도 13일 동안 단식을 하니까 암 증세가 씻은 듯이 사라진 일이 있습니다.

단식을 안 해 본 사람은 이 말을 믿기 어려울 것입니다. 그러나 실제로 21일 동안 단식을 해 본 나는 그 위암 환자의 말을 믿습니다.

장소운 씨도 이 방법을 써보는 것이 어떨까 합니다. 단식도 여행을 할 수 있을 만한 기력이 있을 때라야 해 볼 수 있을 것입니다."

"양의학, 한의학, 오행생식에서 잇달아 실패만 겪어서 그런지 단식 역시 실패할 것 같은 예감이 듭니다. 그러나 선생님께서 그렇게 권하시니 아직 저에게 여행할 기력이 남아 있을 때 밑져야 본전이라고 단식을 해보기로 하겠습니다. 그러나 이것까지 실패하면 결국은 죽는 수밖에 없겠죠?"

죽음은 있는가?

"죽음이 두렵습니까?"

"네, 아직은 그렇습니다. 『선도체험기』를 110권까지 읽은 제가 아직도 생사일여(生死一如)의 이치를 깨닫지 못하고 이런 구차한 소리를 해서 미안하기 짝이 없습니다."

"솔직히 말해 주어서 고맙습니다. 그렇다면 내가 하나 질문을 하겠습니다."

"네, 그렇게 하십시오."

"사람이 죽으면 어떻게 됩니까?"

"우선 숨이 끊어집니다."

"숨은 왜 끊어질까요?"

"몸뚱이를 관리하던 넋이 빠져나가기 때문입니다."

"그럼 그 넋은 무엇입니까?"

"넋은 영혼이고 마음입니다."

"그렇습니다. 넋도 영혼도 마음의 한 쓰임입니다. 마음이 떠난 몸은 바로 그때부터 지체 없이 부패(腐敗)가 시작되어 자연의 일부인 지수화풍(地水火風)으로 되돌아갑니다.

결국 육체는 지구상에 사는 동안 마음이 입고 있던 겉옷과 같은 것에 지나지 않습니다.

죽는 것은 시간과 공간 그리고 물질에 얽매인 육체일 뿐이고, 시작도 끝도 없는, 시간과 공간과 물질을 초월한 마음과 그 마음이 부려먹는 넋이나 영혼은 결코 아닙니다.

따라서 마음은 죽고 싶어도 죽을 수도 없습니다. 눈에 보이지도 않는 마음은 육체처럼 숨이 끊어지면 죽어야 하는 그러한 하찮은 존재가 결코 아니기 때문입니다.

사람들은 흔히 육체의 죽음을 진짜 죽음으로 착각을 합니다. 그러니까 진정한 의미의 죽음은 없는 것입니다. 나는 장소운 씨도 그러한 착각에서 벗어나기를 바랍니다."

바로 그 순간이었다. 장소운씨의 두 눈에서 난데 없이 반짝 광채가 일었다. 그와 동시에 그의 입에서 다음과 같은 말이 튀어나왔다.

"선생님 이제야 생사일여(生死一如) 즉 삶과 죽음은 같다는 말의 참뜻을 알 것 같습니다. 그리고 '내일 지구의 종말이 와도 오늘 나는 사과나무를 심겠다'던 스피노자의 말도 진정으로 이해를 할 것 같습니다.

사람의 주인은 마음이고 그 마음은 죽고 사는 존재가 결코 아니라는 것도 확실히 알게 되었습니다. 마음이 소멸되지 않는 한 죽음 같은 것은 없다는 것을 알 것 같습니다. 선생님 이 은혜 결코 잊지 않겠습니다."

반신불수의 수련 지망생

다음은 호남 모처에 사는, 반신불수(半身不遂)라는 고질병을 앓는 홍남식이라는 50대 남자와의 이메일 교환을 정리한 내용이다.

"전신불수에 걸린 사람이 이웃 사람의 소개를 받고 겨우 고개만 움직여 『선도체험기』를 읽으면서 기를 느끼고 운기조식이 되었고 그와 함께 전신불수가 차츰 풀려서 완치되었다는 내용을 읽었습니다. 그것이 정말 있었던 사실입니까?"

"믿고 믿지 않는 것은 듣는 사람의 자유지만 그건 지금으로부터 25년 전에 서울에서 있었던 틀림없는 사실입니다."

"『선도체험기』라는 책이 무려 26년 동안에 걸쳐서 110권이나 나왔다는데 그 책을 어떻게 하면 구할 수 있겠습니까?"

"책방에서 그 많은 책을 한꺼번에 구하기는 어려울 것이고 천상 그 책을 발행한 출판사에 알아보시면 구할 수 있을 것입니다."

"그건 그렇고요. 한가지 의문이 있습니다."

"말씀해 보세요."

"책을 읽기만 했는데 전신불수가 풀렸다는 얘기를 상식적으로는 도저히 믿을 수가 없습니다. 선생님께서는 어떻게 생각하십니까?"

"상식적으로 믿기 어려운 일이라고 해도 현실적으로 벌어진 일이니 그 사실만은 부인할 수 없는 것이 아닐까요?

왜냐하면 우리가 믿는 상식은 진실일 수도 있지만 진실이 아닐 수도 있으니까요."

"그럼 왜 그런 일이 일어났다고 보십니까?"

"그건 선도 수련을 해 보지 않은 사람에게는 지금 내가 설명을 해 보았자 이해를 할 수 없을 것입니다. 『선도체험기』를 한질 구해서 읽다가 기를 느낄 수 있게 되면 저절로 알게 될 것입니다.

나는 선도 수련을 하다가 체험한 이야기를 작가로서 글로 진솔하게 표현했을 뿐입니다.

이 책이 세상에 나온 것은 1990년 초니까 어느덧 26년이 넘었습니다. 나는 나 자신이 쓴 책이지만 지금도 집필 중에 글이 잘 쓰여지지 않을 때는 영감이라도 얻을 수 있을까 하고 이 책의 전질(全帙)을 처음부터 읽곤 했는데, 어느덧 지금까지 세 번이나 읽었습니다.

읽으면서 그때마다 처음 읽는 책에서처럼 참신한 영감과 잊었던 정보를 되찾았고 많은 것을 깨닫곤 했습니다. 마치 나는 이 책을 대필만 했을 뿐 사실은 하늘의 소리를 옮긴 것이 아닌가 하는 느낌이 문득 들 때도 있습니다.

그렇지 않으면 내가 읽을 때마다 처음 읽는 책처럼 생소함을 느끼고 그때마다 새로운 감동을 받는 이유를 설명할 길이 없기 때문입니다."

"저자이신 선생님께서 그렇게 말씀하시니 저는 더욱 더 호기심을 참을 수가 없습니다."

"그럼 어서 책을 한질 구해서 읽어보시기 바랍니다. 홍남식 씨는 참으로 꼼꼼하시고 빈틈이 없어서 무슨 일을 하셔도 실수하시는 일은 없겠습니다."

"과찬의 말씀이십니다."

"부디 이 책을 통해서 고질병에서 벗어나 건강을 찾으시고 새롭고 희망찬 미래가 열리기 바랍니다."

"선생님 정말 고맙습니다."

"『선도체험기』 전질을 구해서 다 읽으시면서 기운을 느끼시고 운기조식이 되어 반신불수가 풀리시면 다시 메일 보내시기 바랍니다."

"꼭 그러겠습니다. 그런데 아무래도 그 운기조식(運氣調息)이 문제인 것 같습니다."

"그렇습니다. 바로 그겁니다. 선도 수련인으로 성공하느냐 실패하느냐의 열쇠가 바로 운기조식을 성취하느냐의 여부에 달려 있으니까요."

"어떻게 하면 그 운기조식에 성공할 수 있겠습니까?"

"『선도체험기』를 한질 구해서 읽기 시작하면 누구나 자상하게 알 수 있게 되어 있습니다."

"그래도 한 말씀만 꼭 듣고 싶습니다."

"지성(至誠)이면 감천(感天)이라고 했습니다. 책에서 가르치는 대로 지극정성을 다한다면 누구든지 운기조식이라는 장벽을 뛰어 넘을 수 있게 되어 있는 것만은 틀림없습니다."

"선생님, 그럼 책부터 구해서 읽겠습니다."

노무현 전 대통령의 유업(遺業) 계승

2016년 5월 10일 화요일

우창석 씨가 말했다.

"선생님, 4.13 총선 후에 세상 돌아가는 정세가 심상치 않습니다. 여당이 참패하여 야대여소(野大與小)라고 해도 새누리당과 더불어민주당의 의석수 차이는 불과 한 석 차이밖에는 안 됩니다.

그리고 그동안 자의건 타의건 탈당되었다가 무소속으로 출마하여 당선된 의원들이 복당 신청을 냈고 그들이 복당되고 또 지금 검찰의 수사를 받고 있는, 평소보다 3배나 많이 당선된 여야 부정선거 혐의자들이 최종 판결을 받으면 새누리와 더민주의 의석수 차이는 언제 역전될지 모릅니다.

그런데도 그들은 벌써부터 친북 좌파 정당으로 정권교체라도 된 듯이 승리감에 도취되어 정부 인수라도 할 점령군처럼 설쳐대고 있습니다. 게다가 야권 일부에서는 이명박 전 대통령과 박근혜 대통령에 대한 국회 청문회를 열자고 주장하는 사람까지 등장했습니다.

그런가 하면 문재인 차기 야당 대권 후보자는 4.13 총선이 새누리의 패배로 끝나자마자 재빨리 김대중 전 대통령 출생지인 하의도(荷衣島) 방문을 필두로 세월호 유족들이 진치고 있는 팽목항을 거쳐, 노무현 전 대통령 출생지 봉화마을 참배를 함으로써 차기 대통령을 목표로 잽싸게 돌아가는 성급함 때문에 뜻 있는 사람들의 눈살을 찌프리게 했습니다.

그렇지 않아도 노무현 전 대통령의 못 다 이룬 유업을 기필코 완수하겠다고 다짐한 그의 '운명'이라는 저서에서 밝힌 맹서를 두고 많은 국민들은 지금도 의문을 품고 있습니다.

국민들의 귀에는 아직도 노무현 전 대통령의 발언들 예컨대 '북한하고만 잘되면 다른 것은 다 깽판쳐도 좋다'든가 '북한에는 제아무리 퍼주어도 남는 장사이고 북방한계선은 북한의 요구대로 해야 한다'든가 '북한의 핵개발은 다 이유가 있으며, 나는 북한을 대변하려고 외국 정상에게 한 시간 이상 설득한 일도 있다'는 등, 남북 정상 대화록에서 나온 그의 발언들이 지금도 귀에 쟁쟁하게 울려오고 있습니다.

그와 그의 친노 핵심 세력은 '우리나라 국민소득이 비록 5천불이 된다 해도 경쟁 없이 국민들이 평등하게 사는 것이 소원'이라고 했는데 이러한 그들의 소망은 노무현 정부 경제 정책의 기조가 되었습니다.

북한하고만 잘되면 우리의 국민소득은 박정희 시대 이전 즉 그 당시의 북한보다 낮은 수준으로 후퇴해도 상관없다는 생각이 노무현 정부의 경제 정책의 기조였다는 것을 알 수 있습니다.

바로 이 때문에 노무현 정부에서는 공무원들의 입에서 '경제 성장'이라는 말만 나와도 즉각 파면을 당하는 통에 '경제 성장'이라는 용어는 아예 정부 내에서는 금기어(禁忌語)가 되어 입에 올리지도 못했던 사실이 국민들을 얼마나 분노케 했는지 문재인 전대표는 깡그리 잊어버린 것 같습니다.

부자들의 돈을 긁어내어 가난한 사람들을 잘 살게 한다면서, 전세계가 20여년 전에 이미 용도폐기 처분해 버린 사회주의 정책을 한국경제에 뒤늦게 강요한 역주행 시책 때문에 어떻게 되었습니까?

동아시아의 네 마리 용 즉 한국, 홍콩, 대만, 싱가포르 중에서 선두주자였던 한국은 꼴찌가 되었는가 하면 경제 발전의 세계 순위는 16위나 추락하게 했던 일이 아직도 기억에 생생합니다.

이 때문에 노무현 전 대통령의 바통을 이어받은 정동영 후보는 17대 대선에서 535만 표의 압도적 표차로 대참패를 당하고 친노파는 정치적으로는 폐족(廢族)임을 자인하기까지 했습니다.

이러한 노무현의 업적 중에 과연 본받을 만한 것이 무엇인지 그리고 노무현의 역주행을 이어받아 대통령이 된다면 문재인 전 대표는 한국을 어디로 어떻게 이끌고 가겠다는 것인지 아직 국민들이 납득할 만한 어떠한 포부나 비전도 일체 밝힌 일이 없습니다. 오로지 차기 대선 후보로서 노무현 전 대통령의 유업을 계승하겠다면서 무조건 열심히 뛰는 데만 한결같이 매진하고 있습니다.

노무현 시대의 핵심 세력은 현실을 제대로 보지 못하고 남들이 쓰레기 통에 내다버린 케케묵은 사회주의 이념을 앞세워 고도의 전문성을 필요로 하는 정부의 경제 분야 직종에 맞지 않는 아마추어들만을 대량 기용했습니다. 그로 인해 경제를 망쳐버린 일은 아무리 생각해 보아도 국민을 바지저고리로 깔보지 않고는 할 수 없는 일이었습니다.

한편 그동안 박근혜 대통령은 나름대로 열심히 하느라고 애는 썼지만 이제 임기를 21개월 앞두고 까딱하면 레임덕으로 고전할 가능성도 있습니다.

더구나 4.13 총선 이후 박근혜 대통령의 인기는 계속 하락 일변도여서 한때 29% 대까지 떨어졌다가 최근에야 30% 대를 회복했습니다. 선생님이 보기에 무슨 속 시원한 돌파구는 없을까요?"

"사태가 이렇게까지 꼬이게 된 근본 원인은 무엇이라고 사람들은 말합니까?"

"대통령에게 있어서 인사는 만사라고 하지만 흔히들 윤창중 전 대통령 대변인과 같은 인사 실패들을 위시하여 박근혜 대통령의 고집과 소통부재 그리고 이른바 친박 비박의 계파 정치의 폐해가 문제라고들 말하고 있습니다.

그리고 야당 일부에서는 개성공단 폐쇄를 박근혜 대통령의 큰 실책으로 꼽고 있는 것 같습니다. 어쨌든 4.13 총선에서는 그동안 요지부동이었던 50대 이상의 콩크리트 지지층 일부까지 무너져 내렸다고들 말하고 있습니다."

"다른 것은 몰라도 개성공단에서 벌어들인 외화가 김정은의 통치자금으로 직송되고 있었음을 감안할 때 공단 폐쇄는 불가피한 조치였다고 봅니다.

그렇지 않아도 중국과 미국으로부터 그동안 숱한 비난을 감수해야 했던 우리 정부의 최대 약점이었던 것을 감안할 때 개성공단의 폐쇄는 누가 대통령이라고 해도 폐쇄 외에 다른 대안이 없었을 것입니다.

더구나 어떻게 하든지 남남 갈등을 조장하려 혈안이 되어 있는 북한을 감안할 때 그런 식의 불평은 삼가야 한다고 봅니다. 그러나 그 밖의 실책들에 대해서는 원인이 밝혀졌으면 해결책은 나오게 되어 있는 것 아니겠습니까?

이왕에 국리민복을 위해서 대통령에 출마하여 당선이 되었으면 처음부터 끝까지 국민들의 뜻을 충실히 받들어 정부를 이끌어 왔어야 합니다. 그러나 아무래도 그 과정에서 야당을 위시하여 일반국민들과의 소통에 미흡한 점이 있었습니다.

미국 대통령들이 일하는 것을 유심히 살펴보면 비록 여소야대의 불리한 조건 속에서도 국리민복을 위한 대의명분이 뚜렷하다면 쟁점 법안 통과를 위해서 그가 할 수 있는 온갖 수단 방법을 모조리 다 구사합니다.

그는 심지어 야당과 노조 내부에까지도 깊숙이 파고들어 화해와 협조를 구하여 무슨 수를 쓰든지 현안 문제들을 해결하는 적극성을 보이곤 합니다."

"그래서 저는 박근혜 대통령이 취임 후 처음 갖는 지난 28일에 있은 보도국장 간담회에서 미국 대통령들을 벤치마킹해서라도 좀 획기적이고 시원한 해결책이 나오지 않을까 기대하고 있었습니다.

그런데 결과는 3당 대표와의 회동을 정례화하고 사안에 따라 여야 협의체를 구성하여 소통하면서 난제를 풀어나갈 것이라고만 말했답니다. 어쩐지 꽉 막힌 거리의 교통 체증을 앞에 눈 앞에 보는 듯 답답한 느낌뿐입니다."

"이럴 때는 국내 문제보다는 차라리 박근혜 대통령이 취임 초기에 한반도 관통 유라시아 대륙 철도에 내걸었던 '통일 대박'을 능가하는 다른 분야로 눈을 돌리는 것이 어떨까 합니다."

"그것이 무엇인데요?"

한국이 강대국 흥정에 뛰어들어야

아무래도 강대국 흥정에 직접 뛰어들어 전력투구하는 것이 훨씬 더 생산적이 아닐까 하는 생각이 듭니다."

"좀 더 알아듣기 쉽게 말씀해 주셨으면 합니다."

"이미 모든 준비가 끝난 북한의 5차 핵실험 실시 후에 올 유엔 차원의 대북제재는 이번에야말로 북한의 김씨 왕조에 아무런 실질적인 변화 없이 끝낼 것 같지는 않습니다.

이때 분단된 피해 당사국인 우리나라가 미국과 중국의 강대국 외교에 과감하게 뛰어들어 분단 피해국으로서의 우리 자신의 목소리를 과감하게 높여야 한다고 봅니다."

"어떻게 말입니까?"

"이번 기회에 한국이 중국과 미국을 상대로 획기적인 제안을 해야 하지 않을까 합니다."

"구체적으로 어떻게 말입니까?"

"북한이 끝내 5차 핵실험을 할 경우 미국과 유엔이 더욱 혹독한 제재를 가하는 한편 중국이 지난 20년 동안 북한에 무상 지원해주던 식량과 유류를 완전히 단절케 함으로써 북한이 자신만의 힘으로 스스로 자활의 길을 걷게 해야 합니다.

그러나 자활에 실패하여 붕괴할 경우 한국이 중국의 울타리 역할을 자청하는 적극성을 보이는 겁니다. 요컨대 중국이 순망치한(脣亡齒寒)의 경우를 당할 때 한국이 북한 대신에 중국의 울타리 역할을 자임하고 나서는 겁니다.

25년 전 소련과 동유럽 공산 위성국들이 일시에 공중 붕괴하고 그들이 자발적으로 민주주의와 시장경제를 받아들이게 된 것은 더는 기존 사회주의 중앙경제 체제로는 자국민들을 먹여 살릴 능력을 잃어버렸기 때문이었습니다.

다시 말해서 사회주의 경제권의 파탄으로 그들 공산권 내에서 유상 또는 무상으로 서로 도와주던 식량 조달 방식이 불가능해졌기 때문이었습니다. 그 후 중국, 베트남, 쿠바도 스스로 살아남기 위해서 자유 시장경제 제도를 도입했습니다.

그러나 북한만은 유일하게 여타 기존 공산국들처럼 시장경제 제도를 지금까지 도입하지 않고도 핵과 미사일 개발을 강행하면서도 살아남을 수 있게 되었습니다. 그 이유가 바로 북한을 자국의 울타리로 이용하고 있는 중국이 무상으로 북한에 식량과 유류를 공급해 주었기 때문이었습니다.

1991년까지 북한은 러시아로부터도 무상으로 식량과 유류를 제공받아 왔지만 공산 경제권이 해체된 후부터는 러시아도 무상을 유상으로 바꾸었습니다. 이로써 북한은 러시아로부터 무상 지원을 기대할 수 없게 되자 북한과 러시아와는 냉랭한 사이가 되었습니다."

"중국이 자국의 이익을 위해서 북한을 울타리로 이용한다는 것은 구체적으로 무엇을 말하는 것입니까?"

"북한이 중국과 한국 사이에 끼어 있다는 사실 때문에 중국이 가장 꺼리는 일이 일어나지 않아도 된다는 뜻입니다."

"중국이 가장 꺼리는 일이라는 것이 도대체 무엇입니까?"

"북한이 붕괴될 경우 한국과 중국의 국경인 압록강과 두만강을 사이에 두고 미군과 중국군이 서로 얼굴을 직접 마주 대하게 되는 사태 변화입니다.

6.25 때에도 중국은 이러한 사태를 피하려고 사전에 미국에 경고했건만 이를 무시한 미군이 1950년 초겨울 압록강과 두만강 연안까지 진격하자 일시에 30만의 중공군이 투입되어 한국전쟁의 양상을 바꾸어 놓았고 휴전 시까지 무려 90만의 중공군이 희생되었습니다.

그 당시 중국이 인해전술을 썼다고는 하지만 90만 명이라면 한국전쟁에서의 미군 전사자 4만 7천 명의 19배가 넘습니다. 어쩌면 중국은 자기네 국운을 걸고 한국전쟁에 뛰어들었다는 것을 알 수 있습니다.

그러나 그만큼 막대한 인명 희생을 무릅쓰고 북한의 끊어져가는 명줄을 이어주었던 지금 중국은 북핵으로 북한으로부터 뒤통수를 얻어맞는 꼴이 되었습니다."

"그건 전적으로 중국이 북한을 제대로 관리하지 못했기 때문입니다. 그건 그렇고 도대체 중국이 미국과 국경을 마주 대하는 것을 그렇게도 싫어하는 이유가 무엇입니까?"

"한만 국경을 통하여 자유분방한 미국의 문화가 직수입되어 과거에 한족을 지배해왔던 한족(漢族)과는 이질적인 여진족, 거란족, 몽골족 그리고 조선족이 혼합되어 살고 있는 동북 3성과 중국 전체가 소수민족 독립 운동과 함께 천안문 광장의 한족 민주화 운동으로 흔들리는 사태로 변화되는 것을 극력 꺼려하기 때문입니다.

솔직히 말해서 중국은 아직은 자신들의 내밀한 약점들 때문에 미국과 일대일로 맞장을 뜰 만한 자신이 없다는 것을 말합니다."

"그럼 육이오 때 미군이 압록강과 두만강까지 진격하지 않고 한국군만 진격했더라면 중공군이 한국전에 개입하지 않았을 수도 있었을 것이라는 말씀입니까?"

"그렇습니다. 만약에 중공군의 한국전 참여의 이유가 순전히 북한에 대한 영토적 야심 때문이었다면 미군이 압록강과 두만강까지 진격하기를 기다렸다가 중공군을 투입하지는 않았을 것입니다."

"그럼 중국은 지금까지 오로지 중국의 울타리로 이용하기 위해서 북한에 식량과 유류를 무상 공급해 왔다는 말씀입니까?"

"정확합니다."

"그렇다면 중국은 20년 동안이나 먹여 살린 북한을 포기하고 그 대신 미국의 강력한 맹방인 한국을 자기네 울타리로 과연 이용하려고 할까요?"

"앞으로 사태 진전에 따라 그럴 만한 충분한 이유가 발생할 가능성이 얼마든지 있습니다."

"그게 무엇이죠?"

"그것이 바로 온 세계의 규탄을 받고 있는 북한 핵과 미사일입니다. 만약에 1991년 소련과 공산 경제권이 해체되고 기존 공산국들이 개혁 개방을 채택했을 때 중국이 북한에 식량과 유류를 무상 원조해

주지 않았더라면 북한도 살아남기 위해서라도 울며 겨자 먹기로 어쩔 수 없이 개혁개방의 길을 걷지 않을 수 없었을 것입니다.

만약에 그렇게 되었더라면 남북한은 최소한 지금의 한국과 중국 그리고 대만과 중국의 양안 관계처럼 문화와 경제면에서는 서로 교류하고 협력을 하는 사이가 되었을 것이고 북한이 구태여 핵과 미사일 같은 것을 개발할 이유도 여유도 없었을 것입니다.

더구나 핵개발 초기에 중국은 북한을 기술적으로 도와주기까지 했다는 것은 지구촌 전체가 다 알고 있는 사실입니다. 그러나 그 후 북한이 중국의 반대를 무릅쓰고 4차 핵실험까지 계속 강행하자 중국은 북한으로부터 갑자기 뒤통수를 얻어맞은 꼴이 되었습니다.

만약에 북한의 5차 핵실험 후에도 중국이 북한에 무상 원조를 계속해 준다면 중국은 전 세계인들의 비난과 규탄을 피할 길이 없을 것이고 미국과 함께 소위 G-2 국가로서의 체면을 유지하기 어렵게 될 것입니다."

시진핑의 구두선(口頭禪)

"그러나 4월 28일 베이징에서 열린 제5차 아시아 교류 및 신뢰구축 회의 개막식 축사에서 시진핑 주석은 '중국은 단호하게 한반도 비핵화를 지지하며, 대북 제재 결의를 전면적이고 완전하게 집행할 것'이라고 말하지 않았습니까?"

"시진핑의 그런 식의 발언은 과거에도 숱하게 반복되었지만 북한에 대한 무상 원조는 끈질기게 지금까지 계속되어 오지 않았습니까?"

"그러나 제아무리 끈질긴 중국도 대북 무상 원조를 끊어버리지 않을 수 없는 궁지에 몰리는 사태를 맞이하게 될 것입니다."

"그게 뭐죠?"

"한국이 핵무장을 하는 사태가 벌어지는 겁니다. 더구나 미국 공화당 차기 대통령 후보자 트럼프는 '한국이 핵무장을 통해 자신을 방어하든지 아니면 방위비를 100% 부담하라. 한국에 핵우산을 제공할 필요가 없다'고까지 말하고 있습니다.

물론 이것이 대다수 미국인들의 견해는 아니겠지만 일부의 의견인 것만은 사실이고 그 의견은 앞으로 미국의 국방비 재정 적자가 증폭될 추세에 있음을 감안할 때 폭발적으로 늘어날 가능성을 배제할 수 없습니다."

"미국의 핵우산이 사라질 경우 우리나라는 어떻게 될까요?"

"세계 5대 원전(原電) 강국인 한국은 이스라엘처럼 6개월 안에 핵폭발 시험을 거치지 않고도 핵무기를 소유할 수 있을 뿐만 아니라 2년 안에 핵탄두 100개를 만들 능력이 있는 나라입니다.

한국이 핵무기를 갖게 된다면 한국에 뒤이어 일본과 대만 역시 짧은 시일 안에 핵무장을 하는 것은 불을 보듯 뻔한 일입니다. 결국 중국의 베이징은 졸지에 북한, 한국, 일본, 대만의 핵 미사일 사정권 안 들어가지 않을 수 없는, 생각도 하기도 끔찍한 엉뚱한 사태에 직면하게 될 것입니다.

중국은 이것이 지난 20년 동안 한국과 유엔 안보리의 반대를 무릅쓰고 북한에 식량과 유류를 무상 지원해 줌으로써 북한으로부터 스스로 개혁개방의 길을 걸을 수 있는 정상적인 기회를 빼앗아버린 인과응보임을 통감하지 않을 수 없게 될 것입니다.

그와 함께 중국은 무슨 일이 있어도 자국이 일시에 한국, 일본, 대만의 핵으로 포위당하는 사태는 피하려고 필사적으로 노력하지 않을 수 없게 될 것입니다.

마침내 중국은 자국의 이익을 위해서 한국의 제안을 받아들이지 않고는 다른 대안을 찾을 수 없게 될 것입니다. 이것은 어쩌면 하늘이 우리 민족에게 내려 준 천재일우(千載一遇)의 기회가 될 수도 있습니다.

게다가 우리나라는 한반도 분단의 피해 당사국으로서 당연히 사명감을 갖고 분단 책임 당사국들과 당당하게 흥정을 벌여 통일을 성취해 나갈 수 있는 능력과 함께 강력한 명분을 가질 수 있게 될 것입니다.

왜냐하면 우리 주변의 미국, 일본, 중국, 러시아의 네 나라들 중 어떠한 나라도 남북한이 통일되어 일본과 비슷한 강대국으로 부상하는 것을 달가워하지는 않을 것이기 때문입니다. 왜 그러냐 하면 통일된 한국은 더 이상 분단되어 있을 때처럼 싹싹하고 고분고분한 이웃일 수는 없을 것이니까요.

동서독이 통일될 때 서독은 동구 공산권이 공중 분해되는 시기를 제때에 포착하여 미국과 소련에 간청하여 그들의 도움으로 간신히 통독에 성공하기는 했습니다. 그렇지만 2차 대전시에 독일로부터 막심한 전쟁 피해를 당한 영국과 프랑스를 비롯한 유럽 국가들의 완강한 반대에 직면하지 않을 수 없었습니다.

그러나 서독은 이들의 반대를 무마하는 데 전력을 기울인 결과 끝내 독일 통일에 성공을 거두고야 말았습니다. 우리가 만약에 이번 북핵 위기를 통일의 기회로 이용하지 못한다면 언제 또 이런 황금의 기회가 찾아올지 모릅니다."

"최근 외신 보도에 따르면 함경북도 길주군 풍계리 핵실험장에서는 어쩌면 가까운 시일 안에 핵실험을 할 것 같지 않은 징후들도 보인다고 합니다. 그 실례로 핵실험장 주변에는 핵실험과는 상관이 없는 축구장 비슷한 시설들이 들어서고 있다고 합니다.

만약에 북한이 유엔 안보리와 중국과 미국이 펼치는 전에 없이 강경한 태도와 제재를 도저히 뚫고 나갈 자신이 없다고 판단하여 5차 핵실험을 일시 보류하는 사태가 벌어지게 된다면 어떻게 될까요?"

"우선 세계 평화를 위해서는 다행한 일이라고 하지 않을 수 없을 것입니다. 더구나 5월 2일부터 이란에서 벌어지고 있는 한 이란 정상 간의 42조 원의 건설 공사 수주와 함께 이란 최고 권력자의 뜻밖에도 강경한 북한 핵 반대 발언으로 위축된 김정은이 기존 핵실험 계획을 유보하려 할 수도 있습니다.

이란은 최근까지 북한 유일의 핵 협력 국가였음을 감안할 때 적지 않은 충격을 받았을 가능성도 있습니다."

"북한이 5차 핵실험을 유보할 가능성이 과연 있을까요?"

"내 느낌은 북한도 살아남기 위해서는 강변 일변도로만 나가서는 희망이 보이지 않는다는 것을 동물적인 감각으로 깨달았을 수도 있다고 봅니다.

그러나 김정은이 무모하게 고집만 부린다면 그의 앞길은 멸망과 죽음밖에 기다리는 것은 아무 것도 없다는 것을 일깨워 줄 책사가 김정은 주위에 단 한 사람도 없을 것이라고 단언하기는 어렵습니다.

제2차 세계대전 말 1945년 8월 15일 직전 히로히또 일왕이 일본 국민들을 위해서 연합군에게 무조건 항복을 하기로 단안을 내린 것은 일본의 국가 존립을 위해서는 실로 다행한 일이었습니다."

"부디 김정은도 일말의 양심이 있는 인간이라면 그의 할아버지, 아버지 그리고 자기 대까지 71년 동안 노예 이상으로 부려먹기만 한 결과 청소년들의 키가 한국의 같은 연령대보다 평균 20cm나 작은 특이한 인종으로 변화시킨 것을 통감해야 할 것입니다.

그는 순진하고 선량하기만 한 2400만 북한 주민을 위해 부디 단 한번이라도 올바른 결단을 내려야 할 것입니다."

이 밥에 쇠고기 국

"그러나 '인민들에게 이(쌀)밥에 쇠고기 국을 먹일 수 있기 전에는 당대회를 다시 열지 말라'는 김일성의 유언 때문에 36년 동안이나 열어오지 못했던 제7차 노동당 대회를 열어 김정인은 고작 한다는 소리가 '공화국'을 '핵 보유국'으로 선언하면서 '세계의 비핵화 노력에 기여하겠다'는 사이비종교 교주나 정신병자 같은 발언을 했습니다. 이러한 그가 과연 제 정신이 있는지 의심스럽습니다."

"하긴 김정은이 제 정신이라면 '인민들에게 이(쌀)밥에 쇠고기 국을 먹일 수 있기 전에는 당대회를 열지 말라'는 할아버지의 유언을 생각해서라도 그리고 인민들이 3백만 명이니 굶어 죽어 나가고 나서도 아직 식량 문제 하나 해결하지 못해서 중국의 무상 원조에 의존하여 주민들이 겨우 기근을 면하고 있는 주제에 자신의 대관식을 위한 당 대회 따위를 열 엄두도 못 냈을 것입니다.

게다가 한 술 더 떠서 오히려 자숙을 해야 할 그가 우리 정부에 핵무기를 움켜쥔 채 당국자 간 군사회담을 제의한 후안무치야말로 도둑이 매를 들고 설치는 적반하장(賊反荷杖)이라고 아니할 수 없습니다."

"25년 전 미국과 소련 사이에 '스타워즈'라는 군비 경쟁이 붙었을 때 갑자기 식량 부족으로 국민을 먹여 살릴 수 없게 된 소련은 1만

1천 개의 핵탄두를 틀어쥐고 있었으면서도 미국에 끝내 백기를 들지 않을 수 없었습니다.

그때 만약에 소련에 식량을 무상으로 북한에 공급해 주는 중국과 같은 나라가 있었더라면 소련은 그렇게 허망하게 무너지지는 않았을 것입니다."

"그렇다면 지금 중국의 시진핑 주석이 제아무리 유엔 안보리 제재에 전적으로 가담하겠다고 장담을 하면서도 5차 핵실험 후에도 계속 뒷구멍으로 식량과 유류를 지금처럼 북한에 공급해 주는 한 그의 온갖 수사(修辭)는 말짱 다 구두선(口頭禪)이요 뻥튀기에 지나지 않는다는 얘기군요."

"정확합니다."

"그래서 우리도 결국은 중국 못지 않는 실력을 가진 강대국이 되는 수밖에 없습니다.

1998년과 2008년 사이에 있었던 친북 좌파 정부 10년 동안에 경제 성장을 중단시키고 잘못된 사회주의 이념으로 역주행을 하여 잘 나가던 우리 경제를 후퇴시키지 않고 계속 성장 정책을 힘차게 추구하였더라면 지금쯤 우리는 경제력에서 영국 정도는 능히 따라잡았을 것입니다."

"우리가 과연 영국을 따라잡을 수 있었을까요?"

"그렇고 말고요. 우리나라는 유럽연방 내에서 영국 다음의 강국인 이탈리아를 무역량에서 이미 따라잡았습니다. 그러나 특히 노무현 정부 5년 동안, 온 세계가 용도 폐기 처분하여 쓰레기통에 내다 버린 사회주의 경제의 역주행 정책이 한국 경제에 강요된 결과 우리는 영국을 따돌린 강대국이 될 수 있는 그 절호의 기회를 아깝게도 놓쳐버리고 말았습니다.

노무현 정부의 핵심 세력이 '우리가 비록 국민소득이 5천 달러가 되더라도 경쟁 없이 골고루 사는 사회를 소망했던' 결과였습니다. 치졸하기 짝이 없는 한국 사회주의자들의 유치하고 비현실적이고 허황된 이념이 나라 일을 망쳐버린 실례입니다.

선진국들과 개발도상국들이 한결같이 경제 성장을 위해 결사적으로 뛰고 있을 때 이미 경제면에서 이탈리아를 제쳐버린 한국이 기존 성장 정책을 계속 밀고 힘차게 밀고 나가기만 했더라도 영국 정도는 충분히 따라잡고도 남았을 것입니다. 그렇게 되었더라면 이미 선진국 반열에 든 한국의 국제 협상 지위 역시 지금보다 몇 단계 높아졌을 것입니다.

16세기 서세동점기(西勢東漸期)부터 형성된, 세계를 제멋대로 요리하여 온 강대국 정치 패턴은, 아직도 변하지 않고 엄연히 살아있습니다.

1876년 당시 초강대국 대영제국과 신흥공업국 미국의 원조로 재빨리 경제 근대화에 성공한 일본은 구미 강대국들을 본받아 한국에도 강화도 조약이라는 불평등 조약을 강요하였습니다.

그로 인하여 세계정세에 어두운 한국의 정치인들은 결국 일본에게 35년 동안 나라까지 빼앗기는 치욕을 당했고 그 후유증으로 지금까지 분단국의 설움을 겪고 있습니다.

그런 일이 있은 지 불과 100년 정도밖에 안 되었건만 이들 조선조 말기의 정치인들과 비슷하게 전후좌우를 분간 못하는 어리석은 한 무리의 정치인들이 또 등장하여 잘 나가던 한국 경제를 역주행시켰습니다.

게다가 한 술 더 떠서 지금도 나라를 망치려고 설쳐대고 있습니다. 이번에야말로 100년 전의 귀중한 교훈을 잊지 않는 유권자들의 슬기로 이러한 과오를 두 번 다시 허용케 해서는 안 될 것입니다."

임을 위한 행진곡

2016년 5월 18일 수요일

우창석씨가 말했다.

"오늘 열린 5.18 민주화 운동 기념식에서 '임을 위한 행진곡'을 제창으로 하느냐 합창으로 하느냐가 보훈처에 의해 야권의 주장대로 결정되지 못한 채 기념식장에 갔던 박승춘 보훈처장이 끝내 식장 참석이 거부되어 퇴출당하는 해괴한 사건이 벌어졌습니다.

도대체 '임을 위한 행진곡'이 무엇이기에 기념식장에서 보훈처장이 그런 망신을 당해야 했는지 아무리 생각해도 이해를 할 수 없습니다. 선생님께서는 이 사건을 어떻게 생각하십니까?"

"그렇지 않아도 나 역시 진상 파악이 되지 않아 조간신문들에서 관련 기사들을 모조리 다 훑어보았습니다.

1980년 5.18 민주화 운동에서 희생된 윤상원 군과 1979년 노동 운동을 하다가 사망한 박기순 양을 위한 '영혼결혼식'에서 1982년 처음으로 이 노래가 불려졌다고 합니다.

그 후 운동권 단체들에 의해 기념식 때마다 애국가 대신 불려져 내려 왔는데 지난 20대 4.13 총선에서 여당이 패배한 뒤에 이번엔 그 행진곡을 지금까지 합창으로 하던 것을 제창으로 공식화하자는 야권의 요구가 나오게 된 것입니다."

"그럼 제창과 합창은 무엇이 다릅니까?"

"제창은 식장에 참석한 사람들이 의무적으로 다 같이 노래를 부르는 것이고 합창은 합주단만 연주하고 식장 참가자들은 부르고 싶은 사람만 부르는 것을 말합니다.

이 일을 관장하는 정부 기관인 보훈처는 우리나라에서는 지금까지 애국가마저도 합창만 했지 제창을 한 전례가 없으므로 야권의 요구를 받아들 수 없다고 말해 왔습니다."

"그렇다면 그 '임을 위한 행진곡'은 애국가 대신 불렀으니까 그들에게는 애국가보다 상위에 있다는 얘기가 아닙니까?"

"야당의 주장대로라면 그렇다고밖에 말할 수 없게 되어 있습니다.

"그렇다면 그 행진곡 가사를 혹 갖고 계십니까?"

"여기 신문에 나와 있습니다."

임을 위한 행진곡

사랑도 명예도 이름도 남김없이
한평생 나가자던 뜨거운 맹세
동지는 간데 없고 깃발만 나부끼네
새날이 올 때까지 흔들리지 말자
세월은 흘러가도 산천은 안다
깨어나서 외치는 뜨거운 함성
앞서서 나가니 산 자여 따르라
앞서서 나가니 산 자여 따르라

"그럼 이 노래는 어떻게 만들어졌습니까?"

"이 노래의 곡은 당시 전남대학교 학생이었던 음악인 김종률 씨가 지었고 가사는 백기완 씨가 옥중에서 지은 장편시 '묏비나리-젊은 남녀 춤꾼에게 띄우는'의 일부를 차용해서 소설가 황석영 씨가 썼습니다.

여기서 가장 문제가 되는 것은 제창으로 하느냐 합창으로 하느냐 하는 것 외에 야권은 이 노래를 국가기념곡으로 지정해 줄 것을 강경하게 요구하고 있습니다.

그렇지만, 보훈처는 '지금까지 정부에서 어떠한 곡도 국가기념곡으로 지정한 전례가 없고, 애국가 역시 국가기념곡으로 지정되지 않고 있다'면서 난색을 표하고 있습니다.

이 밖에도 주목을 끄는 것은 일부에서는 이 노래를 북한이 1991년에 5.18을 소재로 하여 만든 영화 '님을 위한 교향시'의 배경 음악으로 사용했다고 말하고 있습니다. 그리고 이 노래는 통진당의 RO 조직이 모일 때마다 애국가 대신 불려왔다고 합니다."

"그럼 행진곡에 나오는 '임'은 누구고 '새날'은 누구를 말하는지 아십니까?"

"'임'은 김일성 김정일 부자를 말하고 '새날'은 반정부 운동에 성공하거나 북한과 함께 통일 혁명을 완수한 후에 새로 만들어진 세상을 의미한다는 말이 있습니다.

그러나 '북한 관련 주장은 색깔론'이라는 것이 야권의 주장입니다. 과연 그럴까요? 북한이 틀림없이 남남갈등과 대남 비방 선전을 위해서 만들었을 5.18 관련 영화의 배경 음악으로 '임을 위한 행진곡'이 이용된 것이 엄연한 사실인 이상 상투적인 색깔론 부정만으로 덮어두기에는 미흡하지 않나 생각됩니다. 우창석 씨는 이 곡을 읽어본 소감이 어떻습니까?"

"사망 일자가 일년이나 차이가 나는 유상원 군과 박기순 양이 생전에 서로 사랑하는 사이었는지 알 수도 없을 뿐 아니라 두 남녀가 어떤 과정을 통해서 영혼결혼식을 갖게 되었는지 아리송합니다.

어쩌면 처음부터 주사파 운동권 단체에서 추진하는 반정부 투쟁을 더욱 강력하게 밀어 붙이기 위한 투쟁가로 이 곡이 만들어진 것 같은 느낌이 듭니다."

"우창석 씨는 5.18 당시 무슨 일을 하고 있었습니까?"

"그때가 1980년이니까 벌써 36년 전 일입니다. 저는 그때 서울 시내의 모 무역 회사의 신입 사원으로 일하고 있었습니다. 그때 시내는 온통 학생들의 폭력 시위로 일체의 교통이 두절되어 퇴근시에 할 수 없이 남산 길을 에돌아 두 시간 이상 걸려 강남에 있던 집에까지 터벅터벅 걸어갔던 일이 생각납니다.

그때 시위 학생들은 적(전두환 정권)의 적인 북한은 우군이라고 하여 김일성의 주체사상으로 무장되어 있었고 '임을 위한 행진곡'에서 말한 대로 '임'은 김일성, 김정일 부자요, '새날'은 내란에 성공하거나 북한과 함께 통일 혁명을 완수한 세상을 의미한다는 일부의 주장에는 그 당시의 분위기를 직접 맛본 사람이라면 누구나 수긍이 갈 것이라고 생각됩니다.

그때의 시위 학생들은 지금 생각하면 시대의 흐름을 잘못 읽고 누가 적이고 아군인지 구분을 못했습니다.

위수김(위대한 수령 김일성), 친지김(친애하는 지도자 김정일)이라는 말이 주사파 학생들의 입에서 아무렇지도 않게 오르내렸던 것을 되돌아보면 그들은 그야말로 숙맥불변(菽麥不辨)의 저능아들이나 돌대가리들이 아니었던가 하는 생각이 듭니다.

왜냐하면 80년대 이후 우리나라 대학생들은 주사파 운동권과는 점점 거리가 멀어졌을 뿐 아니라 천안함 폭침 같은 북한의 도발사건이 벌어질 때마다 반정부 운동보다는 군문에 지원 입대하는 것을 선호했기 때문입니다.

그때 만약 대한민국의 공무원 사회와 국가 안보를 걱정하는 보수층이 건재하고 국군이 확고부동하게 자기 소임을 다하지 못하고 주사파 학생들에게 휘둘렸더라면 대한민국은 1975년에 멸망한 월남공화국처럼 지도에서 흔적도 없이 사라지는 신세가 되지 않았을까 하는 아찔한 생각이 듭니다.“

“하긴 1980년에 그런 일이 있은 지 겨우 11년 만에 소련과 동구위성국들로 구성된 사회주의 경제권이 미국과의 군비 경쟁에서 패배하여 자국민들을 먹여 살릴 길이 막히자 하루아침이 공중 분해되고 말았으니까요.

드디어 소련 즉 소비에트 사회주의 공화국 연방이 1917년에 10월 혁명으로 생겨난 지 74년 만인 1991년에 붕괴되고 말았습니다.

이제 지구상의 그 어떠한 나라도, 선진국이냐 후진국이냐를 막론

하고, 사회주의 또는 공산주의는 유효기간이 지난 케케묵은 낡은 사상이라는 것을 뼈저리게 절감하지 않을 수 없게 되었습니다.

그러나 북한의 현 체재 지도층과 대한민국의 5.18 당시의 주사파 학생 출신들로 구성된 정치인 집단만은 여기에 포함되지 않았습니다.

한국 내의 이 정치인 집단은 시대의 흐름을 용하게도 피하여 살아남았고 2003~2008년 노무현 정부의 핵심 세력이 되어 역주행 정책을 시행한 결과 동아시아의 네 마리 용 즉 한국, 대만, 홍콩, 싱가포르 중의 선두 주자였던 한국을 단숨에 꼴찌로 뒤쳐지게 만들어 놓았을 뿐만 아니라 세계의 경제발전 순위가 16위나 뒤떨어지게 만들어놓았습니다.

경제성장의 세계적 선두주자였던 한국을 '비록 국민소득이 5천 달러가 되더라도 경쟁 없이 국민들이 골고루 사는 사회로 만들자'는 염원을 안고 이를 실천에 옮긴 사회주의적 경제 개혁이라는 역주행 정책의 결과가 이렇게 되고 말았습니다.

그렇다고 해서 그들이 목표로 했던 빈민층이 줄어들었는가 하면 그렇지도 못하고 오히려 그 수효가 두 배로 늘어났습니다.

그 이유는 기업인인 부자들에게 왕창 세금을 매기어 그 돈으로 빈민층을 구제하려 했지만 갑자가 불어난 세금으로 적자를 보게 된 기업들이 제각기 앞다투어 공장을 중국, 베트남, 인도 등 한국보다 임금이 싼 곳으로 옮기는 바람에 실업자가 급증하게 되었는데 그들 대부분이 빈곤층이었기 때문입니다.

전 세계에서 이미 실패한 사회주의 정책을 뒤늦게 고집스럽게 기어이 써먹으려다 도리어 호된 곤욕을 치르게 된 것입니다. 돌대가리들이 아닌 이상 도저히 할 수 없는 일입니다.

경쟁 없이 골고루 사는 사회는 죽은 사회이고 우리가 살아있는 이 세상에는 존재할 수 없는 허망한 꿈이었다는 것을 그들은 아직도 깨닫지 못한 채 시대착오적인 정치 집단을 이루고 정치 행위를 하고 있습니다.

그들은 지금도 36년이나 지난 과거의 환상 속에서 살고 있습니다. 공산주의 종주국 소련도 1991년에 역사의 물거품이 되어 사라져버렸고 지금은 중국도 쿠바도 자유 시장 경제를 받아들여 사회주의 경제의 탈을 벗어 던진 지 30년이 넘었건만 지구상에서 오직 북한 지도층과 한국의 일부 야권 집단만이 경쟁 없는 사회주의 사회라는 지상천국의 환상에 사로잡혀 있을 뿐입니다.

그들은 4.13 총선에서 여당이 패배한 원인이 노무현 정부가 한국을 사회주의 국가로 만들려다가 실패한 것을 완성하라는 유권자들의 소망이라고 착각하고 있는 것이 아닌가 하는 생각이 듭니다.

애국가와의 비교

그렇지 않다면 어떻게 '임을 위한 행진곡'을 감히 애국가보다 상위에 올려놓을 수 있겠습니까? 이번 기회에 이 두 노래를 냉정하게 객관적으로 비교해 보자는 뜻에서 애국가를 인용해 보았습니다.

애국가

1
동해 물과 백두산이 마르고 닳도록
하느님이 보우하사 우리나라 만세.
무궁화 삼천리 화려강산
대한 사람, 대한으로 길이 보전하세

2
남산 위에 저 소나무, 철갑을 두른 듯
바람서리 불변함은 우리 기상일세.
무궁화 삼천리 화려강산
대한 사람, 대한으로 길이 보전하세

3
가을 하늘 공활한데 높고 구름 없이

밝은 달은 우리 가슴 일편단심일세.
무궁화 삼천리 화려강산
대한 사람, 대한으로 길이 보전하세

4
이 기상과 이 맘으로 충성을 다하여
괴로우나 즐거우나 나라 사랑하세.
무궁화 삼천리 화려강산
대한 사람, 대한으로 길이 보전하세

애국가는 우리나라 강토를 삼천리 금수강산으로만 제한함으로써 우리가 역사시대의 9천 1백년 이상 대륙에서 살았던 사실이 없었던 것처럼 일본이 한국인을 자기네 식민지 백성으로 길들이기 위해 만들어낸 식민사관에 물든 일본인이나 그의 영향을 받은 한국인이 쓴 것 같은 인상을 풍기기는 하지만 우선 이 두 곡은 그 격부터가 하늘과 땅의 차이가 있습니다.

'임을 위한 행진곡'은 어디로 보나 일개 반 정부 투쟁 집단의 투지를 북돋기 위한 제살 깎아먹기식 투쟁가(鬪爭歌)에 지나지 않습니다.

그러나 애국가는 어떻습니까? 한국을 사랑하는 남녀노소라면 누구나 다 부를 수 있는 그야말로 순진하고 소박한 나라 사랑의 노래입니다.

어떻게 이 두 곡을 감히 비교나마 할 수 있단 말입니까? 1980년 반정부 투쟁의 일환으로 김일성의 주체사상과 폭력 시위 방법을 군사 독재 정부 타도를 위해 전술적으로 이용할 수 있었다 쳐도 지금은 이미 그로부터 36년이란 세월이 흘러 강산이 세 번 이상 바뀌는 동안 우리나라는 남들이 부러워하는 산업화와 민주화를 성취했습니다.

설상가상으로 김일성 부자는 핵무기와 미사일을 개발하다가 죽었고 김일성의 손자 김정은도 그들의 뒤를 이어 핵무기와 미사일 개발을 계속하다가 유엔의 강력한 제재를 받고 있건만 지금도 우리나라 정치인들의 일부는 사회주의 귀신에 씌어서 그때의 그 고루하고 케케묵은 타령을 되뇌고 있다는 것은 너무나도 한심한 시대착오임이 분명합니다.

왜냐하면 빈민층을 구제하기 위한 노무현 정부의 사회주의적 경제 역주행은 이미 17차 대선에서 정동영 후보가 이명박 후보에게 535만 표의 압도적인 표차로 대참패를 당한 것으로 역력히 입증되었기 때문입니다.

그 당시 이 참패의 책임자는 자기네가 폐족(廢族)임을 스스로 솔직하게 인정하지 않았습니까?"

"그랬죠."

"그런데도 불고하고 지금 '임을 위한 행진곡'을 읽어보면 북한을 따라 한국을 사회주의 국가로 만들어 '새날'을 만들자는 그들의 한결같은 결의는 추호도 변하지 않았다는 것을 알 수 있습니다.

마치 조선왕조 5백년을 일관하여 중국의 주자학(朱子學)과 성리학

(性理學) 귀신에 씌어서 당파 싸움과 당리당략을 위한 공리공론에만 몰두하였던 고루하고 찌들어버린 남인 북인, 노론 소론파의 완고한 선비들을 보는 것 같습니다.

그들은 임진왜란과 병자호란이라는 호된 외침에 시달리면서도 끝내 제 정신을 차리지 못했을 뿐만 아니라 나라를 제대로 지켜내지도 못하고 결국은 망국을 초래했습니다.

그리고 그들 운동권의 고집은 서세동점(西勢東漸)의 세계 정세를 끝끝내 파악하지 못하여 결국은 나라를 35년 동안이나 일본에게 송두리째 빼앗겼고 지금도 그로 인한 분단의 고통을 겪게 만든 무위무능 하기만 했던 조선 말기 선비들을 대하는 느낌입니다.

민주 국가인 대한민국에서 비록 사상의 자유는 있지만 그 사상을 현실 정치에 잘못 적용하여, 조선 시대 유생들이 그러했듯이, 아예 나라 자체를 망쳐버리는 것은 대한민국에는 분명 민주주의의 근본마저 부정하는 대역 행위가 아닐 수 없습니다.

부디 이번 사건이 그들의 학생 운동권 시대의 허황된 사회주의 망상에서 깨어나 현실을 있는 그대로 바로 보는 계기가 되었으면 합니다."

실사구시(實事求是) 정신

"그들로 하여금 사회주의 망상에서 깨어나 현실을 바로 보게 하려면 어떻게 해야 될까요?"

"실사구시(實事求是) 정신으로 돌아가야 합니다."

"실사구시가 무엇입니까?"

"현실 속에서 진리를 찾아내자는 정신입니다. 공산주의니 사회주의니 하는 것은 현실 속에서 진리를 찾아낸 것이 아니고 마르크스와 엥겔스가 허황된 망상과 공상 속에서 만들어낸 이념을 현실에 적용하려다가 실패한 전형적인 실례입니다.

바로 이 때문에 소련의 세력권에 들어 있던 동유럽 공산 위성국들 외에 유럽 국가들 중에서 공산주의를 실험한 나라는 단 하나도 없습니다. 그 이유는 공산주의가 하나의 환상과 공상의 산물이라는 것을 그들은 재빨리 알아챘기 때문입니다.

공산주의를 74년 동안이나 실천하여 본 뒤에야 소련의 고르바초프는 이 망상을 깨닫고 나서 스스로 개혁과 개방을 단행했습니다.

그리고 공산주의를 30년 동안 해 본 중국의 덩샤오핑 역시 공산주의와 사회주의는 결국은 국민을 다같이 거지로 만드는 부질없는 환상임을 스스로 깨닫고 실사구시의 또 다른 면인 흑묘백묘론(黑猫白猫論)의 기치를 높이 들고 그 해결책으로 중국에 자유시장 경제제도를 도입하여 오늘날의 번영을 가져왔습니다.

이제 지구촌에서는 오직 북한의 집권층과 한국의 사회주의 귀신에 빙의(憑依)된 맹신자들만이 여전히 그 환상과 공상 속을 헤메고 있을 뿐입니다.

불과 백 년 전까지 서세동점(西勢東漸)의 대세에 눈 뜨지 못하고 오직 그 케케묵은 중국의 성리학과 주자학만 떠받들고 공리공론(空理空論)만 일삼다가 나라를 일제에 빼앗겼던 유생들의 타성에서 하루 속히 벗어나 그들도 현실에 눈뜨는 길밖에는 없습니다.

그렇게 되자면 북한에도 고르바초프나 덩샤오핑 같은 인물이 뒤늦게나마 등장해야 된다고 봅니다."

내 짝 찾기

2016년 5월 26일 목요일

동료들이 수련을 끝내고 다 자리를 비운 뒤에 나와 단 둘이 남게 되자 직장에 다니는 28세의 방희주라는 여자 수련생이 말했다.

"선생님, 대단히 죄송하지만 오늘은 선생님께 제 일신상의 문제에 대하여 상의 좀 드려도 될까 해서 이렇게 남았습니다."

"그래요. 모처럼의 청인데, 어서 말씀해 보세요."

"며칠 전에 부모님이 저를 보고 여자는 나이 30이 되기 전에 시집을 가야 된다면서 그 전에 꼭 예비 신랑을 집으로 데리고 오라고 정색을 하고 말씀을 하셨습니다. 그러면서 사람이란 누구나 세 가지 덕을 가지고 이 세상에 태어난다고 하셨습니다."

"세가지 덕이라니 처음 듣는 말입니다."

"제가 말씀드리겠습니다. 첫째가 부모 덕, 두 번째가 배우자 덕 그리고 세 번째가 자식 덕인데, 그 중에서 부모 덕과 자식 덕만은 각자가 스스로 선택할 수 없지만 배우자만은 당사자가 스스로 선택할 수 있게 하겠다고 말씀하셨습니다."

"그 말을 듣고 보니 부모님의 자식 사랑이 보통 지극한 분들이 아닌 것 같습니다. 방희주 씨야말로 진정으로 부모 덕을 타고 났습니다. 형제는 몇이나 됩니까?"

"서른두 살 난 오빠가 하나 있습니다."

"무슨 일을 하시는데요?"

"모 국책 회사 연구소 연구원입니다."

"결혼은 했습니까?"

"네. 3년 전에 결혼했는데 벌써 연년생으로 남매를 두고 있습니다."

"그럼 오빠도 배우자를 스스로 선택했나요?"

"그렇습니다. 결혼 전에 오빠는 사귀던 여자가 있어서 쉽게 결혼이 성사되었습니다. 그런데 저는 남자 친구가 없어서 오늘 선생님한테 어떻게 하면 배우자를 제대로 고를 수 있는지 그 요령을 알고 싶어서 이런 청을 드리게 되었습니다."

"그 정도의 청이라면 내가 평소에 이런 경우를 대비해서 늘 생각하고 있던 것이 있어서 오히려 다행입니다."

"선생님께서 그렇게 말씀하시니 참으로 다행입니다. 그럼 어서 말씀해 주세요."

"그 말하기 전에 한가지 다짐해 둘 일이 있습니다."

"말씀하세요."

"다른 게 아니라 지금처럼 우리나라 신생아 수효가 계속 줄어들면 인구는 계속 줄어들어 백 년쯤 후에는 나라가 소멸될지도 모른다고 합니다. 결혼하면 아이는 몇이나 낳을 겁니까?"

"저는 생기는 대로 무조건 다 낳을 작정입니다. 그것이 우리 세대가 애국하는 시대정신이라고 생각합니다."

"그렇다면 우주의 진리이기도 하고 내가 가장 신뢰하는 음양오행 체질 감별법을 자세히 알려드리겠습니다.

방희주 씨는 얼굴이 동그랗게 생긴 토형(土型)이니까 얼굴이 갸름한 목형(木型) 남자라면 각자의 기운이 상부상조하여 천정배필(天定配匹)로서 백년해로(百年偕老)할 것입니다. 이왕이면 다홍치마라고 방희주 씨와 체격도 비슷한 건장한 청년을 고르면 금상첨화(錦上添花)일 것입니다."

"그것 외에 다른 것은 필요 없습니까?"

"스스로 살아갈 수 있는 생활력 외에 가문, 학력, 능력, 자격, 집안 환경, 재산 정도 같은 것은 고려 상황에서 제외해도 됩니다. 방희주 씨가 이러한 후보자를 부모님께 선보였을 때 어떻게 반응하실까 하는 것이 문제이긴 합니다만."

"제가 선택하는 남자라면 무조건 승낙하기로 했으니까 별 문제는 없을 것 같은데, 선생님께서 말씀하신 목형 남자가 과연 저에게 적합할지 의문입니다."

"그건 염려하지 않아도 됩니다. 방희주 씨는 이미 수련을 통하여 기를 느끼고 운기조식을 하고 있으니까 목형 남자가 가까이 오면 두 사람의 기운이 상부상조하여 서로 마음이 편안해지고 기분이 좋아지고 피로가 회복되는 것을 실감하게 될 것입니다.

우주 에너지의 흐름

그런 목형 남자와 결합하게 되면 두 사람은 앞으로 무슨 일을 해도 우주 에너지 흐름의 도움을 받아 만사형통하게 될 것입니다. 두 남녀가 결혼 조건으로 이 이상 좋은 것이 어디에 있겠습니까?"

"그렇겠는데요. 그럼 저는 얼굴이 동그란 토형(土型)이지만 저와는 달리 얼굴이 역삼각형인 화형(火型)이나, 네모인 금형(金型)이나, 정삼각형인 수형(水型)이나, 갸름한 목형(木型)인 여자는 어떤 남자와 기운이 맞을까요?"

"얼굴이 역삼각형인 화형(火型)여자는 얼굴이 정삼각형인 수형 남자가, 얼굴이 네모인 금형(金型) 여자는 얼굴이 역삼각형인 화형(火型) 남자가, 얼굴이 갸름한 목형(木型)여자는 얼굴이 네모난 금형(金型) 남자가, 얼굴이 삼각형인 수형(水型) 여자는 얼굴이 둥그런 토형(土型) 남자와 궁합이 맞습니다. 이로서 목, 화, 토, 금, 수 다섯 가지 유형의 남녀는 각기 어울리는 배우자를 선택할 수 있습니다."

"선생님, 실례지만 한가지 물어봐도 되겠습니까?"

"그럼요. 어서 물어보세요."

"사모님은 얼굴이 무슨 형이죠?"

"우리 집 사람은 목형입니다. 다행히도 얼굴이 금형인 나에게는 기운이 상부상조하는 형입니다."

"그럼 선생님은 처음부터 음양오행 체질 감별법에 따라 사모님을 선택하셨나요?"

"천만에요. 순전히 우연히 맞선을 보다가 그렇게 되었을 뿐입니다. 내가 결혼할 때는 1964년도니까 지금으로부터 52년 전입니다. 내가 음양오행 체질 감별법을 알게 된 것은 1992년 오행생식을 고안한 김춘식 생식원 원장님에게서였으니까 24년 전 일입니다."

"그러니까 결혼하신 지 24년 뒤에야 천정배필이라는 것을 아시게 되었다는 말씀이시군요."

"그렇습니다. 그래서 집 사람은 지금도 부모 복과 자식 복은 몰라도 남편 복 하나만은 타고났다고 노상 되뇌고 있습니다. 나 역시 아내의 의견에 전적으로 동감입니다.

내가 방희주 씨에게 오행체질 감별법을 자신 있게 추천하는 것도 이런 나의 실생활 체험이 바탕에 깔려 있기 때문입니다."

"그러시군요. 고맙습니다."

"방희주 씨가 좋은 배필을 만나 결혼에 골인하기 전에는 아직 고맙다는 인사는 적합지 않습니다.

그럼 지금까지 얘기한 것을 남자를 기준으로 다시 정리하면

목형 남자는 **토형** 여자가

화형 남자는 **금형** 여자가

토형 남자는 **수형** 여자가

금형 남자는 **목형** 여자가

수형 남자는 **화형** 여자가

가장 적합합니다."

"그럼 그 밖의 남녀의 결합 가령 목형 남자와 화형 여자, 화형 남자와 수형 여자의 경우는 어떻게 됩니까?"

"그 어떤 경우이든 위에 말한 것과 같이 남녀의 에너지가 상부상조하는 일은 없습니다. 그래서 결혼을 하면 남자는 쇠약해지고 여자는 강건해지는 경우도 있고 그 반대의 경우도 있습니다.

목형 남자와 **화형** 여자
화형 남자와 **토형** 여자
토형 남자와 **금형** 여자
금형 남자와 **수형** 여자
수형 남자와 **목형** 여자

가 결혼할 경우에는 남자의 기운이 일방적으로 여자에게로 흘러들어 가기만 할 뿐 상대로부터 에너지를 받는 일은 없으므로 결혼 생활은 불행해지고 남자의 수명은 짧아지게 됩니다.

그런가 하면 그 반대의 경우 즉 여자는 쇠약해지고 남자는 강건해지는 경우도 있습니다.

목형 남자와 **수형** 여자
화형 남자와 **목형** 여자
토형 남자와 **화형** 여자
금형 남자와 **토형** 여자

수형 남자와 **금형** 여자

가 결혼할 경우에는 여자의 기운이 일방적으로 남자에게로 흘러 들어 가기만 할 뿐 상대로부터 에너지를 받는 일은 없으므로 역시 결혼 생활은 불행해지고 여자의 수명은 짧아지게 됩니다."

"그럼 똑 같은 체형끼리 결혼을 할 경우는 어떻습니까?"

"같은 체형끼리 결혼을 하면 좋을 것 같지만 그렇지 않습니다. 친구나 동료나 동업자와 같이 사무적인 유대가 유지될 뿐 이성으로서 기운을 주고받는 일은 없으므로 결코 행복한 부부 관계는 유지할 수 없게 되므로 불행해질 수밖에 없게 됩니다. 이보다 더 불행한 것은 남자와 여자가 거꾸로 된 경우입니다.

목형 남자와 **금형** 여자
화형 남자와 **수형** 여자
토형 남자와 **목형** 여자
금형 남자와 **화형** 여자
수형 남자와 **토형** 여자

인간이라는 동물은 수컷이 암컷보다 몸집이 더 크고 힘도 강하므로 본능적으로 수컷이 암컷을 이기려고 하는 것이 자연의 이치입니다. 그러나 위의 경우 그와는 반대의 경우이니 파경에 이르지 않을 수 없는 경우입니다.

그러니까 결론적으로 말해서 가장 이상적인 결혼은

목형 여자는 **금형** 남자와,
화형 여자는 **수형** 남자와,
토형 여자는 **목형** 남자와,
금형 여자는 **화형** 남자와
수형 여자는 **토형** 남자와

반드시 결혼해야 내외가 다 같이 무병장수하고 백년해로 할 수 있습니다. 요컨대 음양오행의 에너지의 흐름대로 순응하는 것이 요령입니다. 우주의 기의 흐름은

목극토(木克土)
토극수(土克水)
수극화(水克火)
화극금(火克金)
금극목(金克木)

으로 흐릅니다. 남녀 관계에서 극한다는 것은 상부상조(相扶相助)를 의미합니다.

그러나

목생화(木生火)
화생토(火生土)
토생금(土生金)
금생수(金生水)

수생목(水生木)

로 결합하게 되면 남녀 중 한 사람은 상대에게 늘 에너지를 빼앗기게 되므로 요절하게 됩니다. 순천자(順天者)는 성(盛)하고 역천자(逆天者)는 망(亡)한다는 명심보감에 나오는 이치와 합치됩니다."

"그런 것을 알면서도 남녀의 수효가 비슷하므로 음행오행 체질 감별법대로 하면 결혼생활이 행복해야 할 터인데 사실은 행복하다는 사람들보다 불행하다는 경우가 더 많은 것은 무엇 때문일까요?"

"대개가 재산과 가문 같은 이해타산을 지나치게 따지든가 정략 결혼을 한다든가 아니면 명중률이 신통치 않는 재래식 역학(易學)에 의한 궁합법을 따르든가 아니면 전생의 인과응보에 따라 자신들도 모르는 사이에 배우자를 선택함으로써 음양오행 체질 감별법을 무시하기 때문입니다."

"무슨 말씀인지 이해는 하겠습니다만 지금 저에게 다급한 문제는 어떻게 하면 얼굴이 갸름한 미혼의 목형 남자를 구할 수 있을까 하는 것입니다. 무슨 좋은 방법이 없을까요?"

"역시 방희주 씨는 토형답게 매우 현실적입니다. 관찰하고 생각하고 연구하다가 보면 좋은 방안이 반드시 떠오를 것입니다. 부모님의 재촉을 정 견딜 수 없을 때가 오면 그때 다시 나를 찾으세요. 그때쯤엔 무슨 좋은 수가 생길 것입니다."

"그러실 것 없이 쇠뿔은 단김에 빼랬다고 얼굴이 긴 결혼 후보자를 지금 제가 당장 만나기도 쉬운 일은 아니므로 그 마지막 카드까지 일려 주시는 것이 어떻겠습니까?"

"우물에 가서 숭늉 찾기군요. 그럼 조금 전에 문득 떠오른 생각이긴 하지만 말해 볼까요?"

"어서 말씀해 주세요."

"그저 문득 떠오른 아이디어일 뿐입니다."

"그래도 좋습니다. 말씀해 주세요."

"내외에 평판이 좋은 신용 있는 웨딩 업체나 결혼을 원하는 선남선녀들의 동호회나 클럽을 선정해서 일단 결혼 후보자로 신청을 해 놓는 것이 어떨까 합니다.

웨딩 업체의 운영 내막이 어떤지는 잘 모르지만 이미 등록되어 있는 후보자들의 영상 자료와 신상 기록을 열람할 수 있으면 예비 후보자를 어렵지 않게 선택할 수 있지 않을까 합니다. 웨딩 업체나 동호회를 잘못 만나면 사기를 당할 수도 있다 하니 신중을 기해서 접근해야 할 것입니다."

"좋은 아이디어를 가르쳐 주셔서 고맙습니다. 그런 일이라면 신문사 사회부 기자로 있는 친구가 있으니 그 친구에게 소개를 부탁할까 합니다."

"방희주 씨는 지금도 운기조식을 활발하게 하고 있으니까 목형 남자가 다가오기만 해도 금방 느낌부터 달라질 겁니다. 사귀기 시작하여 부모님께 선 뵐 정도로 관계가 진전이 되면 그 전에 나한테 꼭 먼저 데려 오기 바랍니다."

"꼭 그렇게 하겠습니다."

"여자는 여자가 알고 남자는 남자가 안다고 하니 꼭 그렇게 하시기 바랍니다."

"그럼요. 부모님에게 데려가기 전에 틀림없이 선생님께 먼저 인사시키겠습니다."

잇몸으로 살아가기

그로부터 일주일쯤 지난 뒤에 방희주 씨가 또 찾아왔다.

"선생님 제가 이렇게 선생님을 불쑥 찾아온 것은 저에게 적합한 신랑감을 발견했기 때문은 아닙니다."

"그럼 무슨 뜻밖의 일이라도 생겼습니까?"

"아무래도 풀리지 않는 수수께끼가 생겼기 때문입니다. 죄송합니다."

"괜찮습니다. 어서 말씀해 보세요."

"다른 게 아니고요. 이미 결혼하여 아이들을 낳고 사는 부부들 중에서 남녀가 기운이 상부상조하는 천생연분을 만나지 못한 부부들은 둘 중 하나는 기운을 상대로부터 빼앗기므로 기력이 나날이 쇠약해지거나 제 명을 살지 못하고 일찍 요절을 한다고 지난번에 선생님께서는 말씀하셨습니다.

그렇다면 이 세상에는 행복한 부부보다는 불행한 부부들이 압도적으로 많다고 할 수 있을 것입니다.

저는 제 예비 신랑을 구하는 일이 다급하다는 것을 잘 알면서도 이들 불행한 기존 부부들은 앞으로 어떻게 살아가야 하는가 하는 의문에 사로잡히게 되었습니다.

아이들 때문에, 그리고 이미 들어버린 미운 정, 고은 정 때문에 불행을 참고 그냥 살아야 할지 아니면 생명의 법칙에 따라 과감하게 이혼을 하여 팔자를 고쳐야 할지 만가지 생각이 저를 괴롭힙니다.

제 코가 석자인데도 이런 생각을 하는 저 자신이 한심하다는 생각이 들지만 하도 궁금하기 짝이 없어서 이렇게 실례를 무릅쓰고 불시에 찾아왔습니다."

"나 자신의 안위보다는 천성적으로 이웃의 안위를 더 많이 생각하는 착한 마음씨를 가진 방희주 씨라면 그럴 수도 있다는 생각이 듭니다."

"선생님께서 그렇게 저를 그처럼 좋게 배려해 주시니 뜻밖입니다."

"그 심지가 갸륵해서 하는 말입니다. 사람 사는 세상에서는 앞길이 막히면 옆길이라도 뚫고 나갈 수 있는 방편이 있게 생기게 마련입니다.

내 친구 중의 한 사람의 예를 들겠습니다. 신혼 생활 때는 전연 몰랐는데 아이를 둘이나 낳고 결혼 생활에도 권태기가 찾아왔습니다. 그런 어느 날 대학 동창회가 있어서 오래간만에 요정에서 자기도 모르게 만취가 되었습니다.

새벽 2시에 문득 깨어나 보니 낯선 방인데 옆에는 간 밤의 요정 종업원 파트너였던 여자가 정신없이 곯아 떨어져 자고 있었습니다. 그는 기겁을 하고 일어나자마자 팁과 함께 쪽지를 남겨놓고 그 자리를 몰래 빠져 나와 택시를 타고 집으로 달렸습니다.

입고 있던 복장으로 보아 비록 간밤에 그 파트너와의 사이에는 별일이 없었다 해도 결혼 후 한번도 외박을 한 일이 없었던 자신을 기다렸을 아내를 생각하면 미안하기 짝이 없었습니다. 그러나 다행히도 새벽 2시 반에 귀가한 덕분에 아내와는 별 마찰 없이 그날 일은 잘 수습되었습니다.

그런데 그 요정 파트너를 만난 이후 가끔 그녀와 만나 단지 차를 한 잔씩 마시는데도 갑자기 기분이 좋아지고 마음이 편안해지고 건강도 좋아졌습니다. 후에 알고 보니 그의 아내는 체형이 금형인데 그 자신은 토형이고 요정 파트너는 수형이었습니다.

토생금(土生金)하여 아내한테서는 그동안 내내 기운을 빼앗겨 왔지만 요정 파트너와는 알게 된 지 얼마 안 되었고 같은 공간에 있어본 지도 며칠 되지 않았건만 두 남녀 사이에는 많은 기운이 서로 상부상조한 것을 그 후 깨닫게 되었습니다.

요정 파트너는 그 후 다방을 차렸고 그 친구는 시간만 나면 그 다방에 나가 앉아서 그녀로부터 아내로부터 빼앗겼던 에너지를 보충받을 수 있었습니다. 이 빠지면 잇몸으로 살아간다고 이생에 일단 생을 얻은 이상 사람은 어떻게 해서든지 한 세상 살아가게 되어 있습니다.

더구나 도시 월급 생활자들의 경우 하루 24시간 중 가족과 같은 공간에서 생활하는 시간은 겨우 여덟 시간 내외에 지나지 않습니다. 그럼 그 나머지 16시간은 어떻게 될까요? 출퇴근 시간 외에는 거의 모든 시간을 직장과 그 주변에서 보내게 됩니다.

직장의 남녀 동료, 상사와 부하 남녀 직원들, 그리고 직장 주변의 다방이나 그 밖의 요식업소 종업원들과 늘 어울려 돌아가게 되어 있습니다.

불행하게도 천생연분을 만나지 못하여 배우자한테서 기운을 늘 빼앗기는 직장인은 이처럼 직장과 그 주변에서 어울려 돌아가는 이성들로부터 자기도 모르는 사이에 아내에게서 빼앗긴 기를 보충받아 살아가게 되어 있었던 것입니다.

그리고 조선왕조 시대에만 해도 왕족이나 권세가들은 으레 처첩을 거느렸습니다. 대체로 그들 권세가 자녀들은 그들 부모 상호간의 정략결혼을 하였으므로 혼인 당사자들은 서로 배우자의 얼굴도 모른 채 부모가 정해주는 대로 결혼식을 올려야 했습니다. 남존여비 시대였으므로 신부에게 만족하지 못하는 신랑은 합법적으로 첩을 얼마든지 거느릴 수 있었습니다."

"그러나 신분제의 혜택을 받아 다행히도 그렇게 안전한 곳을 찾아 살아가는 옛사람들이나 현대의 도시 생활인들은 그렇다 쳐도 그러한 환경과 혜택을 받지 못한 도시나 농어촌 사람들은 어떻게 살아가죠?"

"결혼을 하고 아이들을 낳고도 이상하게도 가정에서 안정을 못 찾은 남자들 중에는 한번 나가면 몇 년 또는 수개월씩 집에 못 돌아오는 원양어선을 타거나 외국에 취업을 하는 경우가 있습니다. 그래도 안정을 못 찾는 사람들은 끝내 이혼을 선택하는 수도 있습니다."

"그러고 보니 출퇴근 시간대의 만원버스나 전철에서 남녀가 어울려 어쩔 수 없이 몸싸움을 벌이면서도 별 불평 없이 살아가는 것을 보면 이들도 집안에서 배우자에게서 빼앗긴 기운을 그런 식으로나마 보충받는 즐거움을 무의식적으로 즐기고 있기 때문이 아닌가 하는 생각이 듭니다.

돌 틈에도 용서가 있고 번갯불에도 콩을 구어 먹는다는 격언이 있습니다. 어쨌든 이 세상은 비록 어쩔 수 없이 역경에 처해지는 경우가 있다고 해도 사람은 죽으라는 법은 없고 무슨 수를 써서든지 살아나갈 수 있게 되어 있는 것만은 틀림이 없는 것으로 보입니다."

배우자를 만나는 황금률(黃金律)

"선생님 얘기 듣고 적지 않게 안정을 되찾은 것 같습니다. 그럼 마지막 질문을 하겠습니다."

"어서 말씀하세요."

"제 사촌 오빠가 연애결혼을 한 지 20년이 되어 두 아들을 둔 50대 초반의 중년이 되었습니다. 그런데 연애결혼을 했는데도 항상 결혼 생활이 화목하지를 못하고 사소한 일로 티격태격 다투기를 잘 하고요, 늘 오빠 쪽에서 더 불만을 품고 있습니다.

게다가 오빠는 결혼 후에는 허리가 아프다는 등 건강이 시원치 않고 요즘은 유독 시들시들합니다. 물론 여러 병원을 돌아다녀 보았지만 제대로 치료가 되지 않습니다. 지금까지는 그저 그런 부부도 있겠거니 하고 심상하게 여겨 왔는데 지난 번에 선생님을 만나 뵌 후로는 사촌 오빠를 보는 제 관점이 달라졌습니다. 선생님께서 말씀하신 음양오행 체질 감별법을 적용해 보니 문제의 본질이 무엇인지 윤곽이 잡혀 왔습니다."

"혹 오빠와 시누이의 사진을 가져오지 않았습니까?"

"그렇지 않아도 여기 가지고 왔습니다."

하고 말하면서 그녀는 손바닥만한 한 장의 사진을 내놓았다. 그녀의 사촌 오빠의 얼굴은 네모로서 전형적인 금형이고 그의 부인은 얼굴이 삼각형으로서 수형이었다.

"부인의 얼굴이 갸름한 목형이었더라면 천정배필이었을 텐데 유감스럽게도 금생수(金生水)가 되어 여자는 남자의 기운을 끌어다 쓰기만 하고 되돌려 주는 것은 아무것도 없습니다.

따라서 한 공간에 같이 있으면 있을수록 여자에게는 유익하지만 오빠는 아내한테서 일방적으로 기운을 빼앗기기만 하여 건강이 점점 나빠져서 일찍 요절할 가능성이 있습니다."

"무슨 기발한 해결책은 없을까요?"

"본인들은 아무것도 모르고 그럭저럭 두 아들까지 낳고 그런대로 살아가고 있는데 방희주 씨가 갑자기 나타나 평지풍파를 일으키는 것도 그렇고 그런 일에는 신중을 기하는 것이 좋을 것 같습니다."

"만약에 선생님께서 오빠의 아버님이라면 어떻게 하시겠습니까?"

"그분들 내외가 연애 결혼을 하여 그렇게 사는 것도 자기네들의 인과응보요 인연인데 아무리 부모라고 해도 갑자기 문제를 일으키는 것은 바람직스러운 일은 아닐 것 같습니다. 그러나 그들이 합의하여 이혼을 원한다면 두말 없이 받아들일 수는 있겠지만 말입니다.

그 대신 지난 일은 이왕지사 그렇게 된 거고 앞으로 결혼할 예비 신혼 부부를 만난다면 그들의 행복을 위해서 만난(萬難)을 무릅쓰고 배우자를 만나는 지름길이요 황금율인 음양오행 체질 감별법을 도시락 싸 들고 쫓아다니면서라도 적극 권고할 것입니다.

이 길은 마치 달이 지구를 돌고 지구가 태양을 돌고 태양이 북극성을 돌 듯, 시작도 끝도 없이 자전과 회전 운동을 하면서 정해진

우주 에너지의 운동 법칙에 따라 움직이는 우주 자연의 법칙이기 때문입니다."

이렇게 말하면서 나는 이런 경우를 위하여 늘 외워놓은 그 문제의 황금률(黃金律)을 암송해 주고 그렇게 될 것을 권고했다.

"목극토(木克土)하여 길쭉한 얼굴의 목형 남자는 얼굴이 똥그란 토형 여자를
토극수(土克水)하여 둥그런 얼굴의 토형 남자는 세모꼴 얼굴의 수형 여자를
수극화(水克火)하여 삼각형 얼굴의 수형 남자는 역삼각형 얼굴의 화형 여자를
화극금(火克金)하여 역삼각형 얼굴의 화형 남자는 얼굴이 네모인 금형 여자를
금극목(金克木)하여 네모난 얼굴의 금형 남자는 갸름한 얼굴의 목형 여자를
배우자로 삼을 것을 권고할 것입니다.

인류 역사가 지속되는 한 계속되어야 할 결혼으로 야기되는 온갖 문제들을 해결할 수 있는 근본적인 해결책은 바로 이 황금률을 이용하는 데 달려 있기 때문입니다."

"이것 외에 다른 해결책은 없을까요?"

"이것 외에는 내가 알기로는 누구나 오행생식을 하는 구도자가 되어 열심히 수련을 하여 자신의 얼굴을 표준형이나 상화형(相和型)으

로 바꾸는 겁니다. 표준형이나 상화형은 어떠한 이성과도 서로 마찰을 빚지 않기 때문입니다. 그러나 그 일은 아무나 할 수 있는 일이 아니므로 대안이 될 수는 없을 것입니다."

"무엇 때문입니까?"

"위에 말한 황금률은 웬만한 사람은 누구나 다 지킬 수 있지만 구도자는 아무나 될 수 있는 것이 아니기 때문입니다."

"왜 꼭 그렇게 될 것이라고만 생각하십니까?"

"이 황금률에는 해당되는 남녀를 서로 끌어당겨서 서로 돕고 안정시키는 신비한 우주 에너지의 힘이 작용하고 있지만 구도자가 되는 길에는 그러한 신비한 힘 같은 것은 서로 작용하고 있지 않기 때문입니다."

반기문의 정계 등장

2016년 5월 30일 월요일

우창석 씨가 말했다.

"선생님, 오늘 아침 중앙일보를 보니 반기문 유엔 사무총장이 다음 대선 주자들 중에서 단연 우뚝 두각을 나타냈습니다.

여론의 지지율이 반기문 28.4%, 문재인 16.2%, 안철수 11.9%, 박원순 7.2%, 김무성 4.2%였습니다. 반기문의 TK 지지율이 45%로써 그의 고향인 충청보다 31%나 높았고 국민의당 지지층 20%가 반기문 쪽으로 간 것으로 나타났습니다. 이거야말로 기존 한국 정계에 큰 지각 변동을 가져오지 않을 수 없는 큰 사건이 아니겠습니까?"

"물론입니다."

"이런 돌발적 현상을 어떻게 보아야 할까요?"

"큰 바다에서 노닐 던 대형 개구리 한 마리가 어쩌다가 해안가의 케케묵은 우물 안으로 뛰어든 격입니다. 구태의연한 기존 개구리들에게는 아닌 밤중에 홍두깨 격이 아닐 수 없을 겁니다.

내가 보기에는 이미 25년 전인 1991년 소련과 동유럽 위성국으로 구성된 공산권이 일시에 공중 분해된 후 지구촌 전체에서 이미 유효 기간이 다하여 자동 폐기 처분된 공산주의 또는 사회주의 이념이 북한과 한국에서만 지금도 계속 맹위를 떨치고 있다는 사실이 아무래도 심상치 않습니다.

그 증거로 한국에서는 2003년에서 2008년 사이에 노무현 정부가 들어섰고 빈부 격차를 해소하기 위한 사회주의 경제 정책이 강행되었지만 참담한 실패로 돌아간 것은 17대 대선에서 노무현 전 대통령의 바통을 이어 받은 정동영 후보의 압도적인 참패로 입증되었습니다."

"그때 대선 참패의 원인이 되었던 노무현 정부의 역주행 정책은 대내외에 유명했죠 아마."

"그렇고 말고요. 빈부 격차를 해소한다고 하여 부자와 기업체 소유주들에게 과도한 세금과 각종 규제들을 2중 3중으로 부과하여 왕창 거두어 들인 돈으로 빈민층을 잘 살게 한다고 하여 공장을 세워 일자리를 만들어 주는 대신 정부에서 실시하는 취로(就勞) 사업에 실업자들을 취업시켰습니다.

정부에서는 이들을 취로 사업에 2, 3개월씩 일하게 하고는 다시 무직자로 만들었습니다. 노무현 정부는 이러한 일련의 작업을 집행하는 데 필요하다고 하여, 외국에서는 비용이 적게 드는 작고 효율적인 정부를 만들려고 혈안들이 되어 있는데도 불구하고 공무원을 10만명이나 대폭 늘여놓음으로써 그야말로 몸통만 크고 비능률적이고 무능한 정부를 만들어 놓았습니다.

이 통에 갑자기 2중 3중으로 된 서리를 맞은 기업인들은 적자를 줄이려고 노임이 한국보다 저렴한 중국, 베트남, 인도 같은 곳으로 공장을 옮기지 않을 수 없게 되었습니다.

그러자 한국에는 대량의 실업자들이 생겨났고 빈민층은 줄기는커

녕 그전보다 오히려 두 배나 늘어나게 되었습니다."

"아니 그럼 그렇게 될 때까지 정부의 기존 경제 분야 공무원들은 뭘 하고 있었을까요?"

"그렇지 않아도 그 이전에 경제 성장과는 반대되는 노무현 정부의 경제 역주행 정책을 비판하는 공무원들은 모조리 다 파면시켜버리고 그 대신 노무현 정부와 코드가 맞는 주사파 운동권 출신의 비전문 또는 아마추어 인력을 대량 채용하였으므로 정부의 역주행 정책에 감히 이의를 제기하든가 브레이크를 걸 공무원도 없었습니다."

"그럼 당연히 매스컴이라도 나섰어야 하는 거 아닙니까?"

"물론 주류 신문인 조 중 동이 앞장을 서서 그 역주행 정책의 부당성을 신랄하게 꼬치꼬치 지적했지만 노무현 정부에게는 모두가 마이동풍(馬耳東風)이요 우이독경(牛耳讀經)이었습니다.

그렇게 되자 한국은 기왕의 동아시아의 네 마리 용 즉 한국, 대만, 싱가포르, 홍콩 중에서 늘 선두주자였던 것이 대번에 꼴찌로 뒤쳐지게 되었고 경제 성장 순위 역시 세계에서 16위나 대폭 추락하게 되었습니다.

그 후 정권이 두 번이나 바뀌고 노무현 전 대통령 비서실장으로 있던 문재인 전대표가 노무현 전 대통령의 역주행 실패를 규명하고 그에 대한 반성과 개선책 같은 것은 내놓지도 않은 채 무조건 그의 유업을 계승할 것을 공약하고 대선 후보로 나와 선두주자로 달리고 있습니다.

많은 유권자들은 그렇게 하여 문재인 후보가 대통령이 되면 노무현 전 대통령의 역주행 전철(前轍)을 그대로 밟아 노무현 전 대통령이 저질렀던 실책을 되풀이하겠다는 것이 아닌가 하고 의심하고 있습니다.

그뿐 아니라 많은 국민들은 현직에 있을 때 노무현 전 대통령이 '북한하고만 잘되면 다른 것은 다 깽판쳐도 좋다'고 호언장담한 것을 감안할 때 그의 유업을 계승하겠다는 문재인 후보가 대통령이 될 경우 과연 북한하고만 잘되면 한국 정치와 경제와 국방은 다 깽판쳐 버리면 나라가 망하는 것이 아닌가 하고 의구심을 갖지 않을 수 없게 되어 있습니다.

그러한 문 후보는 반기문 유엔사무총장의 등장으로 그 예봉이 크게 꺾여 새로운 고전을 면할 수 없게 될 것 같습니다. 10년 동안이나 유엔을 운영해 본 실무 경험이 풍부한 반기문 사무총장이야말로 아직도 사회주의 귀신에 씌어 있는 한국 정치인들로 하여금 제정신을 차리게 해 줄 것이라 확신합니다."

공산 진영의 자멸을 망각한 사람들

"공산주의란 원래 19세기 독일 사람인 칼 마르크스와 프리드리히 엥겔스에 의해 제창되었지만 제정 러시아의 레닌에 의해 1917년 10월 빼쩨르부르그에서 볼쉐비키 공산 폭력 혁명이 성공하여 공산국가 연맹인 소련이 성립되었지만, 그로부터 74년 후인 1991년에 미국과의 군비경쟁에서 패배하여 동유럽 위성국들과 함께 일시에 망해 버리지 않았습니까?"

"그랬죠."

"그런데도 한국의 사회주의 정치인들의 머리 속에서는 이 사실이 말끔히 세뇌되어 그들의 기억에서 깡그리 사라져버린 것 같은 느낌이 듭니다.

바로 그 일 때문에 소련의 스탈린과 중공의 마오쩌둥의 지원을 받은 김일성 군대의 육이오 남침 전쟁으로 한국은 아직도 국토 분단을 회복하지 못하고 나라가 갈라진 채로 있습니다.

또 그 일로 인해 지금 북한은 김일성의 손자인 김정은에 의해 세습 통치되고 있을 뿐 아니라 핵과 미사일 개발로 한국은 말할 것도 없고 온 세계의 골치덩어리가 되고 있는데도 불구하고 이 엄연한 현실에 그들은 계속 무감각할 수 있는 것으로 보입니다."

"과연 그렇겠는데요."

“그래서 온 세계에서 당연히 제일 먼저 공산주의와 사회주의를 타도의 대상으로 삼았어야 할 한국에서 사회주의에 매혹된 지식인들이 정치 세력화되어 있고 이미 전 지구촌에서 실패한 사회주의 혁명으로 빈부 격차를 해소하겠다고 나서는 그들의 동키호테식 역주행의 용기와 이유가 설명이 될 것 같습니다.

그뿐 아니라 공산주의 발상지 독일에서는 공산주의가 발붙여 본 일도 없고 공산국가의 종주국인 소련과 그 위성국들이 일시에 망해버린 지 25년이나 된 지금까지도 육이오 남침으로 공산주의로부터 가장 큰 피해를 당한 한국에서 사회주의가 기승을 부리고 있는 이유가 차례로 설명이 될 것 같습니다.”

“그러고 보니 북한의 대남 공작이 먹혀 든 이유도 설명이 될 것 같습니다.”

“북한의 대남 공작이라뇨?”

“그렇습니다. 결국은 한국의 학생 운동권을 노린 북한의 대남 공작이 먹혀 든 것도 그 때문입니다. 1980년대 민주화를 위하여 반정부 투쟁을 벌이던 학생 운동권에 침투한 북한의 대남 공작의 주효로 학생 운동권 사이에 주사파 학생 그룹이 형성되었고 이들에게 북한의 대남 공작이 먹혀 들기 시작한 것입니다.

‘위수김(위대한 수령 김일성) 친지김(친애하는 지도자 김정일)’이란 생소한 북한식 용어가 운동권 학생들의 입에 오르내렸고 그와 함께 ‘임을 위한 행진곡’은 바로 이때 주사파 학생 운동권에서 반정부 투쟁 고취를 위해서 생겨난 것이라고 보아야 타당합니다.

앞으로 어떻게 될지는 모르지만 월맹의 베트콩 조직을 본따서 북한이 한국 내부 파괴 조직을 부식하여 성공한 것은 지금까지는 오직 주사파 대남 공작 케이스뿐입니다.

월맹이 남부 베트남 내에 양성해 놓았던 베트콩 같은 친 월맹 조직을 남한 내에 구축해 놓지 못한 것을 철천지한으로 여기고 이를 갈다가 사망한 김일성의 원한을 풀어주려는 듯 북한의 대남 조직은 남한 내에 주사파 조직 양성을 위해 전심전력을 기울였던 것입니다.

역주행 사건

그 후 시간은 흘러 2003년~2008년 사이에 집권했던 주사파 운동권 세력이 중심을 이룬 노무현 정부가 우리나라 경제를 사회주의 경제로 개편함으로써 빈부격차를 줄여보려고 했다가 크게 실패하여 빈민층은 도리어 두 배로 늘어나고 한국 경제의 성장 잠재력은 치명적인 타격을 입은 바로 그 유명한 역주행 사건이 벌어진 것입니다.

이로써 노무현 전 대통령의 인기는 역대 최저인 9.9%까지 폭락했건만 이들 한국판 사회주의 정치인들은 아직도 자기네가 무슨 오류를 범하고 있는지 반성의 기미조차 일체 보이지 않고 있습니다. 이것이 바로 한국 정치의 무서운 병폐입니다.

게다가 주목하지 않을 수 없는 일이 있습니다. 그것은 한국의 일부 유권자들은 온 지구촌 사람들이 총 동원되어 사회주의와 공산주의를 25년 전에 이미 폐기 처분하여 쓰레기 통 속에 던져버린 사실을 새까맣게 모르고 이들 한국판 사회주의자들의 감언이설에 속아 선거 때마다 그들에게 표를 던져 주고 있다는 사실입니다."

"바로 이들 한국의 사회주의자들에게 이번에 혜성처럼 나타난 반기문의 등장은 그동안 침체되어 있던 한국의 안보를 우려하는 보수층을 단합시키는 데 긍정적인 기여를 하게 될 것입니다."

"그럼 그들 일부 친북적인 한국의 야권은 앞으로 어떻게 될 것 같습니까?"

"북한의 김정은 체재의 운명과 궤를 같이하게 될 것입니다. 유엔 안보리 제재가 가중되면서 외화 부족으로 북한의 대남 주사파 지원금 역시 줄어들지 않을 수 없게 될 것입니다.

게다가 설상가상으로 80년대 이후에는 아웅산 테러, 천안함 폭침, 연평도 포격, 비무장 지대의 지뢰 매설과 같은 북한의 잇단 도발과 핵과 미사일 개발로 인하여 친북 좌경학생들이 급격히 줄어들어 지금은 거의 전멸 상태이고 그 대신 대학생들은 제각기 해병대나 공수부대에 자원 입대하는 쪽을 택하고 있습니다.

앞으로 한국의 보수 진영이 강화되면 아직도 정신 못 차리고 있는 사회주의자들의 기세도 크게 한풀 꺾이지 않을 수 없게 될 것으로 보입니다."

"그 견해에는 저도 동감입니다. 그러나 저는 좀 다른 생각을 가지고 있습니다."

"어떤 생각입니까?"

"요즘의 영국, 프랑스, 중남미 국가들의 좌익 정당들처럼 한국의 좌파 정당들도 오직 국리민복을 위해서는 보수 정당 이상으로 일자리 창출과 경제 성장을 위해 전력투구했으면 합니다. 그것이 바로 지구촌의 대세이고 우리가 살아갈 방향이기 때문입니다.

그리하여 국리민복을 위해서라면 누가 진보이고 누가 보수인지 구분할 수 없을 정도가 되어야 우리나라는 새로운 제 2의 도약기에 접어들 수 있게 될 것입니다."

"그렇게만 된다면 이 나라 정계에서 색깔론이란 단어가 다시 등장하는 불행한 일은 없게 될 것입니다."

신안 집단 성폭행 사건

2016년 6월 10일 금요일

우창석 씨가 말했다.

"요즘은 전남 신안 섬마을에서 일어난 여교사 집단 성폭행 사건이 뉴스에 자주 등장합니다.

다른 성폭행 사건과 다른 점은 중년의 세 명의 성폭행범들은 피해자와 같은 마을에 살면서 늘 서로 얼굴을 대하는 교사와 학부형의 친숙한 사이라는 것과 사건이 벌어진 날에도 넷이 어울려 술을 마셨고 여교사가 먼저 만취한 것으로 되어 있습니다.

그리고 세 피의자 중 한 사람은 2007년에 성폭행을 한 전과가 있다는 것입니다. 구도자의 입장에서 볼 때 선생님께서는 이 사건을 어떻게 보시는지 좀 말씀해 주시겠습니까?"

"내가 보기에는 이번 사건도 전생으로부터 이어져 내려오는 원수지고 앙갚음하는 일련의 사건들과의 연속선상에서 벌어진 일이고 피해자와 가해자만의 역할만 바뀐 것입니다."

"아니 그렇다면 전생엔 여교사가 가해자였고 금생의 가해자인 세 중년의 남성은 전생에는 피해자였다는 말씀이십니까?"

"정확합니다."

"그럼 금생의 피해자인 여교사는 전생에는 가해자였으니까 세 중년 성폭행범들을 처벌하지 말고 용서해 주어야 보복의 악순환의 고리를 끊을 수 있다는 얘기가 됩니까?"

"그럼요."

"그렇게 되면 이 땅의 법과 정의는 어떻게 됩니까?"

"그렇다고 해서 금생의 가해자들을 법에 따라 계속 처벌할 경우 그들의 상극 관계는 영원히 해소되지 않고 계속 쌓여만 가게 될 것입니다.

도전(道典)에 보면 천지개벽 후에 올 선경세계(仙境世界)는 원시반본(原始返本) 보은(報恩) 해원(解冤) 상생(相生)의 세상이라고 했는데 그 말이 맞는 것 같습니다.

내가 보기에도 지난 1만 2천년 동안 지구가 태양에 대하여 23.5도 기울어진 채로 돌아가는 동안에 지구상에서 벌어졌던 상호불신과 전쟁과 원한 관계는 개벽 후의 새 세상에서도 그대로 유지될 수는 없을 것으로 보입니다."

"그럼 어떻게 해야 됩니까?"

"그러자면 사람들의 의식이 원수(怨讐)에서 상부상조(相扶相助)의 상화(相和)의 관계로 신속하게 바뀌어야 합니다. 새 환경에 적응하지 못하고도 살아남 수 있었던 생명체는 지구상에 일찍이 존재했던 일이 없었으니까요."

"천지개벽(天地開闢)이란 바로 지축 정립과 함께 그렇게 갑자기 지금까지 누구도 본 일이 없는 새로운 조화선경(造化仙境)으로 변하는 일련의 과정을 말하는 거군요."

"그렇다고 볼 수 있습니다."

무수단 미사일의 교훈

2016년 6월 23일 목요일

우창석 씨가 말했다.

"오늘 아침 텔레비전 뉴스는 북한의 무수단 미사일 발사가 다섯 번의 실패 끝에 성공하여 마침내 태평양 미군 기지인 괌을 사정거리 안에 두게 되었다고 일제히 보도하고 있습니다.

이처럼 유엔의 핵심인 미국과 북한이 극에서 극을 달리다 보면 결국은 약자가 깨어지는 충돌 사태를 빚는 것이 아닌가 하는 느낌이 듭니다."

"정말 이렇게 양쪽이 같은 궤도에서 서로 계속 마주 보고 달리다 보면 결국은 서로 충돌밖에는 없을 것이고 약자가 강자에게 짓밟힐 수밖에 없는 것이 자연의 이치라고 봅니다.

그 선례로 2003년 이라크가 대량 살상 무기를 개발 중이라는 정보에 접한 미국과 이를 부인하는 이라크 사이의 대립 끝에 미국을 주축으로 한 영국 호주 연합군의 선제공격에 의해 이라크 후세인 체재가 개전 26일 만에 박살이 나버리지 않았습니까?"

"그렇습니다. 극즉반(極卽返)이라고 했으니 이번 사건도 이대로 나가면 곧 무슨 변화가 있지 않을까 합니다."

"그때 이라크가 대량 살상 무기를 개발 중이라는 정보들은 연합군의 철저한 수색 끝에 오보로 들어났지만 북한은 자기네가 스스로 핵과 미사일을 개발하고 있다고 도리어 과장 광고까지 하고 있으니 이번엔 미국과 북한의 대치 상태가 앞으로 어떻게 될 것 같습니까?"

"5천년의 인류 역사상 아직도 하나의 작은 악바리 깡패 폭력 집단이 전 세계를 상대로 북한처럼 끈질기게 도전을 시도해 본 일이 없었으니 앞으로 과연 어떠한 볼거리가 전개될지 우선 좀 더 지켜보도록 합시다."

"더구나 6일 전인 6월 17일 보도에 따르면 미국의 한 민간 안보 전문 회사인 스트랫포(STRATFOR)에 따르면 B-2 10대, F-22 24대 총 34대의 첨단 전폭기들이 북한 상공에서 발사하는 미사일 600발이면 북한의 핵 시설은 단번에 초토화할 수 있다고 합니다.

이 보도가 나가자마자 북한이 발끈 성을 내고 길길이 날뛰면서 항의를 했다고 합니다.

한국전쟁 막판에 미군과 중공군이 주축이 되어 한반도에서 맞붙어 연일 힘겨운 사투를 벌이고 있을 때 소련이 거중조정(居中調停)을 자청하여 휴전회담이 시작되었지만 이번 북한의 무수단 미사일 발사 직후에는 유엔 안보리가 직접 이 문제를 다루고 있습니다.

그러니 소련의 후신인 러시아가 유엔 안보리에 참석하고 있으면서 새삼스레 육이오 때처럼 거중조정을 자청하고 나설 수 있을 것이라고는 생각되지 않습니다."

"혹시 유엔 안보리가 유엔의 권능으로 34대의 첨단 전폭기를 동원하여 600발의 미사일로 북한의 핵 시설 일체를 완전히 초토화하여 버림으로써 2십년 이상 끌어온 세계의 골치거리 암 덩어리를 외과 수술로 제거하듯 할 수 있을지 의문입니다.

그렇게 함으로써 수 천년 묵은 온 인류의 소중한 문화재를 전문적으로 파괴하는 것으로 소문난 아이에스 같은 아랍계 불법 무장 단체들에게도 일벌백계의 본보기가 될 수도 있을 것입니다."

"그럴듯한 얘기입니다. 미국에서는 스트렛포가 민간 안보 연구소라고 하지만 사실은 미국방부의 일부 부서라고 보아도 될 것입니다."

"왜요?"

"왜냐하면 미국은 국방비를 아끼기 위해서 국방부 직속 기관들을 축소하든가 폐지하고 그 대신 민간연구소에 발주하는 일이 있으니까요. 이런 점을 감안할 때 안보 전문 회사인 스트랫포의 견해는 어쩌면 미 국방부의 우회적 경고성 발언일 수도 있습니다.

과거의 핵 제거 시나리오들

더구나 그러한 종류의 핵시설 제거 시나라오는 이미 이스라엘 공군에 의해 감행된 사례가 있었고 그때 시리아의 핵 시설이 순식간에 초토화된 전례가 있습니다.

그뿐만 아니라 북한 영변 핵 시설은 1995년경에 미국에 의해 구체적인 폭격 계획까지 세워졌다가 거사 직전에 김영삼 대통령의 완강한 반대로 무산된 일이 있습니다.

더구나 그 후 북한에 의해 자행된 잇달은 핵실험을 지켜 본 김영삼 전 대통령은 세상 떠나기 전에 자신이 미국의 영변 핵 시설 초토화 계획을 반대한 것을 뼈아프게 후회했다고 합니다."

"이스라엘의 시리아 핵 시설 폭격 이후엔 별 일 없었습니까?"

"별 일 없이 수습된 것을 보면 시리아가 핵 시설을 건설할 때는 이미 폭격당할 위험을 각오했었다는 얘기가 사실이 아닌가 합니다."

"그러고 보니 시리아는 그 후 건설 중인 핵 시설을 보호할 대책을 세우지 못한 것을 후회했던 것 같습니다. 왜냐하면 포격을 당하고 핵 시설이 초토화된 후에도 시리아가 이스라엘에 반격을 가했다든가 손해배상을 요구한 일이 일절 없었던 것이 그것을 입증해 주는 것이라고 봅니다."

"이스라엘과 시리아의 과거사를 회고해 볼 때 미국 안보 전문 회사인 스트랫포의 북핵 제거 시나리오는 심상하게 넘겨버릴 일이 아니라고 봅니다."

"그렇습니다. 북한의 무수단 미사일로 태평양의 괌 또는 오끼나와 미군기지가 된통 얻어맞은 다음에야 제정신 차리고 뒤늦게 부산을 떨기보다는 이스라엘이 했던 것처럼 한발 앞서 북핵 시설을 단번에 쑥대밭으로 만들어버리는 것이 훨씬 경제적이고 현명한 처사일 수도 있습니다.

더구나 미국은 1941년 12월 7일 일본으로부터 예고도 없이 진주만 공습을 당하고 미 태평양 함대가 거의 전멸되고 3천명의 인명 피해를 본 후에야 온 미국인들이 분노로 떤 전례가 있는데도 불구하고 북한의 무수단 미사일로 괌 기지를 기습당한 뒤에야, 진주만 기습과 9.11 테러 후처럼, 또 다시 통한의 격분을 되씹는 어리석음을 범하는 일은 없어야 할 것입니다."

국가의 존재 이유

"1991년에 소련이 미국과 '별들의 전쟁'이라는 군비경쟁에 한창 열을 올리다가 1만 1천기의 핵폭탄을 움켜쥔 채 갑자기 백기를 들었던 것은 핵무기 운반수단이 없었기 때문이 아니었습니다.

그리고 뒤이어 소련연방 자체가 스스로 공중 분해된 것은 아무리 생각해 보아도 소련은 미국을 이길 자신이 없었기 때문이었습니다."

"그때 고르바초프 소련 공산당 서기장은 미국에 백기를 듦으로써 소련이라는 국가의 형태는 사라졌을망정 국민과 국토만은 러시아라는 국명으로 계속 살아남게 한 것은 지극히 현명한 처사라고 생각합니다."

"그렇습니다. 그때 고르바초프는 국민들이 살 길을 모색했건만 김정은은 끝끝내 미국을 타격할 수 있는 핵 운반수단과 핵 무기를 고집하다가 자멸의 길을 택한 것 같습니다.

미국의 경제력을 극복할 능력 없이는 핵탄두와 그 운반수단을 제 아무리 많이 가지고 있어보았자 무용지물이라는 것을 고르바초프는 깨달았지만 김정은은 핵무기로 미국만 타격할 수 있으면 만사가 다 해결될 수 있을 것이라는 망상에 사로잡혀 있습니다. 고르바초프와 김정은이 다른 점은 바로 이것입니다.

미국은 김정은으로 하여금 이것을 깨닫게 해 주는 것이 무엇보다도 급선무라고 생각됩니다.

그런 점들을 감안해 볼 때 북핵 초토화 계획은 북한이 핵을 포기하지 않은 한 무슨 일이 있어도 때를 놓치지 말고 감행되어야 할 필수불가결한 수순이 아닌가 하는 생각이 듭니다."

"그것 외에 다른 선택의 여지는 없을까요?"

"그것 외에는 현재 진행 중인 상황을 지켜 볼 때 지금 북한에 가해지는 각종 유엔 안보리 제재만 가지고는 북한의 핵과 미사일 실험 가속화를 부추기기만 할 뿐 속 시원한 해결책을 기대한다는 것은 아무리 생각해 보아도 백년하청(百年河淸)이 될 것 같습니다.

그리고 이러한 팽팽한 대치 상태가 무한정 연장되는 사이에 죽어나가는 것은 가혹한 중노동 속에서 굶어 죽어가는 2천 4백만 북한 주민들뿐입니다. 애꿎은 북한 주민들은 이미 1995년 전후에도 300만 명이나 굶어 죽은 전례가 있습니다.

그리고 소도둑을 잡으려면 바늘 도둑일 때 잡아야 합니다. 때가 중요합니다. 때를 놓치면 김씨 왕조라는 범죄 집단 때문에 애꿎은 북한 주민들만 계속 피해를 당하게 될 것입니다."

"그럼 북핵 제거 시나리오 외에 가장 효과적인 대안은 무엇일까요?"

"첨단 미사일 요격 시스템인 사드의 감시망 확장입니다. 인공위성과 무인기를 비롯한 각종 첨단 감시망을 지금보다 더욱더 물샐 틈없이 촘촘하게 북한의 육지와 바다와 하늘에 배치함으로써 그들이 아무리 장거리 미사일을 발사해도 북한의 영역 이상은 벗어날 수 없다는 것을 확실히 인식시켜 주어야 합니다.

그리고 1945년의 일본의 히로히또 국왕과 1991년의 소련의 고르바초프 수상은 아직도 미국과 싸움을 벌일 수 있는 여력이 남아 있었건만 자국 국민들의 안전을 위해서 기꺼이 백기를 들었지만, 김정은은 김씨 왕조를 위해서 북한 인민들을 사이비종교 맹종자로 만들어서라도 끝까지 부려먹을 각오인 것이 틀림없습니다. 그렇지 않습니까?"

"동감입니다. 김정은의 아버지 김정일은 일찍이 북한 주민이 비록 7백만 명만 살아남는다 해도 국가를 운영하는 데는 조금도 지장이 없다고 말함으로써 2천 4백만 북한 주민들 중에서 1천 7백만 명이 굶어 죽는다 해도 개의치 않는다는 뜻의 발언을 한 일이 있었는데, 부전자전(父傳子傳)이라고 김정은 그의 아버지의 뜻을 대를 이어 실행할 각오인 것 같습니다."

"그렇습니다. 히로히또 일본 국왕은 일본 국민을 위하여 연합군에게 무조건 항복을 했고, 고르바초프 소련 수상은 소련 인민들을 굶주림에서 구하기 위해서 소련방을 해체하고 개혁개방을 실시했고, 중국의 덩샤오핑은 중국 인민들을 다같이 거지로 만들지 않으려고 실용주의와 자유시장 제도를 채택했건만 북한의 김씨 왕조는 그 존재 이유가 도대체 무엇입니까?"

"김씨 왕조의 존재 이유야 말로 오직 백두혈통을 유지 보전하고 발전시키는 일입니다. 바로 그 백두혈통을 유지하기 위해서는 북한 인민과 군대와 노동당과 정부는 한낱 노예요 종이요 소모품에 지나지 않습니다. 그러니까 김정일은 북한 인민은 7백만 명만 있어도 된다고 호언했던 것입니다."

사드 파동

2016년 7월 22일 금요일

우창석 씨가 말했다.

"요즘은 매스컴 전체가 사드(고고도 미사일 방어체계)를 경북 상주에 배치하느냐 이를 반대하느냐를 놓고 벌집 쑤셔놓은 듯이 소란입니다.

더구나 참아 눈뜨고 보기에 딱한 것은 상주 지역 주민들은 졸지에 삶의 터전을 잃게 된 것처럼 '결사반대' 머리띠를 두르고 삭발과 단식을 하는 등 흥분하고 있는 겁니다.

그런가 하면 중국과 러시아의 사드 배치 반대에 고무된 북한의 김정은은 희희락락입니다. 그리고 집권당인 새누리당 내부에도 전반적 분위기는 찬성 쪽이면서도 일부는 반대한다는 소리가 들리고 있고 제일 야당인 더불어 민주당은 반대 쪽으로 기운 가운데 당론을 정하지 못하고 있습니다.

그런가 하면 국민들 사이에 지성적이고 양심적이고 재산가이고 컴퓨터 전문가이기도 한 유망한 인재라는 평이 떠돌던 안철수 의원은 시종일관 사드 반대의 기치를 들고 국민투표를 주장하고 있어서 그가 과연 대한민국의 정치인인지 어느 외국의 정치인인지 의심스러울 정도입니다.

선생님께서는 구도자의 한 사람으로서 어쩌면 국가의 존망이 걸린 중대 사항이기도 한 사드 배치를 어떻게 생각하십니까? “

“사드 문제의 원인 제공자는 세상이 다 아는 바와 같이 20여 년 전에 핵과 미사일 개발로 평지풍파를 일으킨 북한의 김씨 왕조가 분명한데도 불구하고, 한국의 정치인들과 상주 지역 주민들은 현 정부에만 전적으로 그 책임을 돌리고 있고 비록 나라가 망해도 상주 주민의 이익만은 보장되어야 한다고 떼를 쓰는 철부지 같은 모양새여서 참으로 눈 뜨고 바라보기조차 민망합니다.

그러나 알고 보면 국회의원들의 관심사는 사드 배치에 찬성할 경우 자기 출신 지역 주민들의 표가 떨어져 나가지 않을까 열심히 저울질하는 데만 골몰하고 있습니다.

정치인들이 소탐대실(小貪大失)의 얕은 꾀에서 벗어나지 못하는 한 그들이 당선될 때의 국민의 환영을 다시 받기는 어려울 것입니다.

제아무리 어리석은 유권자라고 해도 나라를 통째로 잃은 뒤에 자기네 지역만은 무사하리라고 생각하는 사람은 없을 것이기 때문입니다.

대통령은 사드를 배치할 지역을 결정하기 전에 전국 후보 지역 주민들에게 사드의 이해득실을 차근차근 알아듣게 설명해줌으로써 광우병이나 메르스 괴소문 같은 터무니없는 유언비어와 각종 악성 이기주의가 다시금 날뛰지 못하게 구체적인 대책을 세우고 실천했어야 합니다.

그렇게 하여 초장부터 ‘결사반대’ 따위의 명분을 주지 말았어야 했습니다. 그리고 대통령에게 꼭 부탁하고 싶은 것이 있습니다.”

"그게 무엇입니까?"

"이런 때 대통령은 중국과 러시아와 정상회담을 열어 우리가 사드를 배치하게 된 원인은 한국에 있는 것이 아니라 북한의 핵과 미사일 개발을 도와주었거나 방치하여 온 중국과 러시아 쪽에 있음을 분명히 그리고 확실하게 깨닫게 해 주어야 합니다.

핵과 미사일 기술은 러시아 기술자들이 지금도 북한 당국으로부터 월급 받아가면서 제공해 주고 있고 북한이 자체 조달할 수 없는 식량과 유류는 중국이 북한에 공급해 준 것은 지구촌에서는 모르는 사람이 없기 때문입니다.

이처럼 중국과 러시아가 북한을 지금처럼 계속 치마폭에 감싸고 돌 듯하는 한 한국도 북한처럼 핵과 미사일을 개발하는 것 외에 다른 선택의 여지가 없다는 것을 명확하고 확실하게 일깨워주어야 합니다.

한국이 핵과 미사일을 갖게 되면 일본과 대만 역시 강 건너 불 보듯 멍하니 한국의 뒷모습만 맥 놓고 쳐다보고 있지는 않을 것이고 그들 자신들도 생존하기 위하여 당연히 핵과 미사일을 갖게 될 것임을 일깨워주어야 합니다."

"중국과 러시아가 과연 어떻게 나올지 궁금합니다."

"사드 부대를 상주의 기존 한국군 방공기지에 배치하기로 발표된 후 시일이 흐르는 동안 어쩐지 중국과 러시아의 반대의 기세는 점차 숙으러 드는 것 같습니다.

보도에 따르면 상주에 배치될 사드 부대가 기본적으로 보유할 미사일 48발보다 수십 발이 더 추가된다고 해도 북한이 보유한 미사일 발사대 1000기에 비하면 10분의 1밖에 안 됩니다."

"그렇다면 북한이 보유한 마사일 1000발을 일시에 발사한다면 상주 부대가 비록 100발의 사드로 한꺼번에 요격한다 해도 겨우 10분의 1밖에 맞추지 못한다는 말이 아닙니까?"

"북한이 보유한 1000기의 미사일 발사대와 상주의 1개 포대의 사드를 비교할 때는 분명 그렇습니다.

그러나 한미연합군과 북한군 전체를 비교할 때는 사정이 달라집니다. 이것은 남북한 사이의 미래의 전투력과 미사일 전력을 비교할 때는 반드시 염두에 두어야 할 상황입니다.

미국의 스트렛포라는 한 민간 연구소가 발표한 북한 핵 타격 시나리오에 따르면 미국의 첨단 전폭기 34대가 북한 상공을 엄습하여 지대공 미사일 600발이면 북핵 시설을 일거에 쑥대밭으로 만들 수 있다고 합니다.

앞으로의 핵 전쟁의 문제점은 재래식 전쟁처럼 누가 이기고 지느냐의 문제가 아니라 핵 미사일을 먼저 발사한 측이 과연 살아남을 수 있겠느냐 하는 것임을 알아야 할 것입니다.

북한은 남한을 적화 통일할 목적으로 남한에서 미군을 철수시킴으로써 41년 전에 월맹이 월남공화국을 통일한 것처럼 한국을 적화 통일하려고 핵과 미사일을 개발했지만 우리의 동맹국 미국이 이 같은 북한의 속셈을 빤히 알고 있는 이상 북한의 흉계가 먹혀 들지는 않게 되어 있습니다."

"그게 무슨 뜻입니까?"

"한반도는 월맹처럼 적화 통일되게 되어있지 않다는 것입니다. 그러나 북한은 이것을 이해하지 못하고 적화 통일에만 성급하게 매달려 있다는 얘기입니다.

그렇다고 해서 한미연합군이 북한에 대하여 핵전쟁 같은 것을 먼저 도발할 리는 결코 없을 것이고 천상 북한이 핵미사일을 먼저 쏘지 않는 한 양측 사이에는 전쟁은 일어나지 못하게 되어 있습니다."

"왜 그렇죠?"

"왜 그러냐 하면 북한은 자기네가 핵전쟁을 먼저 도발해 놓고는 결코 살아남을 수 없다는 것을 지구촌 사람 쳐놓고 모르는 사람은 아무도 없기 때문입니다.

한미연합군이 여러 차례 예행연습을 하여 온 '참수작전'과 '독수리작전" 등을 북한이 모를 리가 없습니다. 이들 예행연습은 북한이 기습 남침을 위해 남쪽을 향해 미사일 발사 준비를 하는 순간을 포착하여 적의 포대들을 모조리 박살내고 초토화하게 되어 있기 때문입니다. 그래서 북한은 우리 쪽에 자기네 핵미사일을 먼저 발사하려고 해도 막상 그렇게 하지 못하게 되어 있습니다."

"북한군이 우리 측의 그러한 초전박살 전략을 대항할 수 있을까요?"

"한미연합군 쪽이 북한에 비해서 인공위성과 유 무인기 등을 활용하는 첨단 정보전 능력과 공군 전력이 압도적으로 우세하기 때문에 북한으로서는 이에 대해서 아직은 속수무책입니다."

중국과 러시아의 향방

"그럼 결국 양측의 지금과 같은 대결상태는 어떻게 될까요?"

"그렇다고 해서 육이오 때처럼 중국과 러시아가 북한을 지원할 형편도 아닙니다. 설사 북한을 지원한다고 해도 중국과 러시아는 한미연합군을 상대해서는 승산이 없다는 것을 모를 리 없습니다.

그리고 핵전쟁은 인류 역사상 1945년 7월 미 공군에 의해 일본의 히로시마와 나가사키에 투하된 두 발의 소형 원자탄을 처음이자 마지막으로 이미 끝난 것이나 마찬가지입니다."

"왜 그렇게 생각하십니까?"

"바로 몇 달 전에 버락 오바마 미국 대통령이 그 사건이 일어난 지 71년 만에 미국 대통령으로서는 처음으로 이들 두 도시를 방문한 것도 핵전쟁은 그것으로 종결되었음을 말하는 것이라고 봅니다.

인류는 아직도 단 두 발의 그 소형 원자탄으로 인하여 30만의 민간인이 순식간에 희생된 그때의 참상을 되풀이할 만큼 어리석지는 않기 때문입니다."

"그건 그렇다 치고, 그럼 사드 배치 반대 운동은 어떻게 될까요?"

"광우병이나 메르스 괴담처럼 스스로 가라앉을 겁니다."

"과연 그럴까요?"

"지역 이기주의가 국가의 이익을 앞설 수는 없습니다. 그들이 아무리 명분도 대안도 없는 '결사반대'를 외쳐보았자 얼마나 국민들이 호응해 줄 것이며 얼마나 오래 끌겠습니까?"

"그럼 내친 김에 북핵 문제는 어떻게 될 것 같습니까?"

"시간을 오래 끌수록 불리해지는 쪽이 결국은 손을 들게 될 것입니다. 25년 전인 1991년에 소련이 미국과의 '별들의 전쟁'이라는 고비용 군비 경쟁으로 인한 경제 파탄을 감당할 수 없어 백기를 든 것과 같은 일이 되풀이될 수밖에 없을 것입니다."

"그래도 북한은 유엔과 미국의 각종 제재가 조여들 때마다 핵과 미사일 개발에 더욱더 광적으로 매달려 기세를 올리고 있지 않습니까?"

"내가 보기에는 최후의 발악일 뿐입니다. 25년 전에 고르바초프 소련 수상은 미국과의 군비경쟁에서 일찍이 백기를 든 결과 공산당식 연방국가 체제는 벗어 던졌다 해도 국민과 국토의 안전은 보장받았지만, 북한의 김정은은 유엔의 각종 제재로 갈수록 모든 자원이 완전 고갈되어 기사회생이 불가능하게 될 것입니다. 다시 말해서 고르바초프는 국토와 국민만은 건져냈지만 김정은에게 남는 것은 자멸(自滅)밖에 무엇이 있을지 의문입니다."

"그건 그렇고요. 이번 사드 파동 때도 2년 전에 해산된 통진당의 잔류세력들은 여전히 성주 지역민의 집회에 직업적인 전문 시위꾼으로서 조직적으로 개입하여 북한 핵을 성원했다고 합니다. 그들에 대해서는 어떻게 생각하십니까?"

"종북주의자들의 눈은 그들이 보고 싶은 것만 골라서 보게 되어 있으므로 그들 자신들이 진실을 제대로 보는 새로운 개안(開眼)을 하지 않는 한 무슨 뾰족한 수가 있겠습니까? 그러나 지금보다 그 세가 확장되는 것만은 온 국민이 나서서라도 기필코 막아내야 하지 않겠습니까?"

"만약에 성주 주민들이 사드로 인한 전자파 피해를 들어 반대 시위를 지금처럼 서울에서까지 계속할 경우 어떻게 해야 한다고 보십니까?"

"가능하면 사드 포대를 청와대 주변의 방공부대에도 배치하고 전국 참외 거래의 70%를 차지한다는 상주 참외를 청와대에서 직접 고정 주문하는 등 적극적인 대책을 세우고 실천하면 틀림없이 많은 국민들의 아낌없는 호응을 받을 수 있을 것입니다."

【이메일 문답】

현묘지도 수련 체험기(제26번째)

김희선

2016년 2월 12일 금요일 대주천 수련

대주천 수련을 마쳤다. 선생님께서 현묘지도 수련은 그동안 선배들이 쓴 글을 다시 한번 읽고 때가 되었다 싶으면 말하라고 하신다. 그냥 화두를 달라고 했더니 일주일 만 있다가 하라고 하신다. 집에 와서 책을 다 꺼내어 조금 읽다가 잤다.

2월 13일 토요일

그간 왼쪽만 기운이 잘 통하는 느낌이었는데 새벽 수련 중 갑자기 오른쪽 대맥에 따뜻하게 기운이 돈다. 빛의 속도로 지나간다. 천리전음이 들린다. 오른쪽에 미흡한 부분을 마저 열고 현묘지도 수련을 해야 할 것 같다. 빛의 속도로 지나가면 내가 잘 모를 것 같아서 선생님께서 선배들의 글을 읽고 가라고 하신 것 같다.

2월 17일 수요일 현묘지도 1단계 천지인삼매

설 때문에 누적된 피로가 오늘에서야 풀리는 것 같다. 가만히 생각해보니 백회가 열리고 난 후 빨리 정리되어 나간다.

삼공재 수련시 선생님께서 현묘지도 화두 1단계 화두를 주신다. 기다리고 기다리던 수련인데 마음은 차분하다. 화두를 외우니 단전에 기운이 쌓이기 시작한다. 중단전에서 누군가 덩실덩실 춤을 춘다. 누굴까? 나의 자성이라고 한다. 한참 화두를 외우는데 천리전음이 들린다. '공이다… 공이다… 길고 짧은 것도 없다… 옳고 그름도 없다.'

빛의 속도로 지나간다. 천리전음이 생각난다. 빠르고 느림도 없다. 중단전이 아프다. 나는 무엇을 잡고 인생을 살아가면서 힘들어 했을까? 이 또한 무이다, 무이다.

○○○○ 무엇을 뜻하는 것일까? 우주로 나가는 문이다. 우주 또한 내 안에 다 있다. 모든 것이 내 안에 다 있는데 무엇을 찾아서 이리도 떠돌아 다녔을까? 희미하게 끝났다는 소리가 들인다. 다른 사람들은 화면도 보고 하는데 별다른 점이 없어서 화두를 계속 외웠다.

2월 18일 목요일

자면서도 잠이 깨면 화두를 외웠다. 새벽에 백회에 기운이 들어온다. 온몸에서 땀이 난다.

오늘은 산에 가는 날이라 새벽에 산을 오르고 있었다. 어제 했던 수련을 다시 생각해봤다. 공(空)이 무엇일까? 무(無)는 무엇일까? 천지인 삼매를 뚫었다. 온몸에 전기가 온다. 끝났다. 끝났다. 끝났다… 강한 느낌이 전해진다.

2월 19일 금요일 2단계 유위 삼매

삼공재 수련 중 3시 20분, 1단계 수련이 끝났다고 말씀드리니 2단계 화두를 주신다. 1단계 수련에서는 빠르고 강렬하게 외워졌는데 2단계 화두는 느리고 천천히 외워진다. 천천히 정성을 다해 외우니, 없다, 없다. 무엇이 없는 걸까? 시작도 끝도 없다. 길고 짧은 것도 없다. 정기도 사기도 없다. 끝났다. 끝났다. 끝났다.

4시 10분, 3단계 무위 삼매

3단계 화두를 외우자 강렬한 진동과 함께 초집중 상태로 들어간다. 또 없다고 한다. 도대체 무엇이 없는 건지 나는 잘 모르겠다. 계속 화두를 암송하니 사랑, 사랑이라고? 사랑도 없다. 슬픔도 없다. 어둠 속에서 앉아 있는 내 모습이 보인다. 평생을 살면서 항상 겉으로는 웃으면서 마음속에서는 징징 울면서 살았다. 배고파서 울고, 못배워서 울고, 가지고 싶은 것이 많아서 울고, 사랑받지 못해서 울고, 울고 또 울면서 살아온 내 모습이 느껴진다. 사랑도 슬픔도 없는 것인데 그것을 붙들고 살아온 내가 가엾게 느껴진다. 아무것도 없는 것을 붙들고 있었다. 없다. 없다. 없다. 끝났다. 끝났다. 끝났다.

시계를 보니 4시 35분이다. 선생님한테 말씀드리고 4단계 화두를 받아가지고 왔다.

2월 20일 토요일 4단계 무념처 삼매

무념처 삼매 수련은 11가지 호흡 수련이다. 오늘 새벽에 수련을 하려고 했는데 정신은 맑은데 몸이 말을 듣지 않는다. 삼매 수련을 하면 몸과 마음이 많이 바뀐다고 하더니 기몸살을 하는 것 같다. 그냥 누워 있다가 수련을 하지 못했다. 토요일, 일요일은 가족이 있어서 수련을 할 수가 없다. 일요일 저녁에 수련을 하니 여러 가지 호흡 중에서 8가지만 하고 4가지는 하지 못했다.

2월 22일, 산에 갔다 와서 집안 일을 하고 수련을 했는데 이번에는 10가지 호흡이 되고 2가지가 잘 되지 않는다. 2가지는 분간을 잘 못하겠다. 23일 새벽에도 수련을 했는데 끝났다고 하는데 또 2가지가 분간이 가지 않는다. 23일 삼공재 수련에서도 계속 진동은 하는데 2가지를 잘 모르겠다. 집에 갈 시간이 되어서 2가지를 잘 모르겠다고 말씀드리니 5단계 화두를 주신다.

2월 23일 화요일 5단계 공처

화두를 외우니 두더지, 뱀, 주작, 현무, 북방의 신, 삼세의 도, 빛과 어둠, 하늘과 땅, 알파와 오메가, 시작과 끝, 끝났다고 한다. 나는 유일하게 수련 과정 중에 전생의 장면들을 보고 듣고 느끼고 하면서 수련을 해왔다. 인간으로 태어나서 살아가는 중에 만났던 인연들을 알아가면서 생명의 실상을 알아 왔다. 그런데 5단계 수련 중에 내가 보지 못했던 미물, 동물, 신의 세계를 보고 모르고 있었던 부분을 배우고 알게 되었다. 공처 수련도 끝났다고 한다.

2월 24일 수요일 6, 7, 8단계 수련 (식처, 무소유처, 비비상처)

삼공재에서 5단계 화두가 끝났다고 말씀드리자. 6단계 화두를 주신다. 화두를 외우니 없다, 없다, 없다, 또 없다고 한다. 계속 관을 해서 들어가니 정기도 사기도 없다고 한다. 옆에 환자분이 오셨는데 그분의 기운이 느껴진다. 평소 같으면 답답하고 힘이 들면 짜증이 날 텐데 단전은 불같이 달아오르고 온몸이 뜨겁고 땀이 난다. 정기도 사기도 없다. 같이 가야 된다는 느낌이 오면서 가엾고 불쌍하다. 앞으로는 기운도 자애롭게 써야겠다는 느낌이 강하게 온다. 오고 감도 없다. '비무허공-있지도 않고 없지도 않으면서 어디나 있지 않은 곳이 없는 존재, 허공이면서 허공도 아니고 아닌 것도 아닌 그러한 존재', '용변부동본-쓰임은 바뀌어도 본바탕은 변하지 않는다', 끝났다. 끝났다. 끝났다. 답이 온다. 선생님께 끝났다고 말씀드리니 7단계, 8단계 화두를 같이 주신다. 화두가 눈에 들어오는 순간, 가슴으로 느낌이 잔잔하게 전해진다. 없다, 없다, 없다고 한다. 가끔씩 보이던 화면도 들리던 천리전음도 없이 느낌으로 없다고 하니 '없다'에 대해서 관을 해야 될 것 같아서 수련을 마치고 집으로 오는 차에서 8단계 화두를 외우니 또 없다, 없다, 없다, 끝났다고 한다. 오늘의 일을 곰곰이 생각해 보니 아침부터 기분이 좋고 마음 속에서 없다, 없다, 없다, 없다 노래를 지어서 즐겁게 부르는 내가 있다. 계속 관을 하면서 삼공재에 갔는데 나의 자성이 깨달음에 노래를 '없다송'으로 지어서 부른 것 같다 그렇게 즐겁던 마음도 차분히 가라앉고 여느 때처럼 집으로 돌아오는 발걸음은 똑같다.

2월 25일 목요일 현묘지도 수련 후기

산에 가는 날이다. 산에 가면서 '없다'에 대한 관을 해야 될 것 같다. 나는 아는 게 정말로 없다. 가끔 보이던 화면도 천리전음도 들리지 않고 느낌으로 바뀌었다. 6, 7, 8단계는 가슴에서 느낌으로 잔잔히 전해진다. 잠을 설쳐서 산을 못 갈 줄 알았는데 산은 잘 올라갔다. 사람들이 지나가면 힘이 들었는데 같이 가는 거야 하면서 잘 갔다. 하산 길에 지나가는 사람이 길을 묻는다. 순간 머리가 아프고 가슴이 답답했다. 그런데 가슴에 '상냥하게' 라는 말이 강하게 박힌다. 부드러운 목소리로 상냥하게 대답했다. 내 자신도 조금 놀랐다. 오늘따라 사람들이 많이 지나가는데 지나가는 사람들의 느낌이 가슴에 와 닿는다. 짜증, 즐거움, 노래 소리 등 여러 가지 감정이 가슴으로 느껴지면서 관을 하게 된다. 휘둘림이 없이 관이 되니 내 마음은 고요하고 평화롭다. 대주천 수련을 받고 빠른 시간에 현묘지도 수련을 마쳤다. 오랜 여행을 갔다 편안하고 안락한 집에 돌아와서 쉬는 느낌이다.

얼마 전에 10년 연속 아마존 베스트셀러인 에크하르트 톨레의 '지금 이 순간을 살아라'를 읽었다. 깊은 감명을 받아 열심히 읽었는데 이번 수련에 많은 도움이 된 것 같다. 나는 초등학교 6학년 때 엄마가 돌아가셨다. 돌아가시기 전날 엄마가 설거지를 하라고 시켰는데 말을 듣지 않고 나가서 놀았다. 그런데 다음날 엄마가 돌아가셨다. 어린 나이인데도 지금 이 순간이 지나면 다 소용이 없다는 것을 깨닫고 그때부터 매 순간 최선을 다하는 삶을 살아가려고 노력했다.

지금 와서 생각해보니 정말 멋진 삶인 것 같다.

【필자의 논평】

김희선 씨는 대학을 나온 지성인도 아니고 그저 서민의 딸로 태어나 전자회사에 다니다가 결혼하여 아들 딸 남매를 둔 평범한 가정주부이건만 무슨 연고인지 12년 전에 삼공재에 홀연 나타나 일주일에 두 번씩 시종일관 착실하게 수련에 임했다.

그러나 그녀의 수련 진도는 그동안 뚜렷한 변화 없이 늘 소강상태였다. 어떻게 하면 시원한 돌파구가 열릴까 하고 나에게는 늘 숙제가 되었다.

그런데 삼공재 수련 12년 만인 금년(2016년)에 들어 갑자기 그녀의 수련이 급물살을 타게 되었다.

대주천에 이어 현묘지도 수련까지 일사천리로 마치게 되었다. 지성이면 감천이라고 그동안 김희선 씨가 한눈팔지 않고 일편단심 수련에 전력투구하여 온 결과라고 생각된다.

그와 함께 그동안 내내 내 가슴 한 귀퉁이를 눌러 온 숙제라도 풀린 듯 한결 내 마음도 가벼워졌다. 동시에 수련이란 남이 보지 않는 곳에서 용맹정진하는 구도자에게는 반드시 그만한 보상이 따른다는 변함없는 이치를 모든 구도자들에게 일깨워주고 싶다. 도호는 단산(丹山).

대주천 수련 이후의 변화

김 광 호

스승님 안녕하십니까? 항상 많은 도움을 주셔서 고맙습니다.

2015년 11월 14일 대주천 수련을 마친 후 다음 세 가지의 변화를 살펴보았다.

첫째, 기운의 변화이다.

이전에는 기운이 주로 노궁혈과 용천혈로만 느껴졌었다. 그런데 대주천 수련 이후부터는 백회로 기운이 폭포처럼 쏟아져 들어온다. 마치 박하사탕처럼 화한 느낌이 시원하다. 스승님의 체험을 활자를 통해 읽을 때만해도 그런 건 스승님처럼 대단하신 분들에게나 허락되는 거려니 그저 부럽기만 했었다. 그런데 이런 기적이 드디어 미욱한 나에게도 주어진 것이다. 누구든지 열심히 수행하면 뜻을 이룰 수 있다고 하신 스승님의 신뢰와 격려의 힘이 아니었다면 불가능했을지도 모른다.

백회에 기운이 힘차게 들어올 때에는 나도 모르게 몸의 컨디션이 좋아진다. 무슨 일이라도 거뜬히 해낼 것 같은 의욕이 샘솟는다. 그러나 어찌된 일인지 백회에 무언가 묵직한 기운이 누르고 있을 때엔 영락없이 기력이 약해져서 하던 일을 멈추게 된다. 그럴 때는 가만히 명상을 하며 관을 하다 보면 탁기(빙의)에 의한 방해로 체감되어진다. 이 또한 끊임없는 수련으로 구도자의 길을 가라는 뜻인 듯하다.

결국은 '상구보리'하고 '하화중생'을 해야 하는 것이다. 깨달음을 얻으면 중생을 위해서 쓰라는 말처럼 수련의 깊이가 더해 갈수록 자신보다는 타인을 자연스럽게 더 생각하게 된다.

조금만 집중해 보면 온몸의 경혈을 따라 운기되고 있음이 느껴진다. 때로는 머리 부분에 있는 경혈을 따라 조여지고 풀어지다가 다시 지속적으로 진행하며 막힌 경혈을 뚫어준다. 무엇보다 신기한 건 예전에는 몰랐던 감지 기능이 생긴 것이다. 내 몸 어딘가에 아픈 곳이 생겼으면 저절로 기운이 운기되어 조여주고 풀어준다. 때론 진동으로 개혈을 시켜주기도 하다가 곧 상단전, 중단전, 하단전을 하나의 원통 기둥 모양으로 연결되어 운기 된다. 삼합진공이 이루어짐을 알 수 있다.

하루 일과 중 누군가 갑작스레 대문을 두드려오듯 백회로 유달리 강한 기운이 밀려들 때가 있다. 그럴 땐 나만의 해석으로 의미화 시키는 습관이 생겼다.

1. 명상과 수련이 필요한가 보다.
2. 내 몸에 기운이 부족하니 천기가 자동 보충되고 있다.
3. 내게 어떤 큰 변화를 예시해주고 있다.

이렇게 체감될 때마다 그냥 흘려버리지 않고 자성에 맡겨 관을 하고 좀 더 신중하게 뜻을 살펴보아야 할 일이다.

2016년 1월에 21일 동안 단식을 했다. 보다 깊은 수련을 위해서는 반드시 한번은 건너가야 할 강이란 생각을 해오던 터였다. 주위에서 우려의 목소리가 많았지만 오래 전부터 기회만 엿보던 차였기에 굳은 결심으로 시작할 수 있었다.

모두들 한 사나흘만 굶으면 누워서 꼼짝도 못할 거라고 했지만 나는 여느 사람들보다 더 활기있게 행동했더니 다들 특별한 사람 보듯이 하였다. 조금만 단전호흡에 대해 관심이 있었더라도 그리 놀랄 일도 아닐 텐데 아쉬운 마음이 든다.

나는 남들보다 천기를 받을 수 있는 혜택을 입었기에 끝나는 날인 21일째까지도 생생한 활력을 잃지 않았다. 매일 앞산에서 1시간 가량 운동도 하고 학교 도서관에서 10시간 동안 독서를 할 수 있었다. 사람이 밥을 안 먹어도 살 수 있는 것은 입으로 먹는 것처럼 하늘의 기운인 천기와 지기를 먹고 살아 가기 때문이다.

예수님이 40일 단식한 얘기가 한 때 내게는 허무맹랑한 말로 와 닿았었다. 그런데 이 진리가 내 나이 오십이 훨씬 넘어서야 믿을 수 있게 되었다니 참으로 인간이란 어리석다고 아니할 수가 없다.

뱃속을 비우게 되면 음식물을 소화하는 데 쓰는 에너지를 나 자신을 들여다보는 데 쓰이므로 정신이 더욱더 맑아지는 건 당연한 이치라고 할 수 있다. 단전에 기운이 모아져 축기가 되면 저축한 돈을 하나씩 빼서 필요한 곳에 쓰듯이 내 몸에 필요한 에너지로 활용할 수 있는 것이다. 기운들이 바닥이 나면 우리는 옷을 벗듯이 몸을 벗고 홀연히 세상을 떠나는 것이 아닐까 싶다.

아직 살아계시는 할머니는 올해로 104세가 되었다. 평생을 잔잔히 살아오신 성품답게 하루하루를 그날의 마지막 날로 기다리시는 듯하다.

"이제 기운이 딸리니 갈 날이 가까이 있구나" 하시는 말씀이 예사롭지 않게 들려온다.

둘째, 몸의 변화이다.

몸의 건강을 위해 중요한 것 중 하나가 섭생이라 본다. 대부분 사람들은 소식(小食)하기를 열망하지만 어지간한 결심 없이는 식탐에서 벗어나기란 결코 쉽지 않다. 나 역시도 직장에서 잦은 회식을 핑계 삼아 양껏 배를 채우고는 이게 다 먹고 살기 위해서라고 스스로 변명해 왔었다.

그렇게 몸을 위하면서 어떻게 자신의 뱃살 관리는 실패하는 거냐는 아내의 핀잔에도 쉽사리 빠지지 않는 체중 앞에서 좌절할 때가 많은 나였다. 그런 나에게 오행생식과의 인연은 나를 변화시키는 데 큰 역할을 해주었다. 생식을 하다 보니 우선 식욕에서 벗어 날 수 있었다. 식욕이 잡히고 나니 다른 욕심들은 하찮게 여겨지는 것 같다. 그만큼 먹는 욕심의 비중이 크다는 말도 되겠다. 무릇 식욕과 성욕에서 벗어나면 성인군자라는 말이 있다. 이 또한 쉽게 이룰 수 있는 일은 아닐 것이다.

생식을 통해 체중이 조절되어 현재 나의 키는 168cm인데 몸무게가 56kg로 나름 흡족해 하고 있다. 물론 가족들은 아직 측은한 눈으로 바라보며, 풍채 좋았던 옛날로 돌아가기를 틈만 나면 종용하지만 말이다.

대주천 이후 전신호흡이 되면서 등산을 해도 몸은 가볍고 피곤하거나 힘들지가 않다. 지리산 등산을 하는데 지친 기색 없이 단번에 천황봉까지 올랐다. 뒤쳐져 도착한 동료들의 놀라워하는 모습에서 내가 그동안 기량이 늘긴 늘었구나 싶어 안도했다.

등산을 하다 보면 집안에서 명상할 때와는 사뭇 다른 느낌을 받게 된다. 대자연의 꿈틀거리는 기운을 마치 손이라도 되는 양 마주잡은 형상으로 한참을 몰입하며 걸을 때가 많다. 그럴 때면 거짓말처럼 나무가, 이파리가, 발밑의 흙덩어리가 살가운 애인이라도 된 양 말을 걸어오는 것이다.

이렇게 대자연과의 교류를 혼자만 즐기다가 나도 모르는 새 동행자에게 슬몃 발설할 때가 있다. 당연 상대방의 반응은 뜨악한 표정이지만 나는 아랑곳 않는 미소를 띨 뿐이다. 온몸으로 기운이 소통되면 몸은 자연 가벼워질 수밖에 없다.

지천명의 나이를 넘기면서 부쩍 시력이 약해져서 오랜 시간 책을 읽는 일이 버거워졌다. 안경을 바꿔 맞춰 쓰기만 한 것도 벌써 몇 번째였다. 그러던 내가 요즘은 세월을 돌리려는지 학교 도서관에서 책을 10시간씩 내리 보아도 좀처럼 눈의 피로가 느껴지지 않고 있다. 단 한 시간만 지나도 글이 퍼져 보이고 흐릿해져서 책을 덮어야 했던 내가 말이다.

하지만 일부러라도 독서 중간에는 꼭 손을 비벼서 두 눈자위를 가볍게 굴려주고, 가운데 손가락으로 눈동자를 마사지 해주는 것을 잊지 않는다. 눈의 피로가 쌓이지 않게 미리 예방하는 것도 중요한 일일 것이다.

오행생식요법과 경혈을 배우면서 인체의 오묘함을 새롭게 느꼈다. 육장육부가 거미줄처럼 온몸으로 연결되어 있는 것을 경혈도를 배우면서 알았다. 육장육부가 병들면 경혈로 아픈 증상이 나타나고, 신체의 일부분이 이상이 생기면 일단 육장육부에 병을 의심해 보아야 한다.

결국 내 몸의 육장육부를 관장하고 있는 주인은 다른 누구도 아닌, 바로 '나'인 것이다. 장수냐! 단명이냐! 를 결정하는 자가 '나'이어야 한다. 대주천 수련을 한 후에는 천기와 지기를 활용하여 육장육부를 다스릴 수 있다. 운기 하여 막힌 경혈이 소통되면 대자연의 생명력이 내 몸 안에도 도도히 흐르게 할 수 있는 것이다. 『선도체험기』에서 알려준 "오기조화신공"과 11가지 호흡의 오장육부의 진동의 방편을 활용하여 탁기는 배출하고, 부족한 기운은 보충하여 건강한 몸을 유지할 수 있게 되는 것이다.

셋째, 마음의 변화이다.

이는 곧 명상의 변화이다. 삼공선도 입문 전에는 음악을 틀어놓고 5~10분 정도 명상을 했다. 입문 후에는 삼공재에서 단전 축기를 기본으로 2시간 가량 명상을 해 왔다. 그러다가 대주천 수련을 하게 되니 백회로 기운을 받을 수 있고, 전신호흡이 되어 자동으로 운기조식이 이루어졌다.

최근 들어 명상을 하게 되면 곧 바로 입정 상태에 들어간다. 그로부터 삼매호흡 경지까지 연결되어 고요함에 머무는 시간이 길어졌다. 스승님께서 던져주신 하나의 화두를 부여잡고 수련하다 보면 예

기치 않게 삶의 문제까지 한꺼번에 풀릴 때가 있다.

명상을 통하면 복잡하게 얽힌 어떠한 삶의 실타래도 어렵지 않게 풀린다는 경험을 했다. 화두 수련이란 본질을 가장 투명하게 보아내는 것임을 온몸으로 체득하게 해준다.

화두 수련을 하면서 나도 모르게 관하는 능력이 향상되었음을 체감한다. 문제에 부딪쳤을 때 퍼뜩 떠오르는 직감 또는 메시지가 대안으로 떠 오를 때가 있는데, 내 스스로 감격할 때가 바로 이 때이기도 하다. 그동안 내 욕심이 욕심인 줄도 몰라 가려졌던 나의 시야가 거두어워진 장막처럼 시원하게 벗겨짐을 느낀다.

가아를 진아라 여기며 노심초사했던 것을 과감히 던져버리고 진아를 덥썩 안게 된 순간이 있다. 만법귀일(萬法歸一)이요 일리만리(一理萬理)인 것이다.

아무리 좋은 예지나 직감 아이디어가 떠올라도 잊어 버리면 그로써 그저 허무할 뿐이다. 맞는 표현일지 모르겠으나 '구슬이 서말이라도 꿰어야 보배'인 것처럼 명상중 떠오르는 생각을 나는 무조건 메모해둘 생각이다.

없는 작문 실력일망정 자꾸 긁적이다 보면 적어도 오늘보다는 더 나은 글이 써지지 않겠나 하는 믿음이 있다. 사람은 누구나 존경하는 분을 흉내 내고 싶어 하는 속성이 있다고 본다. 스승님의 체험기를 백 권도 넘게 두세 번을 읽다 보니 자연스레 글쓰기도 흠모의 대상이 될 수 있다는 것을 깨닫게 되었다.

수첩을 이용하거나 이동 중에는 휴대폰을 이용하여 재빨리 메모하곤 한다. 평생 단 한번도 느껴보지 못했던 글쓰기의 즐거움에 시간 가는 줄 모를 때가 많다. 30년 전 내 나이에 선도를 시작하신 스승님이 문득 떠오른다. 이제 걸음마를 뗀 습작생으로서 감히 뭐든 닮고 싶어 하는 이 제자를 스승님도 마냥 나무라지만은 않으실 줄 믿고 싶다.

하루에 수면시간이 4시간이면 충분하게 되었다. 낮에도 특별히 피곤하지 않아 생활하는 데 큰 불편은 없다. 늘어난 시간을 독서나 명상 시간 등으로 유익하게 보낼 수 있게 되고 보니 수면시간을 활용할 수 있다는 게 덤 같은 생각이 든다.

눈을 감고 의념을 하면 입정 상태에 들어간다. 눈을 감고 몰입하면 고리 형태 빛의 소용돌이가 보이고 머리 속에서 작은 풀벌레 소리가 들린다. 눈을 뜨고 있어도 풀벌레나 전파음 같은 소리가 계속 들린다.

대주천 수련 이후 나름 의미를 부여 하고 싶어 3,000배에 도전한 적이 있었다. 밤 11시부터 아침 8시까지 쉼 없이 했던 경험은 나 자신과의 싸움이기도 했음을 부인하고 싶지 않다. 그 또한 운기의 힘을 빌지 않았으면 결코 이뤄낼 수 없었음이 분명하다.

사람마다 각자 근기가 다르기 때문에 차이가 있을 수는 있다. 하지만 여러 모로 부족한 나 같은 사람도 해내고 보니 누구라도 가능할 것이라는 믿음이 생긴다.

물론 한 치의 의심도 없이 아이처럼 순수한 마음이 바탕이 된다면 나보다 훨씬 시간 단축이 될 것으로 본다.

혹 이 졸필이 도움이 될까 하여 부끄럽지만 기록으로 남겨 보았다.

공자님 말씀에 "세 사람이 걸어가면 그 중에 반드시 나의 스승이 있다"라는 말이 떠오른다.

사모님, 스승님 늘 건강하시길 기원합니다.

2016년 3월 18일

제자 김 광 호 올림

【필자의 회답】

김광호 씨의 체험담을 읽다 보면 꼭 30년 내 모습을 보는 것 같습니다. 수련이 쾌조를 보이고 있으니 계속 용맹정진하기 바랍니다. 현묘지도 수련 체험기도 계속 보내주기 바랍니다.

현묘지도 수련 체험기(제27번째)

김 광 호

금생에서 인연이 닿아 현묘지도 수련을 허락해 주신 스승님께 큰 감사를 드린다. 현묘지도 화두 수련을 통하여 성통공완에 도달하는 것을 목표로 오매불망 화두를 붙들고 생즉사 사즉생, 조문도석사가의(朝聞道夕死可矣) 마음으로 이 세상 끝까지 가보리라 다짐해본다.

1) 천지인 삼매(天地人三昧)

2016년 1월 30일 토요일

삼공재에서 스승님으로부터 첫 번째 화두를 받아 명상 수련에 들어갔다.

기운이 상단전 인당 및 백회혈 부근을 강하게 압박하고 경혈이 열리는 작업을 계속 진행했다. 아문 옆도 기운이 조여진다. 한 순간 기운이 대추혈 쪽으로 이동하더니 갑자기 허리가 바로 세워지고 올바른 자세로 된다. 상단전 중단전, 하단전이 하나로 연결된 듯 편안하고 시원해진다. 기운이 중단전과 천돌 부근을 압박한다. 2시간이

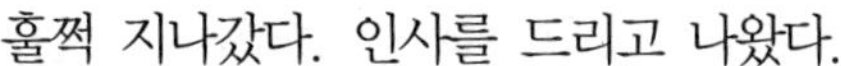

훌쩍 지나갔다. 인사를 드리고 나왔다.

2016년 1월 31일 일요일

새벽에 4시경에 배가 아파서 화장실에 가니 단식 23일 만에 숙변이 한 바가지 쏟아졌다. 그 뒤에도 설사를 2번 정도 더 했더니 장이 깨끗해졌는지 오랜만에 속이 시원하다. 오전에는 냉장고 음식물 청소 정리정돈 및 빨래 너는 것을 도와주었다.

오후에는 아내가 몸살감기 기운이 있는지 맥을 못 추는 것 같기에, 생강차에 고추장 한 숟갈 풀어 마시게 했더니 처음엔 손사래를 치며 거부를 한다. 얼마 못 가서 못 이기는 척 받아먹는 걸 보니 어지간히 아프긴 아팠던 모양이다. 이럴 땐 몸의 온도를 집중적으로 높여 땀을 빼주는 것도 좋을 것 같아서 집 근처 찜질방으로 함께 갔다.

소금 찜질방에 자리를 잡고 명상 화두 수련에 들어가 30분 정도 했다. 갑자기 배가 거북하여 화장실에 갔더니 설사가 나온다. 배가 시원하지가 않았다. 이번에는 '아로마'방으로 자리를 옮겼다. 분위기가 아늑하여 올 때마다 주로 애용하는 곳인데 신선한 산소가 늘 충전되어선지 명상하기에 적당하다.

허브 향이 머리를 맑게 해주어 명상에 곧 몰입할 수 있었다. 그러나 얼마 못 가 뱃속은 또다시 요동친다. 화장실로 급하게 달려가 앉자마자 쏟아지는 설사에 순식간에 기진맥진해졌다. 몸속의 모든 찌꺼기들을 한꺼번에 청소를 해대느라 그렇거니 여기며 이 또한 여여하게 받아들이기로 해본다. 집으로 돌아와서 이왕 속을 비우는 거

제대로 해보자 싶어서 장청소액을 복용했더니 대장 내시경 준비할 때처럼 속이 깨끗이 비워져 기분마저 가볍다.

2016년 2월 1일 월요일

23:00~2:00 명상 화두 수련하다. 백회 중단전 하단전에 기의 기둥이 하나로 연결되어 운기조식 된다. 화두를 암송하니 척추가 꼿꼿이 세워지고 마음이 편안해진다. 내 얼굴의 두 눈이 잠깐 보이더니 호흡이 끊어질 듯 말 듯하며 삼매에 들어갔다. 흰색, 붉은색 둥근 고리 모양이 소용돌이치는 화면이 보이고 강가 모습이 보인다.

2016년 2월 2일 화요일

오전에 앞산에 등산하니 따스한 햇살이 좋다. 소나무에 등을 기대고 수목지기 하면서 호흡을 하다 화두를 암송하니 곧 선정에 들어갔다, 1시간 가량 지났다. 호흡이 죽은 것처럼 고요해지자 우주만물과 내가 하나로 합해지는가 싶더니 마침내 내가 없어진다. 손의 중지로 기운이 들어오고 나가고 하는 운기가 강하게 느껴진다. 흰색 분홍색 연두색의 둥근 고리모양이 나타난다.

18:20~19:30 명상 화두 수련에 들어갔다. 단전이 뜨겁게 달아오르고 백회에 기운이 쏟아진다. 백회, 인당 부근이 강하게 조여지고 어찌나 센지 곧 터질 것만 같다.

2016년 2월 3일 수요일

8:00~9:00 해 뜨는 시간에 명상 화두 수련하다. 늘 그랬던 것처럼 허리가 똑바로 세워지고 선정에 들어갔는데 어느새 한 시간이 훌쩍 지나갔다.

23:00~2:00 명상 수련에 들어가니 갑자기 목이 좌, 우로 세차게 도리도리 움직이기 시작한다. 곧이어 빠르게 진동이 일어나면서 목 관절이 저절로 우두둑~ 소리가 나며 시원하게 풀리고 있다. 참으로 신기하다. 한편으론 내 서재가 방해받지 않는 2층 옥탑방인 것이 다행스럽기도 하였다. 이렇게 진동을 요란하게 하는 모습을 식구 중 누구라도 본다면 서로가 편치는 않을 것 같기 때문이다. 백회혈 인당혈을 중심으로 기운이 압박되면서 혈을 뚫는 작업이 계속 진행 중이다. 중단전에도 기운이 돌면서 따뜻해진다.

2016년 2월 4일 목요일, 입춘대길

8:00~9:00 거실에서 무등산 위로 뜨는 햇빛을 받으며 명상, 화두 수련하였다.

『천부경』, 『삼일신고』, 『대각경』을 암송하고 화두수련 하니 바로 선정에 들어가 숨을 쉬는 듯 마는 듯 호흡이 멈추면서 시간의 흐름이 느껴지지 않는다.

황금색 작은 원이 보이고 화면이 초록색으로 넓게 펼쳐져 있다. 황금색 별이 반짝반짝 빛난다. 새벽 운동시 밤하늘에서 보았던 가장 빛나던 별이 떠오른다. 별의 기운을 받는다고 참장공하던 그때의 내 모습도 보인다. 수련 후 무심코 거울에 비친 내 모습을 보니 한층 밝아진 낯빛과 뭔지 모를 빛나는 기운이 감싸고 있음이 느껴진다.

낮에 산행을 1시간 30분 하였다. 입춘이라 산 정상에서 봄의 기운이 느껴져서 참장공하며 내 몸속 깊이 운기해 보니 오행상 목의 기운이 강하게 느껴진다.

산행 후 중식은 아내와 입맛이 당기는 황태 해장국을 사 먹었다. 현재의 내 체질과 음식궁합이 맞아서인지 속이 확 풀리는 기분이다. 오장의 상태를 체크하며 무리하지 않게 복식을 진행해야겠다.

2016년 2월 5일 금요일

5:00~6:30 『천부경』을 암송하고 화두수련으로 바로 들어갔다. 척추가 바로 세워지고 백회, 중단전, 하단전에 기운 기둥이 연결되고 운기된다. 선정에 들어가고 인당도 아직도 뻐근하게 조여진다. 흰빛 고리 모양이 소용돌이처럼 일어난다.

15:00~16:30 일부 구간은 호보법으로 산행을 하였다. 호보는 말 그대로 호랑이 걸음이다. 네 발로 걷는 짐승은 척추가 곧게 펴져있어서 잔병이 안 든다고 한다. 그래선지 일부에서는 호보로 건강을 되찾은 사람이 종종 있다. 나도 이 호보법으로 한동안 고생했던 척추 통증을 이겨내고 보니 한때는 호보 전도사를 자처한 적도 있었다. 그래서 가끔 내가 호보 운동을 하는 것을 동영상에 담아 유튜브에 몇 편 올려놓은 바가 있다.

매일 산을 오르는 사람들이 처음에는 괴이한 눈빛으로 이상한 사람 보듯이 했었다. 그러나 이제는 나의 호보행을 보고도 일상적인 눈빛만 보내고 그냥 지나친다. 가끔씩 그 운동은 뭐가 좋으냐고 물어오는 사람들에겐 소상하게 지도해주기도 하는데 대부분 긍정적인 반응이다.

햇살이 겨울 동안 얼어 있던 산기슭을 따뜻하게 비추고 있다. 추위를 이겨내고 늠름하게 서있는 아름드리 참나무의 등에도 햇살은 골고루 쬐어주고 있다. 나무에게 허락을 받듯 나도 조심스럽게 등을 기대고 수목지기를 시작했다. 단식 후 회복 중이라 오장육부가 균형을 잡을 수 있도록 오기조화신공을 했다. 이어서 화두 수련을 하는데 황금색 빛이 펼쳐지며 유달리 밝은 별이 나를 향해 계속 깜박 깜빡 빛으로 신호를 보낸다.

2016년 2월 6일 토요일

새벽 3시 30분 자다가 요의가 생겨 일어났다. 볼일을 보고 돌아와 불을 끄고 자리에 누우려는 순간 갑자기 거센 기운이 달려들어 나를 꼼짝 못하게 한다. 고개를 돌려 보니 어린 아이 영가가 내 곁에 바짝 붙어 있는 게 보인다. 어찌나 힘이 센지 그 거대한 기운에 눌려 나는 꼼짝달싹 못 하고 이대로 죽는 건 아닌가 하는 불안감이 엄습했다. 가족 중 누구라도 와서 도와주지나 않을까 싶어 고함을 고래고래 질렀다. 못 들었는지 아무 기척이 없다.

그 와중에도 나는 가만히 관을 해 보았다. 갑자기 내 앞에 웬 아기 영가일까? 불현듯 둘째 아이를 유산으로 잃었던 기억이 떠오른다. 첫째가 딸이라 둘째는 아들이라고 좋아했었던 우리 부부였기에, 그때의 유산 사건은 한동안 우리를 우울하게 만들었었다. 순간 강력한 텔레파시는 그 영가는 곧 나의 둘째 아이였을 거라고 암시해준다.

측은지심이 생겨나자 숨이 막혀 옴짝달싹 못했던 상태가 조금 편해지는 듯했다. 나는 곧 두려움을 밀어 올리며 차분히 천부경을 암송하기 시작했다. 쉬이 물러나줄 것 같지 않은 아이 영가가 조금씩 반응을 보이기 시작하더니 서서히 물러나기 시작했다. 같은 시각 아내는 아래층에서 심한 몸살감기로 뒤척대고 있었다.

다시 잠이 들었는데 이번엔 꿈을 요란하게 꾸었다. 나는 평소에 별로 꿈을 꾸지 않는 편이다. 그런데 이날 꾼 꿈은 선명하게 남아있다. 내가 자란 시골 고향이었는데, 무슨 대회가 열리고 있는 듯했다. 빨간 나무열매를 먼저 찾아오는 게임 같았는데 나도 질세라 논두렁 사이로 잽싸게 달려가다 보니 뽕나무숲이 나타났다. 보통 뽕나무 열매는 오디라 해서 검정색인데 온통 빨강색이라서 이상했다. 거기다가 열매가 얼마나 많이 달려있는지 셀 수가 없을 지경이었다. 이건 또 무슨 의미일까 화두 수련의 끝에서 다시 한번 되새김해 본다.

2016년 2월 7일 일요일

설 명절을 맞아 우리 식구들 모두 남원 고향에 갔다. 식구라 해봐야 입대한 아들을 제외하고 아내와 딸이 다지만 이렇게 다 모여 동행하는 것도 명절이 아니면 거의 불가능하다. 도착하자마자 며느

리들은 앞치마를 두르고 전을 부친다 떡을 해온다 하여 부산하게 움직이는데 우리 남자들은 쓸데없이 주방만 기웃대다가 핀잔이나 들었다.

차례 음식을 다 준비한 후에 요양원에 입원 중이신 할머님을 만나러 갔다. 올해로 104세를 맞으신 할머니는 한달 전 임종을 지키려고 각지에 흩어져 사는 자식들을 불러 모은 적이 있었다. 그러나 또 한 번의 고비를 넘기시며 이렇게 요양원 신세를 지게 되신 것이다.

같은 방에 고령의 할머니들이 대여섯 분 보였다. 작년까지만 해도 지팡이에 의지해서 어디든 걸어 다니시며 노익장을 과시하신 할머니셨는데 오늘 뵈니 아기처럼 작아져 계신다. 이제는 기저귀에 의지해야만 하는 사실에 수치심을 느끼시는지 자식들과 손주들의 시선을 피하시는 모습이 애처롭기만 하다.

언제나 꼿꼿한 기개로 자손들을 이끄셨던 분이시니, 끝까지 깨끗한 권위를 잃지 않고 이별하고 싶으셨으리라… 떠나고 싶을 때 생명의 옷을 벗듯 홀연히 떠날 수 있는 것 또한 축복이라는 생각이 든다. 문득 '시해(尸解), 출신(出神)'이란 단어가 화두처럼 가슴에 박힌다.

16:00~17:00 섬진강 강변 도로 옆에 주차했다. 차 안에서 유유히 흘러가는 섬진강을 보면서 명상 수련을 시작하다.

21:00~24:00 경혈 공부를 하다. 노래 가사에 경혈 이름을 붙여서 노랫말을 만드는 작업을 해 본다. 옛날 학교 다닐 때 자주 써먹던 방법이 생각나서이다. 가령 '수태음폐경'을 '시골길'이라는 노래에 가사를 붙여보면 꽤나 효과적이다.

원곡 : 내가 놀던 정든 시골길 소달구지 덜컹 대던 길 시냇물이

흘러내리던 시골길은 마음의 고향

개사 : 중부운천 천부 협백길 척택공허 열결 경거길 태연어제 흘러 내리던 시골길은 소상의 고향

내친김에 '수양명 대장경'은 '흙에 살리라'로, '족태음 비경'은 '들길 따라서'로 '수소음심경'은' 내 나이가 어때서'로 만들어 보니 슬슬 재미가 붙어간다.

'수태양 소장경'은 '섬마을 선생님'으로, '족소음신경'은 '그때 그 사람'으로, '수궐음 심포경'은 '꿈속의 사랑'으로, '수소양 삼초경'은 '산바람 강바람'으로, '족궐음 간경'은 '비내리는 호남선' 등으로 개사를 해 나가다 보니 그렇게도 암기가 더디던 내 머리에 착착 찰떡처럼 감기어 금방 외워진다. 순전히 나만의 방법이긴 하지만 혹시 나 같은 도우님들이 계시다면 이 방법을 적극 권하고 싶다.

2016년 2월 8일 월요일, 설날

성묘 마치고 12시부터 14시까지 산에서 명상 화두 수련을 실시하였다. 햇살이 따사로워 큰 소나무에 등을 기대고 『천부경』, 『삼일신고』, 『대각경』 암송했다. 내 기운이 온 우주를 채우고 우주기운이 내 단전을 가득 채운다. 내 기운과 우주기운이 하나로 일치된다. 화두 수련에 들어갔다. 몸의 척추가 곧바로 선다. 황금색 둥근 고리가 소용돌이친다. 은하계가 어렴풋이 보이고 황금색 둥근 점이 반짝인다. 중단전 전중혈 부근이 뜨겁게 조여진다. 가슴이 곧게 펴지며 뜨거워진다. 시간이 흐르며 가슴이 시원해진다. 중단전이 열린 느낌이다.

산이 보이고 강이 보였다가 사라진다. 노궁, 백회, 용천 온몸으로 우주 기운이 하나됨이 강하게 체감되고 삼매에 계속 머문다. 시간이 멈추어지고 계곡 골짜기 물소리 흐르는 소리만이 마음을 채운다. "자성구자하면 강재이뇌이다" 하고 계속 머릿속에 떠오른다. 내 자성에게 화두를 던져본다. 천(天)은 은하계의 가장 빛나는 별이다. 지(地)는 만물인 산과 강이다. 인(人)은 "자성구자하면 강재이뇌이다." 내 안에 자성, 하느님, 진리가 있음이 느껴진다.

명상 후에도 노궁혈과 용천혈로 우주기운의 강한 중력이 심장처럼 두근두근 뛴다. 운기가 계속 이어진다. 이처럼 강한 기운이 온몸으로 느껴지는 것은 처음 있는 일이다.

2016년 2월 9일 화요일

5:30~6:30 명상 화두 수련 실시하였다. 우주기운을 백회 인당 중단전 하단전 연결 후 천부경 삼일신고 대각경 암송 후 화두 수련 들어가니 황금색 둥근 고리가 보인다. 삼합진공이 이루어지고 호흡이 끊어지듯 말 듯 진행된다. '자성구자 하면 강재이뇌'이다. 이 말이 계속 떠오른다. 자성에게 물어보니 천지인 삼매 수련은 끝났다는 메시지가 온다. 단 아직도 화면이 선명하게 보이지 않지만 그것은 계속 수련을 해 나가라는 뜻으로 여겨진다.

23:30~1:00 명상 화두 수련 실시하였다. 오늘 광주에 오기 전 할머님 계신 요양원에 어머님과 함께 방문했는데 그때 빙의가 된 영가가 계속 기운을 누르는가 싶었는데 이제 막 천도되었다는 것이 체감

으로 확인되었다. 고개를 도리도리 흔드는데 목뼈와 어깨뼈가 우두둑 우두둑 소리를 내면서 풀어진다. 나도 모르게 눈물이 계속 흐른다. 자성이 정화되고 있음이 느껴진다.

삼합진공이 운기되고 선정에 들어갔다. 계속 관해 본다. 이로써 첫 번째 화두는 끝났다는 메시지가 온다.

2016년 2월 10일 수요일

8:00 처제 집에 가니 주말부부로 떨어져 살고 있는 동서가 내려왔다. 다녀 간 지 얼마 안되었는데 명절이라 다시 내려 온 거라고 했다. 그는 재작년 불의의 사고로 오른 손을 잃었었다. 하지만 강한 집념으로 의수를 끼고서도 활발하게 사회생활을 해오고 있어서 참 다행이다.

평소에도 기회가 닿으면 사우나라도 한번 같이 가야겠다고 별렀던 일을 오늘 드디어 실행에 옮기게 되었다. 동서는 키는 작은 편이지만 총각 때부터 육체미 운동을 한 터라 한 눈에 봐도 다부진 체격이 눈 길을 끈다.

어떻게 몸 관리를 하는지 물어보니 식사량이 상상 이상이라 놀라웠다. 그보다 더 놀라운 건 비가 오나 눈이 오나 하루도 빠지지 않고 헬스장에서 몸을 만든다는 사실이다. 점심은 보통 밥공기로 5인분 먹고 저녁식사는 운동 후 숙소에 가서 먹는데, 그때 또 5인분을 먹는다고 한다. 그러고도 간식으로 몇 개의 빵을 더 먹는단다. 저렇게 먹고도 지금껏 별탈이 없다는 게 이상할 정도다.

생식을 하고 있는 내 입장에서 보니 걱정이 이만 저만이 아니다. 누구에게 보이려고 저런 위험을 감수하면서까지 외모를 만들어야 되는 걸까? 먹고 또 먹어대는 이른바 먹는 기계 같은 삶을 사는 그가 부쩍 걱정이 된다. 건강상태를 물어보니 고혈압에 뒷목이 자주 뻣뻣하고 소화불량에도 자주 걸린다고 한다. 아무래도 생식을 알려 특단의 조치를 취하지 않으면 큰일 날 것만 같다.

매주 수요일 오후 2시만 되면 출석하는 생식원에 도착했다. 오늘은 화형, 수형 체질에 대한 오행생식 강의를 들었다. 그 원장은 기공 쪽으로 탁월한 능력이 있어 그 부문에서는 나름 일가를 이루는 것 같지만, 아무래도 이론 강의는 『선도체험기』 8, 9, 10권의 내용을 따라가지 못하는 것 같다. 이론은 집에 와서 『선도체험기』로 반복 학습하고, 주로 체험 위주의 질문을 통해 학습의 깊이를 이어 나가야겠다.

23:00~24:00 명상을 끝내고 나니 오늘 따라 몸이 무척 피곤하다. 잠이 쏟아진다. 그 다음날 아침까지 푹 잤다.

2) 유위삼매(有爲三昧)

2016년 2월 11일 목요일

4:30~6:00 명상하였다. 간밤에 꿈을 꾸었다. 도덕 시험을 보았다. 한 문제 한 문제씩 답을 찾아 맞추어 보니 다 맞았다. 신기한 일이

네. 도덕 점수만 자신 있는 모양이다. 온몸에 별의 8만 4천 개의 기공이 연결된 듯 강하게 오싹오싹 운기된다. 목, 중단전, 복부에 진동이 와서 몸을 자동으로 풀어준다. 오늘은 삼공재 방문이 있는 날이라 집에서 8시 40분에 출발하였다.

삼공재를 방문하여 스승님께 인사 올리고 그동안 수련 성과를 말씀드렸더니 두 번째 화두를 주신다. 정좌하고 화두를 암송하자 노궁혈 위로 기운덩어리가 운기된다. 천지인 삼매보다 기운의 강도가 부드럽게 운기되어 옴을 느낀다. 몰입해 들어가니 연초록색 빛이 모여든다. 끝까지 밀어붙여 보자하고 집중해 보지만 더 이상 화면은 정지상태를 풀지 않고 있다. 그래도 "거거거중지(去去去中知) 행행행리각(行行行裏覺)"하고 계속 몰입하였다. 인당이 조여지면서 머리가 도리도리 되면서 진동이 온다. 기운의 흐름에 맡기고 계속 진동에 몰입해 본다. 한동안 계속되더니 서서히 잠잠해진다. 이어서 인당으로 시원한 기운이 들어온다. 인당이 열린 것이다. 조용한 침묵으로 도와주신 스승님의 손길을 나는 마음으로 깊이 느껴본다.

강남터미널에 오는데 그동안 백회에서만 느껴지던 기운이 인당에서도 시원하게 느껴지고 온몸에 기운이 오싹오싹 운기되어 충만해지니 자연 발걸음은 춤을 추듯 가볍기만 하다.

23:00~24:30 명상 수련하였다. 인당에 기운이 조여지고 시원하게 운기된다. 선정 상태에 머물고 나니 두 볼에 눈물이 흘러내린다. 가슴에 환희가 채워진다. 눈물이 흐르면 흐를수록 정화가 가속되고 있음을 느낀다.

2016년 2월 12일 금요일

9:30~11:00 학교 도서관에서 천부경, 삼일신고, 대각경 암송 후 명상 화두 수련을 해 본다. 은백색 고리 형태 빛이 보여 계속 몰입하였다. 시간이 흘러 보니 머리가 약간 앞으로 숙여져 혼침이 온 모양이다. 다시 화두를 잡고 암송하고 집중해 본다. 삼매호흡이 되고 기공이 열려 몸은 미동도 하지 않는데 마치 죽어 있는 듯하다. 의자에 반가부좌 자세를 유지하고 몰입하니 온몸은 기운의 장이 형성되어 마냥 머무르고 싶어진다. 호흡도 끊어져서 전신호흡이 되고 또 다시 몸은 죽은 듯 고요해진다. 아! 이것이 정말 삼매지경이구나 ! 하고 체득되었다. 가슴이 벅차다. 어느새 1시간 30분이 순간처럼 흘러갔다.

16:00~18:00 학교 도서관에서 명상 화두 수련을 하였다. 은백색의 빛 덩어리가 보여서 계속 명상에 몰입해본다. 기운이 단전에 뜨겁게 달아올라서 요가의 1차크라, 2차크라, 3차크라, 4차크라, 5차크라, 6차크라로 서서히 운기되고 백회까지 운기되고 다시 단전으로 이동된다.

단전에 달아오른 기운이 어느새 간담으로 올라와 뜨겁게 머물고 이어서 심소장, 비위장, 폐대장, 신방광으로 차례대로 뜨거운 기운이 운기된다. 신기한 일이다. 다시 단전에 머물던 기운이 중단전을 뜨겁게 하더니 간담부터 차례대로 신장방광까지 쭉 내려오더니 회음혈에서 머물다 다시 단전으로 온다. 마치 오장육부가 단전과 하나인 것처럼 한동안 호흡되고 시원해진다. 단전의 기운이 중단전 양쪽 어깨를 타고 입천장에 혀가 달라붙어 운기되어 인당 백회로 올라간다.

백회가 심장처럼 두근두근 계속 뛴다. 백회에 머물던 기운은 온양되어 다시 단전으로 모인다.

단전은 풍선처럼 뜨겁게 부풀어 계속 달아오르고 용천혈은 감전된 것처럼 찌릿찌릿하다. 오행생식법의 중요성이 『선도체험기』에서 이미 강조되었듯이 뜨거운 기운이 오장육부에 차례대로 운기되면서 마치 밥솥 안의 쌀이 익으면 밥이 되듯이 오장육부을 건강하게 재생시키고 있음을 확신한다. 이제 저녁 생식을 먹었으니 잠시 휴식을 취할 일이다.

22:30~24:00 아내와 103배 절 운동 후 명상 수련하고 잠이 들었다.

2016년 2월 13일 토요일

3:30~5:00 명상, 화두 수련 실시하였다. 단전이 따뜻하게 데워지면서 진동이 와 머리가 앞뒤 좌우로 흔들린다. 계속 기운의 진동 흐름에 맡기고 몰입해 본다. 은백색 고리형 소용돌이 빛을 보면서 점점 몰입하여 본다. 우주의 8만 4천 별의 기운과 연결되어 삼매호흡이 되어 온몸을 기운이 감싸고 오싹오싹 운기되고 있다. 호랑이, 개, 염소, 닭, 오리, 돼지 마지막은 여우가 떠오른다.

서울에 일찍 도착하여 강남구청 역 휴게공간에서 30분 명상하였다. 의자에 앉아서 선정에 들어가니 오장의 기운이 따뜻해지고 중단전이 뜨겁게 달아오른다. 가슴이 앞으로 나오고 큰 원기둥처럼 하나로 호흡되고 압박되면서 따뜻해지고 시원해진다.

15:00~17:00 삼공재 명상, 화두 수련하다. 단전이 달아오르고 오장

이 뜨끈뜨끈해지더니 중단전으로 기운이 올라온다. 한동안 뜨거워지더니 기운이 가슴을 자꾸 앞으로 밀어 낸다.

원통형의 큰 구멍이 별안간 뻥 뚫린다. 호흡이 중단전에서 하단전으로 바로 내려가더니 가슴이 시원해진다. 한 시간 지나니 기운에 변화가 없고 자성에 물어보니 유위삼매가 끝났다는 메시지가 온다. 조용히 명상 수련 후 스승님께 경과를 말씀드리니 무위삼매 화두를 주신다.

잠시 후 인사를 드리고 삼공재를 나섰다.

유위삼매 수련시 강하게 기억되는 것은 인간의 육체적인 생사 즉 장수 혹은 단명은 오장이 작용한다는 느낌이 왔다. 그래서 생식을 통한 오장 균형을 잡아주고 대주천 이상 운기가 되는 사람은 유위삼매 수련 또는 오기조화신공 (목, 화, 토, 금, 수 기운)수련하여 오장의 넘치는 기운과 부족한 기운을 조정해 주면 장수하리라 생각된다.

『선도체험기』 14권 206쪽의 내용에 "간에는 혼이 있고 혈액을 걸러 정화하는 일을 하고, 심장에는 신이 있고 혈액을 걸러 정화하는 일을 하고, 비장에는 의지가 있어 위장 의지로 자율적으로 움직여 음식물 소화하는 역할을 하며, 폐장에는 백이 있어 호흡을 관장하고, 신장에는 정이 있어 배설기능과 생식기능을 한다. 이렇게 오장은 각각 서로 독립하여 작용하고 있는데 오장의 주인은 심장에 깃들여 있는 마음이다." 가슴에 새길 일이다.

3) 무위삼매(無爲三昧)

2016년 2월 14일 일요일

9:30~10:30 그동안 아내도 바빴는지 세탁물이 많이도 쌓여있다. 지체 없이 나는 세탁기에 세탁물을 넣어 돌리고 나서 내친김에 설거지까지 해버렸다. 젖은 손을 닦고 나서야 나만의 여유를 누려본다. 곧 명상 화두 수련에 들어갔다. 백회, 노궁, 용천혈로 기운이 오싹오싹 강하게 들어온다. 여러 산들이 포개어 놓은 듯한 모습이 보인다. 산에 구름다리도 보인다. 은백색 빛이 온누리에 밝아지면서 내 몸에 기운이 쏟아져 들어온다. 내가 밝은 빛의 기운과 하나가 된다. 우주와 내가 하나로 합일되고 있는 것이다.

11:20~13:00 중단전이 뜨거워지고 천돌 부근과 양 어깨에 운기된다. 환한 은백색 빛이 온누리에 퍼지더니 내 몸 속으로 쑥 들어온다.

단전이 따뜻해지고 내 몸이 산산이 부셔지고 사라져 버린 것 같다. 대추혈 부근이 따뜻해지더니 명문혈이 뱃가죽에 딱 달라붙어 호흡이 되고 곧이어 척추가 곧바로 세워진다.

대추혈에서 회음혈까지 원통이 생기더니 위 아래, 위 아래로 마치 엘리베이터가 급하게 오르내리듯이 호흡이 한동안 계속된다. 그러다가 갑자기 척추가 뻥 뚫린 느낌이 들어 놀랐다.

이어서 척추 위 아래로 좌우로 진동이 온다. 양손이 옆으로 나란히 한 것처럼 저절로 올라간다. 어깨 부근을 따스하고 묵직한 기운이 운기된다.

척추가 앞, 뒤로 움직이고 고개도 앞뒤로 움직인다. 오장이 앞뒤 좌우 자동으로 움직이며 주걱으로 휘젓는 것처럼 진동한다. 고개가 좌우로 자동으로 도리질한다.

계속 진동에 몸을 맡기니 독맥(대추혈에서 회음혈까지)에 커다란 원통형 모양으로 뻥 뚫렸고 11가지 호흡이 자동으로 된다. 처음 체험하는 것이라 얼떨떨하다. 책에 명시되어 있었던 호흡이 지금 내게 일어나고 있는 것이 마냥 신기하기만 하다. 몸과 마음이 편안하게 풀어지고 있다.

21:30~23:00 『천부경』, 『삼일신고』, 『대각경』 암송 후 명상 화두 수련 실시하였다.

기운이 하단전 중단전에서 천돌, 양어깨에 운기되면서 따뜻해진다. 낮 수련과 같이 명문호흡이 되면서 뱃가죽이 척추에 찰싹 달라붙는다. 척추에 좌우 진동이 오고 오장이 주걱으로 휘젓는 것처럼 자동으로 요동친다. 저녁에 과식을 한 것을 소화시키려고 하는 모양이다.

중단전에 진동이 되면서 트림이 나오고 위가 시원해진다. 어깨가 상하로 흔들리고 머리가 앞뒤 상하로 자동으로 진동이 된다. 이후 11가지 호흡이 되었다. 다리가 저려서 앞으로 쭉 펼쳤더니 발끝치기 운동이 된다. 내 몸이 기운의 자기장으로 빙 둘러싸여서 기분 좋은 중력감이 느껴진다.

무위 삼매 화두에 몰입하니 "일체유심소조"가 메시지로 전해온다. 이 세상 모든 것은 마음이 만들어 내는 것이다. 아 결국은 마음공부구나! 마음의 주인은 하느님이요 진리요 자성이요 주인공이니 여여하게 흔들리지 말고 중심을 잡고 생활해 나가리라 다짐해본다.

2016년 2월 15일 월요일

5:30~6:30 화두 명상에 들어가니 "무위삼매는 성(性)을 위한 공부다", "나와 우주는 하나다"라는 메시지가 온다. 황금색 빛 덩어리가 보였다가 사라진다. 온누리가 황금색으로 채워지고 의식이 끊어지듯 몸도 사라지고 오직 텅 비어 있다. 공(空)이다. 텅 비어 있는데 무언가가 있다. "진공묘유"가 전음으로 들린다.

'무위삼매는 성통공완(性通功完)할 때 성(性)을 알려주는 공부다!' 그리고 '내가 일상생활에서 분별을 일으키는 마음이란 것은 원래 없는 것이다!'라는 마음의 소리가 마음으로 들려온다. 『선도체험기』에서 늘 강조되었던 "일체유심소조, 삼계유심소현"이 이렇게 내게 닿아오는 걸 느끼겠다.

모든 것은 결국 마음의 장난이다. 과거 현재 미래는 오직 현재의 내가 의식하고 있음으로 존재한다. 고로 현재가 중요하다.

21:30~22:30 심법수련을 통하여 화면을 불러본다. 얼마간 집중을 하다가 인당 부근에 공사를 하고 있다는 느낌이 온다. 인당이 조여지고 욱신거린다. 무위삼매 화두를 암송하자 어깨가 좌우로 흔들리며 요동을 친다. 쏴 하고 박하사탕 같은 기운이 온몸으로 밀려들어온다.

백회에서 하단전까지 삼합진공이 이루어지고 있다. 백회 노궁 용천혈로 강한 기운이 계속 스며들고 있다.

4) 무념처삼매(無念處三昧)와 5)공처(空處)

2016년 2월 16일 화요일

5:30~6:30 우주기운과 백회가 구름 기둥처럼 연결되어 청신한 기운이 계속 들어온다. 인당이 압박되고 조여진다. "역지사지" 메시지가 떠오른다. 밝은 빛이 나타나는 것은 어둠을 제거하면 된다. 화두 수련 중 장애물을 만나면 심법을 활용하여 자성에게 답을 구해보자. 나는 아직 화면이 뚜렷하게 보이지 않는데 수련에 계속 집중하면 이루어질 것 같다.

15:00~17:00 삼공재 방문하여 스승님께 무위삼매와 무념처 삼매 11가지 호흡수련 경과 내용 말씀드리고 나서 공처 화두를 받았다. 화두를 암송하자 회음 부위에 기운이 모이면서 따뜻해진다. 인당에도 기운이 들어오고 압박하고 풀어진다. 인당 부근이 개혈되고 있는 것이다. 단전이 남산처럼 부풀어 오르고 뜨거워진다. 스승님이 늘 보이지 않게 이심전심으로 이번 수련을 도와주시는 것을 알 수 있다. 스승님께 "아직 화면이 안 보인다"고 말씀드렸더니 성급하게 서두르지 말고 자연스런 흐름에 따라 가라 하신다.

2016년 2월 17일 수요일

5:30~6:30 월봉산에 올랐다. 해가 뜨기 전 가장 어둡다 하더니 역시나 깜깜했다. 매일 해가 뜨고 어둠은 밀려가고 빛의 세상이 되지

만 새벽 인시에는 달빛 별빛이 밤하늘을 밝히고 있다. 어둠이 사라지면 빛의 세상이 되고 빛이 사라지면 어둠의 세상이 된다.

내가 인식하는 세상은 빛과 어둠의 둘이 아니고 하나인 것이다. 단지 오감의 세계에서 볼 때만이 보이는 대로 보여질 뿐이다. 대각경의 "하나님과 나, 남과 나, 우주와 내가 하나로 되는 실체 속에 살고 있다"와 같은 하나의 의미라고 볼 수 있다.

9:00~10:00 학교 도서관에서 명상 수련하였다. 은백색 빛이 보였다 사라진다. 내 몸이 빛덩이 속으로 들어가 사라져 버린 느낌이다. 백회, 인당, 노궁, 하단전, 용천혈로 심장이 뛰듯 강하게 운기되고 있는 것이다.

13:30~16:00 오후에는 오행생식법 강의를 들었다. 아직은 맥진법으로 맥을 볼 때 6가지 맥의 차이를 구분한다는 건 역시 어려운 일이다. 언제쯤이나 익혀질는지 갈 길이 멀다는 생각이 든다.(현맥, 구맥, 홍맥, 모백, 석맥, 구삼맥)

내 것은 만져 보니 현맥이고 목형 체질이다. 앞으로 더 노력하다 보면 다른 맥도 자연스럽게 알 날이 오리라 희망해 본다.

활을 쏠 때 과녁이 크게 보이는 방법을 맥진법 진단하는 데 활용하면 좋겠다는 생각이 문득 떠오른다. 역사적인 명사수의 사례를 살펴보면 이치가 같다는 생각을 해본다. 서산대사는 활을 쏠 때 과녁을 보기는 하는데 의식은 단전에 두었다고 한다. 그러면 과녁은 실제보다 훨씬 크게 보여서 명중률이 높을 수밖에 없는데, 이것이 곧 내관법이라 하겠다.

백발백중의 고사가 있는 명사수 기창 이야기도 있다. 스승 비위는 기창에게 "작은 것을 보더라도 큰 것처럼 보이고 희미한 것을 보더라도 뚜렷이 보이거든 오너라"고 했다. 기창은 머리카락으로 벼룩을 잡아매어 달아 놓고 밤낮으로 끊임없이 보았다. 보일 듯 말 듯하던 벼룩이 점점 커지고 3년 후에는 수레바퀴처럼 크게 보였다. 작은 물체들도 언덕이나 산처럼 크게 보였다. 마침내 기창은 화살을 쏘아 벼룩의 심장을 관통하였다.

나도 서산대사의 방법을 활용하여 의식을 단전에 두는 내관법을 활용하여 미세한 맥을 크게 느끼는 방법을 터득해 봐야겠다.

2016년 2월 18일 목요일

06:00 월봉산을 등산하였다. 산행하면서 공처 화두를 자나 깨나 몰입해보자! 마음먹었다. 산을 오르면서 우주기운을 백회, 상단전, 중단전, 하단전, 용천혈까지 3번 의념하고 기운을 연결하였다.

문득 2002년부터 마라톤에 4년 동안 몰입할 때가 떠오른다. 마라톤에도 중독성이 있어서 한번 빠지면 헤어나올 수 없다고 하는데 그만큼 몰입의 쾌감은 크다고 할 수 있겠다.

매년 한두 차례씩은 꼭 큰 대회에 참여를 해왔었다. 한번은 섬진강 마라톤 대회에 출전하여 풀코스를 달리고 있었다. 한참을 뛰다가 보면 목이 타고 다리에 피가 통하지 않아 뛰는 도중에, 앞가슴에 붙어있던 옷핀을 떼어내 허벅지를 마구 찔러댄다. 그렇게 힘들게 계속 뛰다가 30km 지점에 이르면 어느 순간 무아지경에 빠지게 된다.

분명 뛰고 있는 건 나인데 나는 없고, 없는 나는 계속 달리고 있음을 마치 경치를 구경하듯이 나를 볼 때가 바로 그 지점이다. 거기엔 고통도 없고 호흡도 끊어진 듯 고요가 둥둥 떠 있을 뿐이다. 아마 이런 황홀경을 체험한 이들이 마라톤 마니아를 자처하는지 모를 일이다.

생각해보면 명상 또한 정신의 마라톤이 아닐까 생각해본다. 마음을 모아 한곳을 향해 부지런히 달리다 보면 어느 순간 무아의 경지에 도달한다는 의미에서 묘한 공통점을 발견했다.

오늘 산행하면서 우주기운과 연결하고 자나 깨나 화두에 몰입하며 걸었다. 산 중턱쯤 갔을 때 갑자기 내 몸이 없는 것처럼 느껴진다.

그래서 인적이 드문 구석으로 자리를 옮겨 참장공 자세로 명상을 시작했다. 한참의 시간이 흘렀을까 어디선가 꼬끼오! 닭소리가 아득하게 들려온다. 산 아랫동네에서 들려왔을 터이지만 평소에는 의식하지도 않았던 닭 울음소리가 오늘 따라 내 마음 속에 크게 들어와 박히는 의미는 무엇일까?

나는 순간 저 닭이 내게 말을 걸어 온 것이라는 믿음이 생겼다. 그렇다. 전생에 내가 닭이었었구나! 갑자기 용변부동본이란 단어가 떠오른다. 조금 있으니 이번에 개 짖는 소리가 쩌렁 울리며 내 가슴으로 파고든다. 곧 이어 새의 지저귐이 시끄러울 정도로 귓가에 쟁쟁거린다. 나의 전생은 닭이었다가 개였다가 새였다가 아직도 내가 미처 인식하지 못한 수많은 나를 한꺼번에 만나본다.

'용, 변, 부, 동, 본' 활자가 해체되었다가 내 눈앞에서 천천히 한

자씩 모아지며 내게 깨달음을 던져준다. 본래 진리(자성)는 변함없는데 수천 가지 쓰임으로 변하여 나타나는 것을 이론이 아닌 체험으로 체득한 시간이었다.

백회 인당 중단전 하단전 용천으로 우주기운이 쏟아져 들어온다. 하단전이 고무풍선처럼 빵빵하게 달아오른다. 정상을 향해 호보로 올라가다 보니 흙냄새가 코끝으로 스며든다. 나도 한 마리 짐승처럼 네발로 바닥을 오르다 보니 땅에서 피어오르는 봄기운을 저 나무보다도 먼저 내가 접수하는 듯해 우쭐한 기분이 들기도 했다. 몸을 낮춘다는 것은 이렇게 남들이 모르는 특혜를 뜻밖에 누릴 수도 있는 것이다.

고개를 들어보니 하늘 저쪽으로 아침 해가 붉은 이마를 막 드러내고 있다. 아직 아무도 와 있지 않은 쉼터 벤치에 반가부좌를 하고 명상에 들어갔다. 황금빛 태양이 중단전으로 쏙 들어온다. 황금빛 태양기운을 인당으로 받아 하단전에 축기해 본다. 하단전이 고무풍선처럼 둥글게 달아오른다.

백회 인당 노궁 용천 부근 주위로 에너지의 장이 찌릇찌릇 온몸을 감싼다. 하산 길에 광개토대왕, 원효대사, 을지문덕, 서산대사, 대조영, 을불(미천왕), 인도 간디가 떠오른다. 이 중에 나의 전생도 있는 것 같다.

12:00~13:30 집에서 상무 지구에 모임이 있다는 아내를 차로 데려다 주고, 나는 학교로 향했다. 주차장에 차를 대고 돌아서는데 매화꽃이 눈에 들어온다. 순간 매료된 내 발길은 한참을 매화꽃에 머물

러있다.

요즘은 꽃봉오리만 봐도 자꾸 말을 걸고 싶어진다. 아내는 이런 나를 두고 남자가 늙으면 여성 호르몬이 생긴다더니 당신 얘기 같다며 웃지만, 나의 자성은 동의할 수 없다. 명상을 통해 삼라만상에 깃든 자애심을 느끼기 때문이라는 생각에 더 무게가 실린다.

매화를 들여다보고 있으니 백회와 단전과 용천혈로 기운이 찌릿찌릿 감전되듯 운기되어 차 안에서 명상을 하였다. 최근 들어 부쩍 느끼는 것이지만, 무슨 이유로든지 기운이 강하게 들어온다 싶으면 그 자리에서 나도 모르게 명상으로 몰입되어 간다. 곧바로 백회로 폭포물줄기처럼 연결되어 들어오고 단전은 조개탄으로 땐 난로처럼 뜨거워지며 노궁, 용천은 맥박이 뛰는 것처럼 용솟음친다. 여여하게 기운의 흐름에 맡겨본다.

봄의 기운에 대해 김춘식 선생의 오행생식요법 책에서 발췌해보면 '봄은 목기에 해당하는데 음전기와 양전기가 중화작용으로 서로 균형을 이루는 상태이다. 마치 처녀와 총각이 서로 잘 보이려 팽팽하게 맞서는 상태이다' 하여 봄의 목기인 우주의 기운과 내 몸의 경혈이 하나로 연결되어 생전 처음으로 제대로 된 대자연의 봄기운을 온몸으로 체감하고 있다. 백회와 단전, 오장육부, 용천, 노궁도 뜨거운 기운이 온몸을 휘감는다.

16:30~18:30 학교 도서관에서 화두 명상 수련을 하였다. 백회로 기운이 쏟아지고 단전이 부풀어 오른다. 은백색 빛이 보였다가 사라진다. 정신은 맑아지고 척추가 바로 세워지고 삼합진공이 된다. 고양

이가 쥐를 노려보듯이 일초도 방심하지 않고 자나 깨나 끝까지 화두에 집중하고 또 몰입해본다.

화두를 붙들고, 들여다보고, 더 잘 보이도록 더 가까이 고개를 박고. 무언가 희미하게 보일 무렵이면 초고도의 집중력을 발휘해 몰입하고, 몰입하고 또 몰입해본다.

백회 인당이 압박되고 뻥 터질 것 같다. 밝은 빛이 보였다가 다시 검어진다. 더 깊이 들어가 본다. 아무것도 없다. 더 깊이 더 속으로 들어간다. 역시 텅 비어 있을 뿐이다. 블랙홀 속으로 빨려 들듯이 불안을 걷어내고 힘차게 들어간다. 여전히 없다. 강도 높은 집중력으로 다시 한번 깊이를 파 들어간다. 없는 것을 파고 또 파도 없는 것만 나올 뿐 더 이상 없는 것조차 없어진다.

공처 화두는 끝까지 몰입하고 집중 해봐도 역시 텅 비어 있다. 전음으로 "진, 공, 묘, 유"라고 또렷하게 들린다. 내 자성은 참으로 텅 비어 있는데 묘하게 존재하는 것이다.

나는 공처 화두를 통하여 전생에는 수천가지 모습으로 존재했었고(用變不同本) 현재는 끝없이 텅 비어 있는 공(空)의 모습으로 존재하는 것으로 체감되었다. 진공묘유(眞空妙有).

2016년 2월 19일 금요일

4:00~5:30 새벽 산행을 하였다. 산행시 새벽 별빛에 의지하며 호보(虎步)로 정상까지 올라갔다. 쉼터 의자에서 새벽의 기운을 받으며 명상 수련을 했다.

16:00~16:30 학교 운동장에서 태극권 운동을 했다. 역시 봄의 기운이 온몸으로 강하게 운기되며 무아지경에 빠진다. 동작이 멈춰지듯 이어지고 노궁혈에 몽글몽글한 기운을 담아서 앞으로 나아가고 물러서고 운기를 해본다. 이어서 참장공을 하며 몸의 탁기를 용천혈로 배출하고 단전에 우주의 기운을 축기 해본다.

대주천 이상 수련하고 선정에 들면 몸이 아픈 사람은 자가 진동을 하든지 운기가 되어 자가 치료가 되어 몸을 건강하게 유지할 수 있는 것이다.

2016년 2월 20일 토요일

4:30~6:00 오늘은 삼공재 방문하는 날이라 새벽등산을 했다. 산행 중 큰 아름드리 도토리나무에 등을 기대고 수목지기 수련을 하였다. 새벽녘의 달과 별의 기운 및 숲 속의 맑은 기운이 내 몸과 운기가 된다.

백회에는 북두성단의 기운이 들어오고 명문혈로는 나무의 기운이 몸으로 들어온다. 천기와 지기가 순환되어 천 지 인의 기운이 하나로 운기되는 것이다. 이어서 호보법 수련을 정상까지 했다. 몸의 혁명 책 표지에 보면 "가슴을 펴라! 그러면 우리 몸에 오는 병의 90%는 예방할 수 있다"고 저자는 주장하고 있다. 호보법 운동은 가슴과 척추를 활짝 펴주는 데 효과가 있는 운동이라 생각된다.

15:00~17:00 삼공재 수련을 하였다. 오늘 수련생은 4명이 참석하였고 송인기 도우가 457번째로 대주천 수련을 통과하였다. 대기만성형

으로 열심히 노력하였고 스승님이 침묵으로 늘 보살펴 주신 은혜라 생각되었다.

오늘 스승님한테 공처 수련 결과를 말씀드리고 식처 화두를 받았다. 오늘 수련은 기운이 센 빙의령을 천도하는 데 집중하였다. 대추혈과 양어깨를 큰 기운이 한동안 짓누르더니 서서히 앞 목으로 이동하여 조이기 시작한다. 다시 목에서 입 속으로 이동하더니 이빨이 부딪치고 혀가 마구 돌아간다. 큰 기운은 서서히 인당 쪽으로 이동하여 잠시 머무르더니 백회에서 서서히 빠져 나가기 시작한다. 스승님한테 문의드렸더니 전쟁터에서 죽은 원한 관계에 있는 역사(力士) 빙의령이 들어왔는데 천도되는 것이라 하신다. 빙의령 천도도 상구보리 하화중생의 중요한 일중에 하나일 것이다.

6) 식처(識處)

2016년 2월 21일 일요일

7:30~9:00 백회 상단전 중단전 하단전 용천혈 기운을 운기하고 산행을 시작하였다. 산길의 흙 내음이 너무 좋아 호보법 운동으로 산을 올라갔다. 정상의 소나무에 척추를 대고 운기를 했다. 조금 있으니 명문에 진동이 와서 흐름에 맡기니 대추혈 부근으로 진동이 이동하여 자동으로 몸의 탁기가 제거되고 독맥이 시원하게 소통되었다. 진동이 멈추자 명문 호흡이 되면서 단전이 명문에 달라붙었다. 떨어

졌다 하는 호흡이 되더니 선정에 자연스레 들어간다.

우주기운, 땅의 기운, 나의 기운이 함께 운기되며 천, 지, 인 합일 호흡이 되는 것이다. 그동안 산행하면서 한번도 해보지 못한 삼매호흡이 자연스럽게 이루어지고 있는 것이다.

어느 책에서 삼매호흡, 태식호흡이 이루어지면 옛 선도인들은 신선의 경지라 하였다. 신선의 경지란 무아의 경지라고도 할 수 있는데, 최근에는 명상 수련하면서 나도 이 삼매호흡으로 무아의 경지를 체험해보며 환희를 느껴본다. 내가 이런 경지를 체험할 수 있었다는 자체가 내게는 기적 같기만 하다. 새삼 스승님께 고개 숙여 감사드리고 싶다.

선도인이 매일 산에 가서 운동하여야 되는 이유는 알아보면 '91년 노벨의학상 수상자인 독일의 네허 박사와 자크만 박사는 "세포막에는 전하를 띠는 입자(음이온, 양이온)가 드나드는 통로가 있고 인체 내의 음이온이 감소하면 여러 가지 질병(각종 신경통, 신경장애 등)이 유발한다"고 하였다. 공기 중 1cc당 음이온 발생수를 조사한 연구 보고서에 의하면 '실내 또는 시내 중심가에는 30~70개, 산이나 들에는 700~800개, 깊은 산속이나 폭포, 바닷가에는 1,000~2,000개 분포 한다'고 하였다.

우리가 산에 가면 기분 좋아지는 이유를 알 수가 있는 것이다. 또 소주천, 대주천 수련자는 등산하면서 운기하면 숲속의 무한한 생명력과 하나 되어 내 몸은 자연 치유가 이루어지는 것이다.

다리가 불편하신 장모님의 소원은 앞산 정상에 오르는 것이라 하셨는데, 다리가 성할 때엔 산에 오를 생각은 귀찮아서 못 해 보셨다고 한다. 이렇듯 닥쳐보지 않으면 귀한 줄 모르는 게 인생이 아닐런가 싶다. 그러나 우리들의 다리가 아직 성성하여 산이든 바다든 갈려는 마음만 먹으면 갈 수 있으니 이 얼마나 축복받은 인생인가!

앙드레 지드가 『지상의 양식』에서 '저녁을 바라볼 때는 마치 하루가 거기서 죽어 가듯이 바라보라. 그리고 아침을 볼 때는 만물이 거기서 태어나듯이 바라보라. 그대의 눈에 비치는 것이 순간마다 새롭기를, 현자란 모든 것에 경탄하는 자이다.' 현재 삶을 영위하면서 작은 것에도 만족하고 감탄할 수 있으면 누구나 현자가 될 수 있는 것이다.

16:00~18:00 아내와 앞산을 갔다. 근처 숲 속에서 제일 큰 참나무와 수목지기 수련하였다. 참나무에 등을 대고 생체지기를 교류한다. 독맥이 진동이 되어 명문혈, 대추혈 부근을 나무와 가볍게 마찰하며 소통된다. 진동이 끝나고 삼매 호흡에 들어가 숲 속의 맑은 에너지를 교류하였다.

장소를 옮겨서 두 개의 소나무가 1.5m 간격으로 떨어져 있는 곳에서 아내와 등을 마주 대고 앉아서 발과 팔은 앞의 소나무에 대고 운기조식을 했다. 조금 있으니 독맥이 따뜻해지며 상호 운기가 된다. 약한 진동이 일어나며 등이 마찰된다. 막힌 경렬이 소통되는 것이 느껴진다. 기운이 운기되니 갑자기 양물도 커진다. 의념하여 정을 기로 변환하고 우주와 숲 속의 맑은 에너지가 아내의 간으로 흘러 막힌 경혈을 소통하고 심기혈정이 되길 강하게 일념해본다.

21:00~22:00 103배 절운동 수련하고 명상하였다.

23:00~24:30 화두 명상 수련하였다. 11가지 호흡이 이루어져 몸의 굳은 경혈을 풀어 주었다. 주로 머리, 목, 어깨부위와 오장 있는 배 부위에 진동이 오며 풀어진다.

2016년 2월 22일 월요일

6:20~8:00 산에 오르며 호보법 운동을 하였다. 정상에서 소나무에 등을 대고 명상수련을 했다. 조금 있으니 진동이 온다. 명문, 대추혈이 소나무와 가볍게 마찰을 한다. 오장과 왼발, 오른발이 흔들리고 진동이 되면서 막힌 경혈을 소통시킨다.

산의 평탄 구간에서 천천히 걸으며 산보 화두에 집중해본다. 육신은 부모 - 조부모 - 증조부모 - 시조한테서 받아서 생긴 것이다. 마음은 부모미생전 본래면목이다. 마음은 내 몸이 태어나기 전에 존재하고 있는 것이다.

전생, 윤회 인과응보의 법칙과 인연에 의해 수천 가지 모습으로 태어나는 것이다. 소나무 위에 담비가 보인다. 담비는 나무 위에 길이 있는 것처럼 나무와 나무 사이 경계를 두지 않고 자유자재로 뛰어 다닌다. 담비는 한 마리지만 수많은 나무를 건너뛰고 다니듯이 나 또한 수천 가지 형상으로 나타나는 것이다.

17:00~20:00 커피 한잔하고 저녁 식사도 잊은 채 화두 명상에 몰입하여 삼매호흡 속에 빠졌다. 화두 암송하고 조금 있으니 양어깨를 짓누르는 힘이 있어서 관하였다.

지난번 삼공재 수련시는 강한 역사 빙의가 들어와 힘들게 천도되었는데 '오늘 또 들어왔구만, 이것도 인연인데' 하면서 관하니 노궁혈로 천도하라는 메시지가 온다. 계속 의념하니 양팔이 앞으로 나란히 하는 것처럼 위로 올라간다. 묵직한 기운이 어깨에서 양팔로 이동하더니 점점 아래로 내려와 노궁혈을 통하여 빠져 나갔다. 누구일까 하고 관해보니 장인어른이 떠오른다.

또 한참 있으니 양어깨를 짓누른다. 관을 지속하여 팔을 통하여 노궁혈로 바로 빠져 나갔다. 또 백회에 짓누르는 기운이 있어 관을 집중하니 서서히 빠져 나갔다. 빙의령 천도를 통하여 수련도 한 단계씩 성장하리라 생각된다. 조금 있으니 척추가 바로 세워지고 독맥의 명문이 압착판처럼 달라붙어 명문호흡이 되고 백회에서 상단전, 중단전, 하단전까지 기운이 시원하게 소통이 된다.

화두에 집중하여 들어가니 화면은 깊은 밤처럼 깜깜하다. 지리산 정상 천황봉을 올라가는 것처럼 다시 또 힘내어 깊이 집중해 본다. 그래도 역시 깜깜하다. 한순간도 화두를 붙잡고 화면도 놓지 않고 또 깊이 몰입해 본다. 역시 깜깜하다. 더 깊이 몰입해 본다. 텅 비어 있고 깜깜하다. 아직은 체력이 있으니 또 깊숙이 나아가 본다.

가다가 힘이 없으면 기어서라도 낮은 포복이라도 끝까지 집중해보자. 멈추면 다시 출발하고 정상을 향하여 계속 가고 또 가고 또 가본다.

이윽고 정상에 도착하면 아침 해가 떠오르듯이 밝은 빛이 보일 것 같은데 역시 깜깜하다. 또 출발하여 가본다.

깜깜한 밤하늘에 작게 반짝이는 것이 보인다. 좀 더 가보니 수많은 은하수 군단이 반짝인다. 좀 더 깊이 들어 가보니 밝은 북극성이 보인다. 아! 나의 마음 즉 자성은 북극성에서 공(空)으로 머물다가 인연이 되어 현재의 나로 태어났구나! 하고 메시지가 온다.

조금 있으니 북극성과 은하수 군단이 나의 몸속으로 쏟아져 들어온다. 고개는 뒤로 젖혀지고 양손은 가슴 높이로 벌어지고 용천혈 포함하여 온몸으로 엄청난 기운이 스펀지처럼 흡수된다. 한동안 계속하여 기운을 받고 있었더니 내방은 일시에 에너지장으로 가득 채워졌다.

가장 깊은 삼매호흡이 되면서 몸은 미동도 하지 않고 호흡은 쉬는 듯 마는 듯 우주와 내가 하나로 된 것처럼 느껴진다. 이게 "우아일체구나" 하고 텔레파시가 온다. 너무 행복하여 계속 머물러 있었다. 내 몸이 우주기운의 흐름에 맞추어져 들숨과 날숨 호흡하듯이 흔들린다.

정좌 자세에서 몸은 뒤로 삼분의 일이 기울어져 있는 상태로 우주기운과 동조되어 앞뒤로 서서히 흔들린다. 한동안 머물러 있었다. 이 뭐꼬! 한번 더 끝까지 들어가 보자! 하고 또 몰입하여 본다. 조금 있으니 황금빛 해가 뜨고 산과 산 사이로 넓은 산길이 보인다. 특별히 변하는 게 없어 조금 머물러 있었다. 시간을 보니 3시간이 훌쩍 넘었다.

'식처화두'를 깨달았다는 메시지가 온다.

2016년 2월 23일 화요일

7:00~9:00 산의 기운이 좋아 산 정상에 올라 갈 때는 호보법으로 등산을 하니 몸도 기운도 마음도 수련이 잘된다. 산 정상에서 나무에 등을 대고 명상 수련을 해본다. 인당에 기운이 계속 운기가 되고 있어 인당 천목혈에 일념하여 몰입하여 본다.

한참 동안 집중하고 또 집중하고 다시 집중하여 들어가 본다. 황금색 고리형의 빛이 보인다. 계속 또 몰입하자 환하고 넓은 황금색 바탕이 나타난다. 산과 강이 보인다. 중년 아줌마 얼굴이 잠깐 스치듯이 사라진다. 바탕은 연초록색인데 화면은 잘 보이지 않는다.

18:00~19:30 저녁 식사를 하는데 백회에 기운이 강하게 쏟아져 들어온다. 어 이게 뭐지 서둘러 식사를 마무리 하고 명상에 몰입해 본다. 명상하는 동안 계속하여 심장이 뛰듯 기운이 백회에 강하게 쏟아지고 인당도 움찔움찔해진다.

21:30~22:30 103배 절운동과 명상 실시하였다. 명상할 때 최근에 가장 강한 기운이 백회로 들어오고 있음을 느낀다. 아내와 함께 절운동 및 명상을 함께 할 수 있으니 얼마나 좋은 인연이고 도반이 아닌가.

아내가 아직은 축기 단계지만 현생에서 대주천 수련까지 할 수 있도록 아낌없는 지원을 해야 하겠다. 하지만 잔무를 핑계로 내가 흡족할 만큼은 따라주지 않는 것 같아 답답할 때가 많다. 아직 때가 안 되어선가 싶기도 하다. 말을 물가에까지 데리고 갈 수 있어도 물을 먹는 것은 스스로 할 일이다. 인생사 마음으로 생각하는 것은 다 이루어진다고 했다. 심상사성(心相事成)인 것이다.

23:00~24:00 오늘처럼 기운이 세게 들어오는 것은 큰일이 이루질 것이란 생각이 든다. 인당, 천목혈이 열리려 오싹오싹 들먹거린다. 서두르지 말고 여여하게 지켜볼 일이다. 기침이 약간 있어 수태음 폐경인 양손의 태연혈 열결혈에 압봉을 붙여 보았다.

2016년 2월 24일 수요일

7:00~8:00 산행하였다. 산에 오를 때 호보 걸음으로 올라갔다. 정상에서 소나무에 기대어 수목지기 명상수련을 하였다. 어제 저녁 절 운동시 왼쪽 무릎이 아팠는데 명상에 들어가자 왼쪽 다리에 진동이 오고 기운이 운기된다. 이어서 우측 다리로 척추로 대추혈로 오더니 오장에도 진동이 와 탁기는 제거해주고 부족한 기운은 자동 보충해 주는 것이다.

오후에는 오행생식 강의을 들었다. 교육을 하는 오행생식 원장은 티벳 스님한테 기공을 전수받아 고객들 상태에 따라 기공치료와 맛사지 및 오행생식을 처방한다고 한다. 특히 암환자들은 방사선 치료할 때 오행생식은 체력과 생명력을 복원하는 데 큰 힘이 된다는 것이다. 그나마 선택받은 사람이 오행생식을 할 수 있다는 생각이 든다.

21:00~22:00 학교 열람실에서 명상하였다. 은백색 고리 형태의 빛이 보였다 사라진다. 어깨 부근을 무거운 기운이 누르고 있어 의념 집중하니 양 노궁혈로 빠져 나갔다.

2016년 2월 25일 목요일

7:00~8:00 등산 운동하였다. 호보걸음 운동하고 가볍게 산행하였다.

오늘은 큰딸 아영이의 대학 졸업식이 있다. 중국 유학까지 다녀오다 보니 졸업도 자연 늦춰졌다. 이제 26살이다. 그래도 자신의 적성에 맞는 직업을 찾아 신나게 다니는 것을 보니 한편 다행스럽기도 하다. 부모가 대학교 과정까지는 마쳐 주었으니 이제부터는 자기 인생은 본인이 책임을 지고 스스로 삶을 찾아야 하겠다.

딸에게는 두 가지를 전해주고 싶다. 하나는 거래형 인간이 되라는 것이다. 『선도체험기』에서 늘 강조한 말이다. 백번 천번 공감가는 말이다. 이 세상에는 공짜는 없다. 부모간이든 친구간이든 사회의 모든 인간관계는 주고받는 것이 기본인 것이다. 타인에게 먼저 줄 수 있는 이타형 인간이 되길 바라는 것이다. 둘째는 심상사성(心相事成)이다. 『선도체험기』에서 늘 강조한 심기혈정과 같은 맥락이라 생각된다. 마음으로 생각한 것은 이룰 수 있다는 말이다. 항상 모든 상황에서 긍정형 인간으로 적극적인 사고로써 원하는 목표를 성취하길 바라 마지않는다.

2016년 2월 26일 금요일

15:00~17:00 삼공재 수련이 있었다. 스승님께 문안 인사드리고 무소유처 화두를 받았다.

기침 감기 기운이 있어 약을 구입하여 아침과 점심에 먹었더니 수련시 집중이 잘 안 된다. 더구나 백회를 짓누르는 기운이 있어 일단 빙의령 천도에 집중해 본다. 삼공재 수련이 끝날 때 쯤 되니 백회가 들썩거린다. 스승님이 안쓰러운지 도와주신 것이다. 빙의가 서서히 빠져 나가기 시작한다.

7) 무소유처(無所有處)

2016년 2월 27일 토요일

9:00~10:00 산행대신 103배와 명상 수련을 하였다. 수련 내내 노궁혈로 기운줄이 연결되어 움찔움찔 느껴지고 운기된다.

11:30~13:00 영산강 강변에 주차하고 차문을 내리고 명상해 본다. 봄의 기운이 온몸을 감싼다. 기운공부를 하고 나서 봄의 기운을 체감할 수 있으니 이 얼마나 행복한가? 봄철 목의 기운을 모든 식물들도 받아서 새잎이 돋아나고 성장할 것이다.

19:00~20:00 학교 열람실에서 명상 수련하였다. 인당을 계속 압박하는 것이 느껴진다.

23:00~24:00 103배 절 수련하고 명상 실시하였다. 이번 화두 수련은 특히 인당이 많이 움찔움찔 자주 운기된다. 노궁혈로도 많이 운기됨을 알 수 있다.

2016년 2월 28일 일요일

7:00~8:00 새벽 비 온 뒤의 산행은 상쾌하다. 새들이 여기저기서 저저귄다. 저 새들도 과거 언젠가 전생의 나였을 때가 있었는데 오늘 나한테 전하고 싶은 말이 있어서 저렇게 지저귀는 걸까? 새들이 반갑게 느껴진다. 산 정상에서 참장공 자세로 봄기운을 운기해 본다. 들숨과 날숨을 깊이 천천히 느껴본다. 편안해진다.

학교 도서관에서 책을 보고 있는데 도림 양정수 사형이 문자 연락이 왔다. 시간이 되면 농장으로 놀러 오란다. 그렇잖아도 적적하던 차에 점심시간 맞추어 갔다. 통화는 몇 번 했지만 첫 만남에도 반갑게 맞아 주신다. 백양사 근처라 공기도 상큼하고 좋다. 농장을 둘러보니 고로쇠나무, 매실나무, 개복숭아나무, 복분자나무 등이 자라고 있다. 토종벌집도 보인다. 토종벌은 2년 전인가 전국적으로 병균이 감염된 적이 있었는데 그때 몰살되어 현재는 키우지 않는다고 한다. 우리가 먹는 꿀은 대부분 양봉이란다. 밤꿀, 아카시아꿀 등이 양봉이다.

작년까지만 해도 주말농장 5평을 나도 분양받아 열심히 가꿔본 경험이 있다. 상추, 고추, 가지 등을 재배할 때 주말에 한번은 꼭 가봐야 하는 등 일손이 많이 들고 신경 쓸 것도 생각보다 많아서 농사일이 결코 쉬운 일이 아니란 걸 알았다.

그런데 저리도 많은 나무를 기르고 관리하면서 어떻게 산을 지켜내고 있을까 싶자 존경심마저 들었다. 농장에서 먹는 점심은 몇 배로 식욕을 돋군다. 식후 차도 한잔 하면서 지나온 구구절절 인생이

야기, 수련에 대한 이야기로 우리는 처음 만났음에도 시간 가는 줄 모르고 대화에 푹 빠졌다. 역시 공통관심사가 있다 보니 오랜 벗과도 같은 친근함이 즐거웠다. 수련에 관해서는 많은 도움을 받았다. 앞으로 주말에 시간이 되면 종종 방문하여 산행도 하고 일손도 돕고 상부상조 하여야겠다.

18:40~20:00 저녁에 학교에서 생식 식사 후 책보고 있는데 백회에 기운이 쏴 하고 들어 와서 명상 수련해 본다. 기운은 백회와 인당 부근을 계속하여 조이고 소통하는 작업 진행 중이다. 정신은 청아하게 맑은데 텅 비어 있는 것이다. 이 뭐꼬! 화두에 계속 집중하여도 역시 비어 있는 것이다.

23:00~24:00 명상 수련을 하였다. 한참 동안 선정에 들었는데 인당 앞쪽이 뜨거워지면서 큰 기운이 연결되어 계속 들어오고 있는 것이다. 큰 공사를 하는 것 같은데 여여히 지켜 볼 뿐이다.

2016년 2월 29일 월요일

8:00~9:00 산행 중에 화두를 자나 깨나 생각해 본다. 그제부터 백회보다 인당으로 기운이 많이 운기된다. 이 뭘꼬~ 등산 중에 계속 화두에 몰입하여 본다. 전음으로 '진공묘유'가 떠오른다. 그래! 나는 본래 텅 비어 있는 공이었구나!

12:00~13:00 학교 도서관에서 명상하였다. 단전이 뜨거워지고 인당이 오싹오싹 기운이 쏟아져 의자에 반가부좌하고 명상을 해본다. 명문이 뜨거워진다. 화두 수련에 계속 집중하자 동그란 빛이 보인다.

좀 더 집중하니 빛이 밝아지면서 산과 들이 보인다. 인당으로 기운이 오싹오싹 운기되니 조만간 뭔가 변화가 있을 것 같다. 단전 명문이 뜨겁게 달아오른다.

13:00~14:00 휴게실에서 생식식사 간단히 하고 태극권으로 간단히 몸을 푸는데 진동이 와서 참장공 자세로 진동에 몸을 맡기고 탁기를 배출해 본다. 진동이 왼발, 오른발, 허리, 어깨, 목 차례대로 진행된다. 기운을 백회 상, 중, 하단전 용천혈까지 연결하고 자연스런 진동에 몸을 맡겨본다.

밖에는 세찬 바람에 때 아닌 하얀 눈발이 날리고 있다. 이렇게 기운운동을 하고 있으니 마음은 평화롭고 몸은 따뜻한 기운이 휘감고 있으니 말 그대로 신선이 따로 없다고 생각하였다.

15:40~16:30 화두에 집중해 본다. 텅 비어 있고 아무것도 없는 느낌이다. 마음은 맑아지는데 오직 무(無)다. 또 깊이 들어가도 역시 무(無)다. 좀 더 깊이 화두에 집중해 보아야 하겠다. 베르나르 베르베르가 쓴 [신]이란 책 내용 중에 "우리는 무(無)에서 태어난다. 하늘에서 우리를 살피거나 관심을 갖는 존재는 없다. 우리의 현실세계 위쪽이나 아래쪽에 아무것도 존재하지 않는다. 우리가 죽은 뒤도 마찬가지다. 우리는 다시 무(無)로 돌아간다."

또 이런 글도 있다. 수호천사(보호령)가 인간에게 5가지 방편으로 알려주는데 우매한 인간이 그걸 잘 모른다는 것이다. 즉 "꿈, 직감, 영매, 징표, 고양이"를 이용하여 인간에게 영향을 미친다고 한다. 수련 중이건 일상생활을 하든 늘 주변을 관하면서 수호천사(보호령)가 알려주는 것은 알아차리는 지혜가 필요하리라 생각된다.

이순신 장군의 23전 23승 전략에서 중요한 한가지는 늘 주변을 관찰하고 이길 수 있는 환경을 만들어 놓고 전투를 한다는 것이다. 『선도체험기』에서 늘 강조하신 관하는 능력이 아닐까 생각된다.

20:30~21:40 인당이 오싹오싹하여 명상에 집중하여 본다. 계속 집중 집중해 보아도 인당이 계속 오싹오싹한다. 이 뭐꼬! 화두에 집중해본다. 공(空)이다. 공(空)이다.

"부모미생전 본래면목"이 메시지로 떠오른다. 부모가 내 몸을 만들기 전 본래부터 공(空)으로 존재하고 있었던 것이다.

2016년 3월 1일 화요일

5:00~6:30 명상 수련하니 몸에 진동이 오며 11가지 호흡이 이루어진다. 특히 고개가 자동 도리도리되고, 오장이 진동되고, 척추도 좌우로 진동되며 탁기를 배출한다. 척추가 똑바로 세워진다. 상, 중, 하단전이 하나의 원통기둥으로 연결되며 삼합진공이 이루어진다. 계속 몰입하여 나아가니 은백색 빛이 밝게 보인다. 또 나아가니 어두운 것도 아니고 환한 것도 아닌 상태에 계속 머문다. 이 뭐꼬! 텅 비어 있고 없는 것이다. 아! 공(空)인 것이다.

색즉시공 공즉시색 할 때의 空이구나! 부모미생전 본래면목의 공(空)으로 존재한 것이다. 진공묘유의 공(空)인 것이다. 내가 공(空)으로 존재한다. 인과응보의 법칙에 의하여 현재의 내 모습으로 존재하는 것이구나! 삼위일체 사상이구나! 성부와 성자와 성령은 결국 하나로 다 같은 것이다. 정, 기, 신도 마찬가지인 것이다. 즉 용변 부동본인 것이다. 본질인 진리는 변하지 않지만 쓰임은 계속 변하는 것이다.

15:00~16:30 모처럼 오후에 아내와 따뜻한 햇살을 받으며 산행을 하였다. 산의 정상 부근의 아름드리 큰 참나무에 등을 대고 명상을 하면서 우주와 산의 기운과 호흡해 본다. 등의 명문혈로 운기되어 따뜻함과 떨림이 전해져 온다. 정상 부근의 공터에서 내가 호보운동을 하니 아내도 따라서 한다. 영락없는 호랑이 부부인 것 같아 슬몃 웃음이 입가에 물린다. 아내와 나이도 같고 호랑이 띠 동갑이고, 호보(虎步) 운동도 같이하니 우리 부부는 호랑이와 인연이 참 많은 것 같다.

17:30~19:00 일본군 종군 위안부 내용의 '귀향'이란 영화를 보았다. 영화를 보면서 화두에 집중할 수 있을까? 해서 실행해 보았는데 삼분의 일 정도는 집중할 수 있었고 백회에 운기됨을 알 수 있었다. 특별한 체험이다. 주변의 상황에 휘둘리지 않고 의념을 하여 화두에 몰입하고 삼매의 경지까지 갈 수 있는 수련도 해보아야 하겠다.

2016년 3월 2일 수요일

8:00~9:00 산행하면서 오르는 구간은 호보운동을 하면서 올라갔다. 산 정상에서 소나무에 등을 대고 아침 해를 보면서 명상을 하였다. 진동이 오면서 몸의 탁기를 배출하였다.

조식운기 되면서 솔향의 따뜻한 기운이 풍선처럼 단전을 부풀러

오른다. 산행 시 늘 다니던 길에 노란색 개가 꼬리를 흔들며 반긴다. 전생에 인연이 있었던 모양이다.

오후에는 오행생식 교육을 받았는데 같은 교육생이 호두과자를 사왔단다. 본인이 먹고 싶어 샀는데 한 개 먹어 보니 입맛이 안 맞는다 한다. 해서 진짜 안 맞는지 왼손에 호두과자를 들고 오른손을 오링테스트를 해보았는데 힘없이 벌어진다. 과일이나 식품이 본인 체질과 맞는지 안 맞는지 궁금할 때는 오링테스트도 하나의 방편이 될 것이다.

딸이 집에 왔는데 체해서 저녁도 못 먹었다 한다. 침으로 피를 빼주려 했더니 무서워서 안 한다며 펄쩍 뛴다. 겁 많은 것은 아기 때부터 안 고쳐진다. 하는 수 없이 양쪽 소상혈을 세게 마사지 해주고 압봉침을 붙여 주고 꿀을 두 숟가락 먹도록 해주었더니 잠자리에 든다. 부디 오늘 밤 안으로 아픈 기운일랑 다 날려 버리려무나.

23:00~24:00 기운이 손끝, 발끝까지 찌릇찌릇 강하게 운기되고 있다. 백회, 상, 중, 하단전 연결하고 삼합진공이 이루어진다. 삼매호흡에서 화두 명상 수련을 하였다. 어제 보았던 영화 귀향에서 위안부 소녀가 남이 아닌 나의 한 모습이었구나! 하고 떠오른다.

단전이 부풀어 오르고 따뜻하다.

2016년 3월 3일 목요일

4:30~6:30 체험기 정리하고 명상을 하였다. 새벽 인시와 묘시는 양의 기운이 가장 세어 발끝까지 짜릿짜릿 운기된다. 11가지 호흡이

이루어지고 탁기가 제거된다. 머리에서 쐐 하는 전파음 소리가 계속 들린다.

11:30~12:30 학교 열람실에서 명상 수련하였다. 쐐하는 소리가 계속 들린다. 조용히 삼합진공 상태에 머물며 호흡해 본다.

20:30~21:30 백회와 인당이 오싹해진다. 명상 수련하라는 뜻인 것 같다.

우리가 수련시 활용하는 천부경은 최치원의 글이, 『삼일신고』는 을지문덕의 글이, 『참전계경』은 을파소의 글이 현재까지 전해진다고 한다. 세 분의 선도 선배에게 큰 감사를 드린다.

8) 비비상처(非有想非無想處)

2016년 3월 4일 금요일

5:30~6:30 몸의 발끝 손끝의 모세혈관까지 기운이 강하게 운기된다. 전파음이 쐐하고 들리며 백회에는 심장처럼 팔딱팔딱 강약으로 운기된다. 척주가 바로 세워지고 선정에 들어서 화두를 암송해 보며 집중해 본다. "부모미생전 본래면목, 색즉시공 공즉시색, 진공묘유, 성부와 성자와 성령, 정, 기, 신"이 메시지가 떠오른다. 나는 본래 공(空)인 것이다. 용변부동본의 본(本)인 것이다. 수천 가지의 모습으로 변하지만(광물, 식물, 동물, 인간, 현자, 천사 , 신) 본래는 하나인 것이다.

삼공재 수련하러 고속버스 타고 가다가 불교의 주문요법인 "옴마니반메훔"을 암송해보니 백회 인당 노궁혈로 강한 기운이 운기됨을 알 수 있었다.

15:00~17:00 스승님께 인사드리고 비비상처 마지막 화두를 받았다. 암송하니 척추가 바로 세워지고 온몸으로 강한 운기가 되어 손끝, 발끝이 감전된 것처럼 찌릿찌릿 느껴진다. 마지막 화두가 유종의 미를 거둘 수 있도록 오매불망 매진하여야겠다.

23:00~24:00 103배 절운동하고 명상 수련해 본다. 특별히 천목혈이 열릴 수 있는 심법수련을 해보았다. 심기혈정으로 가능한 것이리라. 눈에서 살며시 눈물이 흐르는 것은 아직도 자성이 정화되어 맑아지고 있는 것이다.

2016년 3월 5일 토요일

8:00~8:30 앞산을 산행하였다. 아침부터 까치가 왜 저렇게 크게 울까? 화두를 암송해 본다.

산 정상 부근에서 참장공을 하고서 봄의 목 기운을 온몸으로 운기해 본다. 찌릿찌릿 강하게 느껴진다. 빗방울이 한 방울씩 떨어진다. 이뭐꼬! 표징으로 나에게 알려주는 것이다. 내가 무시하든 안하든 선택은 내가 하는 것이다. 무엇을 선택할까? 우산도 없고 하니 빠르게 집으로 복귀하자! 집에 거의 다오자 비가 쏟아지기 시작한다.

19:30~20:30 백회에 기운이 폭포처럼 쏟아진다. 상, 중, 하 단전에 의념하고 삼합진공을 해본다. 단전이 따뜻하게 달아오른다. 눈가에

눈물이 고이는 것은 계속하여 자성이 정화되고 있음이다. 하늘이 기운을 폭포처럼 보내주는 것은 왜일까? 백회에 심장처럼 두근두근 거리며 기운이 쏟아진다. 쏴 하는 전파음도 계속 들린다.

23:00~24:00 103배를 아내와 함께 하였다. 절 운동 후 명상 수련을 하는데 백회에 기운이 폭포수처럼 쏟아진다. 큰 무엇인가가 일어나려고 하는 것이다. 인당 주위로 기운이 몰리고 시원하게 소통되고 있는 것이다. 일제시절 독립군은 목숨을 초개와 같이 버리며 일본군과 싸웠다. 어느 자료를 보니 그 당시 독립군은 작은 노트에 천부경과 삼일신고를 적어 가지고 다니면서 읽고 외우면서 싸웠다는 기록이 있다. 현시대를 살아가는 난 어떤 모습으로 살아가야 될까?

2016년 3월 6일 일요일

5:00~7:00 기운이 온몸을 휘감으며 손끝 발끝까지 찌릿찌릿 운기된다. 기운이 인당에서 움찔움찔 움직인다. 계속 몰입 집중해 들어간다. 호흡도 사라지고 몸도 사라지고 의식만 남아 있는 삼매 호흡 속으로 빠진다. 우주의 별 기운이 인당 속으로 빨려 들어온다. 고개가 전후 앞뒤 자동으로 흔들린다. 기운의 흐름에 몸을 맡긴다. 호흡과 몸이 텅 비어 있고 전신호흡이 이루어지고 의식만 남아 있다.

아! 생사일여가 이런 것이구나! 메시지가 온다. 옛날 선도를 배운 장군이 참수될 때 눈 하나 깜짝하지 않는 경지가 체감된다. 호흡은 끊어져 있는 것 같고 명문호흡 및 전신호흡이 이루어지고 정신이 아주 맑아진다. 아 신선의 경지가 따로 있는 것이 아닌 것 같다. 머리로만 아는 것은 아는 것이 아니다. 마음으로 체득되어야 확실히 아는 것이다.

9:00~10:00 산행길에 아내에게 살면서 언제가 가장 행복했느냐 물어 보았다. 아들 준학이가 대학교 합격했다는 소리를 들었을 때 가장 행복했다고 한다. 왜 그러냐 하고 물으니 초, 중, 고등학교까지 학교 방송반에 들어 공부보다도 방송활동에만 몰입하니 대학에 갈 수 있다고 생각조차 못한 것이다. 다행히 모 예술대학교에 수시면접으로 어렵게 합격하였으니 그 기쁨을 말로 표현하기 어려운 것이리라. 부모란 자식에 대한 내리사랑인가 보다.

시골에 계신 어머님도 자식을 위해서 모든 것을 다 나누어 주신다.[쌀, 배추김치, 무우(겨울에 구덩이 파고 땅에 묻었다. 올 적마다 주신다) 장, 된장, 고추장, 호박, 멸치 등등] 우리 세대가 어머니만큼 늙어지면 내 어머니가 그랬듯이 나도 자식들한테 어머님의 반이라도 베풀 수 있을까? 또한 저 자식들은 우리가 부모에게 효도한 만큼이나 할 수 있으려가 모호하다.

하늘에 덕을 쌓으려면 부모에 대한 효도를 실천해야 하는데 말이 쉽지 제 살기 바쁘다는 핑계로 어렵기만 하다. 모든 자식들이 그러하듯이 살아 계실 때는 모르고 있다가 돌아가시고 난 다음에나 알게 될 것이다. 그것은 아마도 대대손손 대물림을 할 수밖에 없는 현실이다. 그렇더라도 난 아직 부모님이 살아 계시니 부모에게도 거래형 인간이 되어 후회를 남기지 않는 마지막 자식이라도 되보고 싶다.

16:00~17:00 할머님이 계신 요양원에 다녀오는 길에 섬진강 강변

의 정자에서 명상을 해본다. 예부터 강물은 변함없이 흐르는데 그 사람은 간 곳이 없구나! 산은 자태가 그대로 있건만 만물은 변하기도 변하지도 않는 것 같고 사람 마음은 나이를 먹지 않는데 모습만 변한다. 강물은 예전의 강물이건만 그 옛날의 나는 어디에도 없구나!

2016년 3월 7일 월요일

10:00~16:00 고향 근처에 있는 동악산을 오랜만에 6시간 동안 등산하였다. 중식은 윗 주머니에 생식을 넣어 가서 정상에서 먹으니 무척 편리하였다. 등산하는데 유달리 새 울음소리가 많이 들린다. 동악산은 음악소리가 들리는 산이란 뜻이다. 산 이름을 누가 지었는지 잘도 지었다는 생각이 든다. 산의 기운이 거대한 화산처럼 솟아오른다. 산에 올라서 이처럼 강한 기운을 느낀 적이 있었던가? 이처럼 봄의 기운이 강하게 흐르니 대자연 속의 나무는 생명력을 키울 수밖에 없고 수많은 봉우리에서 꽃잎이 터지는 것일 게다. 보통 봄이 되면 의례 꽃이 피는구나 했었는데 운기조식이 되면서 내가 나무가 된 양 꽃잎이 간지럽다. 풍경이 멋있는 바위가 있는 곳에서 정좌수련했는데 바로 선정으로 들어갈 수 있어서 행복했다.

오늘은 산행하면서 내일 면접시험이 있는데 직장생활을 어떻게 할 것인가? 화두를 삼아 보았다. 느낀 점은 첫째, 저만큼서 뿌리채 뽑혀 쓰러진 소나무를 보니 조직의 가장 말단이 병들거나 썩으면 그 조직은 무너지겠구나! 최접점 현장이 튼튼하고 건강해야 그 조직이 생명력 있겠구나!란 생각이 강하게 밀려든다.

둘째는 비 온 뒤라 계곡물이 많아져 강한 에너지로 흐르는 것을 보았다. 조직이 강한 에너지로 활력을 가질려면 물처럼 원할한 소통이 필요할 것이란 생각이 든다. 그러려면 조직 상하간의 소통이 필수가 되어야 할 것이다.

셋째는 목표를 정했으면 정상 정복이 필요하다. 물론 힘든 장애물도 있지만 극복해서 가야만 하는 것이다. 중간에서 보는 시야하고 정상에서 바라본 세상은 분명히 차이가 있다. 조직의 핵심 목표는 반드시 달성해야 한다.

마지막으로 새들이 유쾌한 울음소리는 산행시 피로를 덜어주었다. 직장생활할 때 일을 놀이처럼 활력있게 즐기면서 한다면 훨씬 능률이 오를 것이다.

이제 생활 속에서 이슈되는 주제는 화두 삼아 관하여 대안을 찾는 노력을 계속해보아야 하겠다. 진정한 선도는 생활 속의 조화를 통해 완성되어지는 것이라고 설파하신 스승님의 말씀에 크게 공감하며, 혹여라도 잊지 말아야겠다.

2016년 3월 8일 화요일

오늘은 5시 30분 일어나 세면하고 아침은 생식으로 간략히 하고 수원에 갔다. 면접보고 점심을 먹고 내려 왔다. 현묘지도 수련 이후 직장생활을 한다면 주변에 휘둘리지 않고 본래면목을 찾아 즉 본질을 찾아서 업무를 개선하고 조직에 성장하는 데 기여할 수 있을 것이다. 조직 속에서 타인과 내가 따로따로가 아닌 하나인 것이다. 늘

『선도체험기』에서 강조한 이타형 인간, 거래형 인간, 역지사지 방하착을 머리로만 알고 있는 것이 아닌 실지 생활 속에서 실천해 볼 일이다. 또한 풀리지 않는 문제들은 화두 삼아 자나깨나 몰입하면 반드시 해결책이 나올 것이다. 나 개인보다는 조직을 위한 삶을 실천할 때 지역사회, 나아가 우리나라, 세계 인류를 위하여 공헌하게 되는 것이다. 수신제가치국평천하가 되는 것이다.

맹자는 "궁즉독선기신(窮卽獨善其身) 달즉겸선천하(達卽兼善天下)"라 했다. 즉 무슨 일이 잘 안 풀려 궁색할 때에는 홀로 자기 몸을 닦는 데 힘쓰고, 일이 잘 풀릴 때에는 세상에 나아가 좋은 일을 한다는 뜻이다.

2016년 3월 9일 수요일

13:00~5:00 오행생식요법 공부하였다. 사람을 보는 관점이 많이 향상된 것 같다. 기존에는 상대방의 성격 능력을 경험한 바에 의하여 보았는데 오행체질로도 볼 수 있으니 알수록 관점이 넓어지는 것을 알 수 있다. 목형, 화형, 토형, 금형, 수형, 상화형 체질을 알 수 있으므로 인간관계시 활용하면 상대방을 이해하는 데 큰 도움이 될 수 있을 것이다.

또한 변의 모양을 보고도 원인을 예측할 수 있으니 오행생식요법이 대단한 것 같다. 현맥이고 목의 병이면 변이 가늘고 길게 나온다. 구맥이고 화의 병이면 염소똥 같이 나온다. 홍맥이고 토의 병이면 변이 퍼진다. 모맥이고 금의 병이면 역시 변이 퍼진다. 석맥이고 수의 병이면 돌처럼 단단하게 나온다. 구삼맥이고 상화의 병이면 변을 누고 나서도 잔변감이 있다. 나는 구맥으로 변이 딱딱하고 염소똥처럼 나온다. 화의 병이니 쓴맛(커피)을 먹어 원인 치료를 해보아야 하겠다.

저녁에는 학교 열람실에서 소설 손자병법(작가 정비석)을 보았다. 주요 내용을 보면 "인류의 모든 역사 공통점은 분열과 통합이 상호간에 연쇄적인 작용을 일으키면서 끊임없이 반복되어 온 것이다. 자기 보존과 자기확장을 위한 통합적인 작용이라 볼 수 있다."

"고전장(古戰場)에서 배우다. 손자는 10년 이상 고전장을 탐방하고 연구하면서 병법을 만든 것이다. 지피지기면 백전불태다." 우리가 알고 있는 만 시간의 법칙을 통과하여 도의 경지까지 올라 오늘날까지 사랑받는 손자병법이 탄생한 것이다.

2016년 3월 10일 목요일

7:00~8:30 산행 시작하면서 "수호천사(보호령)는 산책하는 사람에게 영감을 알려준다"가 떠오른다. 우주기운을 백회, 상, 중, 하단전, 용천혈까지 3번 연결하고 화두를 암송하면서 산행을 한다. 오르막 산길이다. 주위에 사람이 있건 없건 자연스럽게 호보 걸음으로 오매불망 화두를 붙들고 올라가 본다. 왼발 나가고 왼손 짚고 오른발 나가고 오른손 짚고 처음에는 손바닥으로 다음에는 손등으로 또 다음에는 손가락으로 땅을 짚고 지기(地氣)와 교류하면서 올라간다.

기어서 올라가는데 갑자기 원융무애… 원융무애… 원융무애, 네 글자가 갑자기 전음으로 들린다. 아 하! 이게 마지막 화두의 답이구나! 하는 느낌이 온다. 그런데 이건 또 무슨 뜻이란 말인가? 머리를 굴려 봐도 도통 알 수가 없다. 정확한 뜻을 알아보고 자성한테 관해 보아야 하겠다. 뜻을 알아보니 "막힘과 분별 대립이 없으며 일체의 거리낌 없이 두루 통하는 상태를 말한다"는 내용이다. 떠오르는 해를 마주하고 아름드리 소나무에 등지고서 명상에 들어가 본다.

비유상(非有想) 비무상(非無想) 뜻이 생각이 있는 것도 아니고 생각이 없는 것도 아닌 상태인 것인데 이게 뭐꼬! 진공묘유(眞空妙有)이다. 참말로 텅 비어 있는데 묘하게 있는 것이다. 묘하게 있는데 또한 텅 비어 있는 것이다. 모든 법은 하나로 통한다.(萬法歸一이다) 하나의 이치는 만 가지로 통한다.(一理萬理이다) 색즉시공 공즉시색인 것이다.

『선도체험기』에서 늘 강조하였던 생즉사요 사즉생인 것이다.

또한 일체즉일(一切卽一) 이고 일즉일체(一卽一切)인 것이다.

우주만물은 사리(事理)가 통하여 일체의 거리낌과 경계가 없이 두루 통하는 것이다. 즉 원융무애(圓融無碍)한 것이다.

자성에게 관하니 베리 굳이라 한다.

송나라 선승이 쓴 시가 떠오른다.

> 흐르는 물이 산 아래로 내려감은
> 무슨 뜻이 있어서가 아니오

한 조각 구름이 마을에 드리움은
본디 무슨 마음이 있어서가 아니라

사람 살아가는 일이
구름과 물 같다면

쇠나무에 꽃이 피어
온누리에 가득 봄이리

19:00~20:30 학교에서 저녁을 생식으로 먹고 있는데 백회에 강한 기운이 쏟아진다. 자리로 돌아와 의자에 정좌하고 있으니 폭포수처럼 백회에 운기된다. 이 큰 기운이 올 때는 특별한 변화가 있을 것 같았다. 오매불망 몰입해 본다. 정충기장신명(精充氣壯神明)이라 했다. 정이 충만하고 기가 장해지면 신이 밝아진다는 뜻이다. 정충기장 했으니 신명 즉 상단전을 개발하여 완성하라는 메시지가 다가온다.

이렇게 큰 기운이 받을 수 있어 행복하다. 상단전, 중단전, 하단전으로 운기해 본다.

정기신 삼원조화신공을 운기해 본다. 묵직하고 중량감 있는 기운이 삼각 편대를 형성하면서 힘차게 운기된다. 상단전 즉 인당에 의념하고 몰입해 본다. 가고 가보고 또 계속하여 집중해 나간다. 은백색 고리모양의 빛이 보인다. 산과 강이 보인다. 초가집이 희미하게 보인다. 계속 몰입해 본다. 더 이상 진보는 없다. 눈가에는 눈물이 소리 없이 흘러내린다. 아직 자성이 정화할 게 남이 있는 것이다.

백회는 아직도 기운이 연결되어 한없이 쏟아진다.

이번에 왜 이렇게 큰 기운을 보내주었을까? 관해 본다.

하나, 현재에 만족하지 말고 무소의 뿔처럼 구도자의 길을 생명이 다하는 날까지 끝까지 가라. 둘째는 직장생활을 하여 경제적인 안정을 해결하면서 도를 계속 공부하라는 메시지가 들려온다.

2016년 3월 12일 토요일

오늘은 삼공재 수련하는 날이어서 새벽에 목욕재계를 하고 평소보다 30분 먼저 집에서 아침 8시에 출발하였다. 토요일이고 주말이니 차가 막힐 수 있기 때문이다.

스승님한테 인사드리고 비비상처 화두 수련에 대하여 말씀드렸다. 그동안 고생했다고 말씀하시고 후배를 위하여 현묘지도 체험기를 기록하여 제출하라 하신다. 오늘은 4명이 함께 수련하였다. 모두 일취월장하여 목표하는 모든 것이 이루어졌으면 하는 바램이다. 현묘지도 화두 수련은 마무리하였지만 아직은 많이 미흡함을 느낀다. 자나 깨나 어디에 머물든지 어떤 일을 하든지 어떤 상황에 처하든지 항상 관을 일상화하고 금생이 마무리하는 날까지 구도자로서 수련의 끈을 놓지 않고 무소의 뿔처럼 나가리라 다짐해 본다.

현묘지도(玄妙之道) 수련을 마치며

먼저 나의 인생을 이야기해 보고자 한다. 나는 62년생으로 전라도 남원에서 3남 중 장남으로 태어났다. 삼성전자에 입사하여 2015년까지 30여 년간 회사생활을 하였다. 장기간 한 회사에서 생활할 수 있었던 것은 수많은 귀인의 도움이 있었기에 가능한 일이라 생각되며 그분들에게 감사를 드린다.

회사 다닐 때에 초반부는 조직운영을 계획하는 관리업무를 했고 또 결산과 세금을 관리하는 경리업무를 경험하였다. 중반부와 후반부는 물류업무를 하였다. 물류업무는 생산되는 전자제품을 공장물류센터에 보관하고 있다가 대리점에서 판매가 되면 전국 물류센터를 경유하여 고객(구입자)에게 제품을 배달 설치한다. 고객이 제품을 사용하는 데 불편이 없도록 하는 업무를 주로 담당했다. 우리가 집에서 사용하는 냉장고도 작은 원자재 생산에서 완제품 조립생산, 판매단계, 물류단계의 여러 단계를 통하여 이루어지는 것이다.

기운 공부는 1993년 삼성에서 7.4제 시행(7시 출근하고 오후4시 퇴근)하였는데 그 당시 여가시간을 활용하는 방편으로 취미활동을 지원해준 적이 있었다. 그 당시 회사 내에 태극기공 강좌가 있어서 3개월 동안 배운 적이 있었다. 그때 경험한 것을 돌이켜보면 기감을 느끼게 해주는 손뼉치기 등 도인체조, 단전호흡 임맥과 독맥으로 운기하기, 태극권 18식을 배웠었다. 생각해 보면 그때부터 어떤 강력한 기운이 나를 선도의 첫 옷고름을 풀기 시작하게 했던 것 같다.

그 이후는 회사생활하면서 개인적으로 책을 구입하여 혼자서 자가수련을 했는데 노궁혈로 기운을 느끼는 단계에 머무르고 있었다. 또한 우연히 텔레비전에서 접한 호보법을 하는 것을 보고 2000년부터 주말에 호보법을 하고 있으며 호보 전도사로 전하려고 노력하고 있다.

또한 2014년 유튜브에서 기공지도사 난강 윤금선 할머님의 동영상을 보고 느낀 점이 많았다.

하루살이가 힘들어 끼니를 해결하려고 중국 팔로군 간호병에 들어가서 끼니를 해결하고 전쟁이 끝나고 나서 의사가 되어 생활하였다. 몸이 안 좋아 기공을 배웠던 것이다. 나이 들어 한국에 오셔서 수련을 지도하신다.

양의 기운이 가장 강한 인시에 매일 일어나서 1시간 명상 수련하고 식사는 1일 1식 하시는 당시 85세이신 할머님의 모습이 내 마음속에 스며든다. 나는 무엇인가? 강한 의문이 일어나면서 무엇이든 시작을 하고 싶어졌다. 해서 2014년 9월부터 매일 4시 30분에 일어나 집 앞에 있는 월봉산을 산행하고 운동하기 시작하였다. 운동 내용은 산행, 호보법 수련(호랑이 걸음걸이), 상하좌우 손뼉치기, 태극권 기본동작, 참장공(달, 별 기운 축기), 수목지기(참나무)를 하였다. 이 새벽수련으로 노궁혈과 용천혈 기감이 향상되었다.

2015년 4월경에 고향친구의 부탁으로 『선도체험기』를 인터넷서점에서 구입하여 갖다 주면서 나도 3권을 구입하여 보았다. 『선도체험기』가 100권이나 출판된 것을 알고 김태영 작가가 대단하다는 생각이 들었다. 보통 사람은 책 한 권 쓰기도 힘든데 근 30년이 되도록 집필을 끊지 않으신 그 열정 앞에 무조건 고개가 숙여졌다.

책을 읽어보니 술술 잘 읽히고 재미있었다. 『선도체험기』를 읽다 보니 정식으로 배워보자는 생각이 들어서 집 근처의 단학수련원에 5월 등록하여 한 달 동안 다녔다. 6월 14일 스승님과 전화통화 하고 『선도체험기』 책 전체를 구입하여 보기 시작하였다. 메마른 대지에 비가 스미듯이 선도의 기운 공부 내용이 스펀지처럼 쭉쭉 빨려 들어왔다. 뒤늦게 인연인 된 것은 나에게 크나큰 하늘의 축복이 아닐 수 없다. 2015년 8월 3일 삼공재 첫 수련을 시작으로 지금까지 계속 이어지고 있다.

2015년 11월 14일 대주천 수련을 455번째로 인가해 주셨다. 그리고 현묘지도 수련은 2016년 1월 30일부터 시작하여 2016년 3월 12일까지 수련하였다.

대작가이신 삼공 김태영 스승님한테 배울 수 있었던 것은 금생에서 가장 큰 축복이며 인연이라고 생각된다. 미욱한 이 제자에게도 단비를 골고루 뿌려주신 스승님의 은혜에 고개 숙여 큰 감사를 드린다. 그 가르침을 늘 기억하여 상구보리 하화중생 할 수 있도록 매진해야 하겠다.

이번 현묘지도 수련에서 배운 점을 요약해 본다.

1. 화두 수련 방편이 체득되었다.
2. 명상 수련 능력이 향상되었다.(입정, 선정, 삼매호흡)
3. 관하는 능력이 향상되었다.
4. 운기 능력이 향상되었다.
5. 글쓰기가 향상되었다.

첫 번째 현묘지도 수련을 하면서 화두가 무엇인지 알 수 있었다. 평소의 삶 속에서 해결하기 어려운 이슈들은 화두 대상이 될 수 있는 것이다. 화두를 자나 깨나 붙들고 집중하고 몰입하면 반드시 해결책이 나온다는 것을 알 수 있었다. 내 삶 속에서 화두를 찾고 오매불망 몰입하는 방편을 계속해 나갈 것이다.

두 번째 종전에는 명상을 운기조식 위주로 진행하였다. 현묘지도 수련하면서 명상하고 화두 대상을 깨달음을 얻기 위하여 오매불망 몰입하였다. 명상이 체질화되어 내가 머무는 장소에 상관없이 입정 상태로 들어갈 수 있었다. 특히 삼매호흡 경지까지 도달할 수 있어 수행의 큰 보람이 있었다.

세 번째 『선도체험기』의 관한다는 것을 머리로만 알고 있었는데 이번 수련으로 마음으로 체득되었다. 화두를 정하고 명상 수련이나 등산, 산책할 때 계속하여 끝까지 몰입하여 관하면 응답이 온다. 꿈,

직감, 징표, 영매를 통하여 알 수 있는 것이다.

네 번째 종전에는 단전에 축기 및 백회 기운소통 위주로 운기했는데 이번 수련을 통하여 상, 중, 하단전이 하나로 통합되는 삼합진공이 이루어졌다. 또한 몸의 손끝, 발가락 끝 모세혈관까지 기운이 강하게 운기되고 있는 것이다. 등산하면서 수목지기 수련시에도 진동이 일어나 천기와 지기가 찌릇찌릇 강하게 운기되는 것을 체감할 수 있었다. 대자연과 함께 지속 수련하여 하늘의 뜻을 받아 상구보리 하화중생 하여야 하겠다.

다섯 번째 현묘지도 수련 체험기를 매일 기록하면서 글쓰기 능력이 향상되었다. 김태영 사부님이 『선도체험기』 글쓰기를 통해, 혼자만 알고 사장될 수도 있었던 소중한 체험 내용을 세상 밖으로 끌어내어 주신 덕분에, 지금 이 시간까지도 시공을 뛰어 넘어 살아 숨쉬고 있는 것이다. 나는 이번 현묘지도 수련 체험기 글쓰기를 통해 나의 내면과 세상과의 소통을 하고 있는 것이라 생각된다. 나는 구도자, 수행자로서 '명상, 운동, 글쓰기'라는 도구를 이번 계기로 얻게 되었다. 이제부터는 이 도구를 얼마나 요긴하게 부리느냐는 나의 수련 과제가 될 것이다.

오늘도 변함없이 등산한다. 산새들의 노랫소리가 유달리 크게 들린다. 담비 한 쌍이 저 높은 나무 가지 위가 놀인터인 양 거리낌 없이 두루 뛰어 다닌다.

그동안 내 주인인 진아보다 가아가 내 삶을 운전해 왔다는 것을 인정한다. 삶 속에 어려운 난관도 있었지만 다행이 낭떨어지로 떨어지지 않고 오늘날까지 존재하는 것은 선계의 스승님이 보살펴 주신 덕이라 생각된다. 앞으로의 삶도 여전히 가아가 운전하려 들겠지만 내 주인공(진아)이 네비게이션처럼 안내하여 도(道) 정선혜(正善慧)의 길을 갈 수 있도록 늘 관을 일상화해야 하겠다.

이번 현묘지도 수련을 통하여 내 존재의 주인공인 본래면목을 만날 수 있었다. 선배 구도자처럼 오랜 동안 수련한 것도 아니고 단기간에 수련한 탓에 아직 내 자신이 부족함을 느낀다. 이제 남은 생을 더욱더 열심히 보림하면서 금생이 나한테 준 사명을 받아 구도자의 삶을 호보법처럼 한발한발 걸어가야 하겠다.

구도자 길을 가고 있는 선배님, 후배님들, 미흡한 경험담이라도 혹여 도움이 되신다면 하는 생각으로 부끄러움을 무릅쓰고 기록을 남긴다. 아무것도 아니었던 나 같은 사람도 이 정도는 한다는 것을 알림으로 작은 격려가 된다면 오히려 감사한 마음일 것 같다. 더욱 일취월장하시길 응원해본다. 끝까지 지도해 주신 선계 스승님, 김태영 스승님, 지도령(보호령), 주인공(자성), 도우님, 또한 삼공재 방문시 마다 따뜻하게 맞이해주신 사모님에게도 깊이 머리 숙여 감사를 드린다.

"처음으로 하늘을 만나는 어린 새처럼 처음으로 땅을 밟는 새싹처럼, 우리는 하루가 저무는 추운 겨울 저녁에도 마치 아침처럼 새봄처럼, 처음처럼 언제나 새 날을 시작하고 있다. 산다는 것은 수많은

처음을 만들어 가는 끊임없는 시작이다."(신영복 님 처음처럼)

2016년 3월 21일

제자 김광호 올림

【필자의 논평】

현묘지도 수행은 2011년 25회째를 기하여 지원자가 없어서 사실상 중단 상태에 빠져 있었는데 2015년 6월에 김광호씨가 삼공재에 나타나고 김희선 씨가 현묘지도에 도전해 옴으로써 다시 활기를 띠게 되었다. 삼공재에는 뜻밖의 경사가 아닐 수 없다.

김광호 씨는 1962년생으로서 1932년생인 나보다 꼭 30년 연하지만 수련에 대한 열기는 대단하다. 30여 년 동안 삼성전자에서 일하다가 퇴직한 그는 등산시에 특이하게도 호랑이 걸음을 본딴 보법을 이용한다고 한다. 그래서 도호는 호보(虎步)로 정했다.

백회 부위가 간지럽습니다

삼공 선생님께. 안녕하십니까?

저는 재작년 7월 말~8월 초에 삼공재에 몇 번 방문해서 수련을 했던 해월입니다.

선생님, 사모님 두 분 여전히 건강하신지요? 3년 전에 낙상으로 골절된 골반도 이제는 좀 괜찮으신지 모르겠습니다.

그리고 소송 건도 잘 해결되셨는지요? 110권에 보니 '원심 판결 파기 및 300만원 벌금 선고 유예'라는 판결이 난 것을 보고 아쉽지만 다소나마 다행이라 생각했습니다. 사필귀정. 이후 대법원에서는 반드시 승소하시리라 믿습니다.

재작년 8월 초에 제 소임 일정과 삼공재 수련 시간이 겹치는 바람에 11월 중순 이후에 다시 찾아뵙겠다고 말씀드렸는데 이제서야 연락드리게 된 점 송구스럽습니다. 찾아뵙지 못하게 되면 우선 메일이라도 보내드렸어야 되는데 죄송하게 되었습니다.

당시 업무시간 중에 한가한 때를 맞추어 밖으로 나왔던 처지라, 외부로 자꾸 수련하러 가게 되는 것이 눈치가 보여(아직도 승가는 선도나 여타 수행에 대해 좀 폐쇄적입니다) 그만두게 되었습니다.

또한 당시 『선도체험기』를 40여 권밖에 읽지 못한 점도 자격지심으로 작용했습니다. 그래서 아직은 때가 아닌 것 같아 소임을 그만

두고 『선도체험기』를 다 읽고 나서 찾아뵈려고 했던 것입니다. 물론 따지고 보면 외부의 이런저런 이유보다도 사실 그때 더 용맹심을 내지 못한 것이 제일 큰 원인입니다. 앞으로는 분발하겠습니다.

다행히 오늘 오전에 『선도체험기』를 다 읽었습니다.(절판이 되었는지 몇 권은 구하지 못했습니다.) 속도를 좀 내기 위해서 중복된 부분과 격언, 번역 부분은 좀 건너뛰기도 했습니다. 차후에 다시 읽도록 하겠습니다.

작년에 소임을 내려놓고 서울을 떠나 지금은 강원도에서 공부하고 있습니다. 한번 결제를 하면 일체 밖으로 나갈 수가 없습니다만, 해제 기간이 있어서 1년에 한 넉 달 가까이는 서울 쪽으로 갈 수 있습니다. 이번에도 4월 중순에 나가게 되면 5월 중순까지 서울 근교에서 생활하면서 공부할 수 있습니다. 그래서 선생님께 오행생식(혹시 지함보다 오곡의 속삭임으로 받을 수 있는지 여쭙습니다)과 알즈너를 처방받고 다시 가르침을 받고자 합니다.

저의 수련 상황은 다음과 같습니다.

현재 몸무게는 그때보다 다소 3kg 정도 늘었습니다.(키 171cm, 체중 56kg 정도) 몸무게가 느니까 컨디션이 더 좋아졌습니다.

몸 공부는 요가, 복근 강화 운동, 지압 같은 것 등은 한 시간 이상 하는 편인데 걷기와 등산이 조금 미흡합니다. 매일 108배 이상 절은 합니다만, 제가 생각해도 확실히 부족한 감이 있습니다. 걷기와 등산을 좀 더 생활화하고 늘리도록 하겠습니다. 조깅은 아무래도 상황상 여의치가 않아서 대체할 방법을 강구하고 있습니다.

기 공부는 그때보다는 다소 진전이 있습니다. 앉아서 호흡을 하고 집중을 하면 10여분 후에는 몸이 달아올라 입던 옷을 벗게 됩니다. 대체로 하단전은 늘 따뜻한 편입니다. 어떤 때는 손이 너무 뜨거워져서 단전보다도 뜨겁게 달아오르기도 합니다. 그리고 백회 부위가 간지럽거나 동전 같은 것이 딱 들어붙는 느낌도 종종 듭니다.

식사도 생식 위주의 밥따로 물따로 아침-저녁 두 끼로 전환했습니다. (물론 경우에 따라 간혹 점심을 들기도 하고, 5월 중순 경부터는 3끼로 교환식을 할 예정입니다.) 덕분에 얼마 전까지 명현 현상으로 한달 여간 눈병을 앓았습니다. 다행히 지금은 다 나았습니다.

방문을 허락해 주신다면 제가 4월 15~16일 즈음해서 뵙기를 청합니다.

마음 공부는 늘 경을 읽어가면서 이론을 쌓아나가고, 현상을 무상으로 관하면서 온 마음을 오로지 이타심 하나로 채우려 노력하고 있습니다. 부족하나마 해가 갈수록 조금씩은 진보되고 있는 것 같습니다. 제자들을 위해 모범이 되어 주시고, 늘 아낌없이 베풀어주셔서 감사합니다.

후배들은 선생님을 본받아 열심히 정진하겠습니다.

항상 건강하십시오.

2016년 4월 7일

강원도에서 해월 삼가 배상

【회답】

소식 보내주어서 고맙습니다. 부상당한 것은 거의 다 회복되었습니다. 해월 스님의 수련이 많이 진행되고 있는 것 같습니다. 4월 15, 16일 서울에 오면 꼭 점검받기 바랍니다.

수련을 다시 시작해 보려고 합니다

스승님, 안녕하십니까? 저는 그전에 나름대로 열심히 수련을 한 바 있는 김성섭입니다. 여수에 살고 있었고, 지금은 서울에 거주하고 있습니다. 이렇게 오래간 만에 서신을 드리게 되어 죄송스럽습니다.

저는 약 10년 전에 직장을 그만두게 되어, 오랜 기간 직장 생활하다가 졸지에 그만두게 된 사람들이 그러하듯이, 저도 힘겨운 시절을 겪고 이제 겨우 약간의 여유를 찾고 있습니다.

가장으로서 제대로 가족을 돌보지 못하게 되는 상황에 이르고 또 단순한 경제적인 문제로만 제게 다가오는 것이 아니라 또 다른 여러 어려움이 함께 닥치면서 상당 기간을 먹고 사는 데에 전념할 수밖에 없었습니다.

선도수련도 한동안 사치스러운 것으로 여기게 되었고, 그러한 시간이 길어지다 보니, 생식과 선도수련 또한 멀리하게 되었습니다.

'수련을 하루 거르면, 하루를 굶는다'라는 강한 정신력으로 수련에 매진하였던 때도 기억 속에만 남게 되고 10년여 하던 생식 또한 중단하게 되었습니다.

수련이 어느 궤도에 이르렀었다면, 병행할 수도 있었겠습니다만, 제 경우는 그러질 못하였습니다. 물론 변명일 수밖에 없겠습니다.

다시 가다듬고 수련을 재개하고, 생식을 하려 시도를 하고 있습니다만, 여의치는 않습니다.

하지만, 너무 다급하게 서두르지 않고, 마음의 여유를 가지고 때가 무르익기를 기다리고 있습니다. 하지만, 『선도체험기』는 109권까지 꾸준히 읽고 있습니다.

이렇게 스승님께 메일을 처음 쓰면서, 장수생식 2개월치와 선도수련기 110권을 청합니다. 스승님계좌는 국민은행 431802-91-103970으로 알고 있습니다.

금액을 일러 주시면, 입금하면서 다시 메일로 주소를 적어 보내도록 하겠습니다.

제게 많은 가르침을 주시고, 특별한 배려를 아끼지 않아 주셨는데, 기대하신 만큼 수련에 진전이 없고, 수련을 중단하기까지 했던 제가 너무 송구스럽습니다.

회신해 주시면 감사하겠습니다.

2016년 4월 11일

김성섭 배상

【회답】

하도 오래간만이라 정말 반갑습니다. 퇴직과 재취업 등으로 많은 어려움을 겪으셨군요. 그동안 중단했던 수련을 다시 시작하시겠다니 정말 장하십니다. 장수생식은 표준생식으로 바뀌었고 한달 분이 24

만원입니다. 『선도체험기』 권당 가격은 15,000원이고요. 계좌번호는 그대로이니 입금되는 대로 택배로 보내드리겠습니다.

아시아는 하나의 제국이었다

삼공 스승님 그간 안녕하셨습니까?

저(마윤일)는 지난 메일을 보낸 작년 8월 이후로 지금까지 매주 금요일이면 언양 배내골에 있는 원불교 청소년 수련원에 들어가서 1박 2일 수련을 하고 옵니다.

그곳에 대각전이라는 전각이 있는데 그곳이 제가 단전호흡 수련을 하는 장소입니다.

요즈음에는 단전이 달아오르면서 소주천이 되기도 합니다.

스승님께 가서 대주천 수련과 현묘지도 수련을 할 준비를 하고 있습니다.

다음은 제가 어제 밤에 떠오른 생각을 글로 적어 보았습니다.

제가 지금 쓰고 있는 역사책의 주제이기도 합니다.

한번 검토해 주시기 바랍니다.

그럼 만나 뵐 날을 기다리며

부산에서 마윤일 올림.

1. 아시아는 하나의 제국이었다.

우리의 소원은 통일이다.

그런데 우리만 통일을 하려고 한다면 어디 쉬운 일이겠는가? 하지만 아시아가 원래 하나의 거대한 제국이었고 이제 또 다시 아시아 전체가 하나의 거대한 나라가 될 수 있다면 그 가운데서 한반도의 통일은 어느 나라든 환영할 반가운 일이 될 것이다.

원래 아시아는 하나의 나라로 한국이었다.

우리는 다시 하나의 한국을 건설하여 아시아를 하나의 나라로 만들어야 한다. 그렇게 되면 중국과 우리나라의 역사에 대한 갈등도 사라질 것이다.

중국대륙에서도 티베트가 독립을 하려고 해도 베이징에서는 무력으로 억압하려고 하지 않을 것이다.

왜냐하면 한국에서 제주도 특구에서 중국인 투자이민제도를 시행하는데 다른 도에서 왈가왈부하지 않는 이유는 제주도가 우리와 하나의 나라이기 때문인 것처럼 티베트와 하나의 나라라는 생각을 하게 되면 현재의 존재 상태를 유지하면서 세계는 하나의 나라가 될 것이기 때문이다.

북한도 김정은과 김일성 궁전을 그대로 유지하면서 하나의 나라의 한 구성원이 되는 것이다.

마치 영국황실처럼 김정은과 그의 궁전은 대대로 보장이 되는 것이다. 김정은의 아들과 소녀시대의 누가 결혼을 하게 된다면 다이애

나비처럼 세계의 뉴스가 되는 세상, 바로 세계인이 하나의 나라가 되는 모델이다.

김정은은 대대로 저 사우디 왕족처럼 부유하고 자유로운 삶을 살게 될 것이다. 북한의 많은 지하자원에 대한 기득권을 인정받아 지금보다 더 많은 이득을 얻을 것이고 북한군부도 더 많은 자유와 권리를 누릴 것이며 북한인민들도 북한이 개발될 때 최우선으로 주택과 일자리와 권리와 자격이 주어질 것이다.

남북이 하나가 되고 아시아가 하나가 되어도 북한주민 그 누구도 북한을 떠나려 하지 않을 것이다. 왜냐하면 북한이 재개발되면 그 혜택은 그들의 것이기 때문이다.

우리 한국도 북한 개발의 당사자가 되므로 많은 기업과 젊은이들의 일터가 되고 경제 개발 붐이 일어날 것이다.

북한 땅 뿐만 아니라 만주 땅의 개발의 주인공은 우리가 될 것이다.

만주 땅 현 주민과 함께 만주는 대대적으로 개발될 것이며 그 많은 이득은 공평하게 모든 이들에게 돌아갈 것이다.

중국대륙은 세계의 진정한 공장이 될 것이다.

그 주인공은 중국과 일본과 한국이 될 것이다.

아시아가 하나의 나라가 되는 것이다.

일본과 독일의 과거의 모든 잘못은 진정으로 용서받을 것이다.

우리 손으로 도끼를 잘못 내리쳐 내 발등을 찍었을 때처럼 우리는 서로를 용서해야 한다.

우리는 모두가 한민족이기 때문이다.

대륙의 모든 갈등은 사라지고 기득권은 한층 더 보장될 것이며 그 많은 개발의 이권이 중국 공산당의 영원한 권리가 된다.

더 많은 젊은이들이 핵심 중국공산당원이 되려고 할 것이다.

많은 진정한 개발과 발전에 세계인이 누구든지 함께 할 수 있으므로 수많은 소수민족의 권리와 자유와 그들의 고유한 문화와 전통이 보전되고 계승 발전될 것이다.

그리하여 그 모든 지역이 자발적이고 긍정적으로 향상 발전되므로 모든 갈등이 사라지고 각 민족의 고유풍습이 되살아 날 것이다.

대만도 신강 위구르도 다 하나의 나라이며 한 민족이 될 것이다.

아프가니스탄도 다시 옛 실크로드의 중심지로 다시 부활할 것이다.

부하라, 사마르칸트 등 옛 교역의 황금기가 다시 도래할 것이며, 사우디도 이란도 그들 고유의 코란과 히잡을 자랑하고 세계인이 함께 경전을 연구하고 그 문화가 유행처럼 번져나갈 것이다.

마치 한 나라의 아름다운 지방 풍습이 사랑받고 존경받듯이 보존되는 것이다.

이스라엘과 팔레스타인의 갈등도 사라질 것이다. 지금의 권리와 소유지 그대로 유지되면서 그들은 화목하게 서로를 인정할 것이며 그들은 형제임을 깨달을 것이다.

한 지붕 두 가족이 될 것이며 세계가 하나의 나라가 되는데 우리가 사는 부산이, 서울의 지역구가 바뀐다고 큰 문제가 되지 않는 것처럼 그냥 자연스럽게 해결될 것이다.

아시아인들은 함께 대륙의 녹화 작업에 몰입할 것이며 베이징의 대기 질은 아주 좋아져서 아름다운 살기 좋은 고도가 될 것이다.

이렇게 되려면 한국과 중국과 일본이 하나의 나라가 되어야 한다.

우선은 지금의 EU처럼 경제 공동체를 이루고 화폐를 통일하고 차근차근 하나의 나라가 되어가는 것이다.

옛날에 하나님의 나라가 있었다.

한님의 나라, 파나류의 나라라고도 하였다.

남북이 5만리 동서가 2만리였다.

일곱분의 한님이 계셨다.

역년이 3301년 또는 6만 2000년이라고도 하였다.

12연방국이였다.

우루국, 수밀이국, 매구여국, 사납아국, 양운국, 일운국, 비리국, 구막한국, 구다천국, 필라국, 구모액국, 직구다국, 섭비국, 시위국, 통고사국

미래의 다가올 한국의 12연방국은 다음과 같을 것이다.

한국, 중국, 일본, 러시아, 베트남, 티베트, 위구르, 카자흐스탄, 키르키스탄, 우즈베키스탄, 아프카니스탄, 이란, 사우디, 터키.

이런 나라들이 될 것이다.

2016년 5월 22일

마윤일 올림

【회답】

환단고기에 첫 머리에 나오는 환국 12개 나라가 7대의 환인천황들에 의해 3301년 동안 실제로 다스려졌던 연방국이었다는 것은 고고학적으로도 밝혀지고 있습니다.

이제 곧 23.5도 기울어졌던 지축이 정립되는 날 반드시 천지개벽이 이루어질 것이고 그때는 원시반본하여 보은 해원 상생의 5만년 새 시대가 열릴 것이라 각종 예언서들은 말하고 있습니다.

격암유록과 증산도 도전(道典)에 따르면 수승화강(水昇火降) 호흡을 하는 구도자들 1만 2천명이 이 일을 주도할 것이라고 했으니 수련을 하면서 조용히 지켜보도록 합니다.

그러나 다가올 개벽 이전인 우리가 사는 세계에서의 지금과 같은 개인이기주의와 국가이기주의와 사회주의나 공산주의와 같은 허황된 이념이 지구촌에서 근절되지 않는 한 그러한 종류의 아시아 제국은 하나의 꿈이나 환상으로 끝나고 말 것입니다.

열심히 일하고 있습니다

삼공 선생님, 그동안 안녕하셨습니까? 도율입니다.

어제 『선도체험기』 111권을 잘 받았습니다.

여기 서초동 서울중앙지방법원으로 온 지 이제 석달이 지났습니다. 외부에 잘 알려져 있지 않지만 법원 업무량은 상당히 많습니다. 특히 전국에서 가장 어려운 사건들이 몰리는 서울중앙지방법원은 가장 힘든 곳이기도 합니다.

저도 이전보다 처리할 사건이 많아 거의 매일 야근과 주말에도 재택근무를 하고 있습니다. 그래도 나에게 주어진 숙제라 생각하고 열심히 하고 있습니다.

많은 업무량으로 운동량 확보가 어려워 출퇴근시 2계단씩 오르기, 점심 식사 후 뒷산 오르기 등으로 체력을 다지고 있습니다.

이제 아들이 고 1, 딸이 초 3입니다. 아들 학교가 영동고로 멀고 일찍 등교해야 해서 제가 아침 일찍 차로 태워준 후 저는 지하철로 출근합니다. 아직 가족들 챙기고 일이 있어 바쁘지만 『선도체험기』를 기다리며 나름 열심히 생활하려고 합니다.

주말에도 일과 아이들을 챙겨야 해서 선생님을 찾아뵙지 못하고 있습니다.

요즘 전관 법조 비리로 시끄럽습니다. 우리 법조의 어두운 면을 보여주고 있지만 앞으로 깨끗한 사법이 되기 위한 과정으로 여기고 더욱 조심하려고 합니다.

항상 건강하시고 다음 『선도체험기』를 기다리겠습니다.

2016년 5월 26일

도율 올림

【회답】

메일 잘 읽었습니다. 요즘 법조 비리가 보도되고 있기는 하지만 나는 도율과 같은 양심적이고 청렴한 법조인이 나의 도반으로 건재한다는 것이 얼마나 든든하고 자랑스러운지 모릅니다.

가족을 다독이고 이끌어 가면서 열심히 일하는 것 자체가 다 공부가 아니겠습니까. 계속 분발하시기 바랍니다.

대주천이 되기까지

저는 나이는 31세이고 현재 헬스 센터에서 트레이너로 일하고 있는 성민혁입니다. 작년 초부터 다니기 시작한 삼공재 수련이 1년이 넘었고 어느새 대주천까지 올라가게 됐네요.

글 솜씨가 별로 없어서 잘 쓰지는 못하지만 제가 처음 수련을 접하기 시작한 시점부터 대주천이 되기까지의 과정을 글로 한번 적어볼까 합니다.

저는 어릴 때부터 단전호흡이나 기에 대해서 관심이 많았던 편이었습니다.

투시를 한다거나 삼매에 드는 그런 여러 가지 부분들 그리고 내가 왜 태어났는지에 대하여 의문이 가는 부분이 있었기 때문에 그에 관련된 책자나 선도 수련 방법들을 공부해 보곤 했습니다. 그런데 장심에 기가 느껴지는 것까지는 되는데 중요한 과정인 단전에는 기가 느껴지지도 않고 호흡 부분도 부자연스럽다 보니 머리만 아파서 며칠 하고 새로운 책이 보이면 다시 해 보고를 반복했습니다.

그러다 대학교를 가면서는 이 부분에 대해서는 한동안 잊고 지내다가 즐겨 읽던 칼럼 중에 『선도체험기』에 나온 내용을 인용한 부분이 있었는데 권수가 70중반으로 표기됐던 듯합니다. 그 순간 어떤 책이길래 이렇게 권수가 많은가 하는 호기심과 함께 그동안 잊고 지냈던 단전호흡에 대한 것들이 생각나면서 『선도체험기』를 접하게 되었습니다.

그동안은 단전호흡에 관한 책자를 보면 이론적인 부분과 그에 따른 효과만 기술되어 있고 실생활에서 하기 힘든 부분도 있어서 막연했으므로 끝까지 해나가기가 힘든 것이 보통이었습니다.

하지만 『선도체험기』는 그런 개괄적인 내용보다는 선생님이 직접 단전호흡을 하게 되면서 나타나는 반응부터 생활상의 애로 사항 등을 자세하게 적어 주셨기 때문에 멀게만 느껴지던 선도가 우리 생활과 밀접하다는 것을 알게 됐습니다.

그리고 처음은 건강상의 이유로 시작하셨지만 수련이 진행됨에 따라 인생의 궁극적인 깨달음을 위한 방편으로 단전호흡이 진행되는 것을 보고 선도는 나에게 선택이 아닌 필수라는 생각이 들었습니다.

처음에는 선생님을 바로 찾아뵈었으면 하는 생각이 있었지만 그 당시엔 시간적으로 힘든 부분도 있었고 단전에 기를 잘 느끼지도 못하면서 선생님을 찾아뵙는 건 실례인 듯하여 주변에 있는 도장을 찾아서 다니게 됐습니다.

그렇게 시작한 지 시간은 1년이 넘었고 단전에 어느 정도 기를 느끼기는 했지만 장심처럼 확 느껴진다기보다는 어딘가 퍼져서 두리뭉실한 느낌이고 수련적인 부분이 행공에 많이 치우친 느낌이었습니다.

그래도 감각적인 부분이 예민하다 보니 다른 도우들과 얘기하다 보면 수련 진행이 제가 빠르다는 건 느꼈는데 수련에 대한 궁극적인 목표가 제가 생각한 것과는 다르고 어느 정도 다니다 보니 크게 나아지는 듯한 느낌이 들진 않아서 그만두려고 얘기를 했습니다.

그래도 1년 넘게 다녔고 그쪽에서도 저한테 많이 신경 써 준 것을 알기 때문에 직접적으로 얘기하지는 않고 비용적인 부분 때문에 쉬어야 될 것 같다고 했습니다. 전 거기서 알았다고 할 줄 알았는데 비용적인 부분이 문제라면 회비를 받지 않을 테니 수련을 열심히만 해주는 조건으로 회비를 받지 않겠다고 했습니다.

고마웠지만 이미 마음은 정해졌기 때문에 도장을 나오고 반년 정도는 독자적으로 수행을 진행했습니다.

뭔가 조금씩 변화가 생기는 것 같긴 하지만 확실하게 이렇다 할 만한 건 없고 2년 정도 수련을 했다고 하는데도 단전에 기운도 확실하게 느끼지 못하는지라 선생님을 만나 뵙고 가르침을 받고 싶다는 생각이 강하게 들었습니다.

그동안은 일하는 시간이 선생님의 수련 지도 시간과 안 맞는지라 독자적으로 해보려고 했지만 이대로 가면 나중에 후회할 거 같아서 일단 만나 뵙고 나서 생각해보자는 마음으로 메일을 드리게 되었습니다.

일단 방문해 보라는 답장이 왔고 이때 이메일을 보는 순간 단전이 따뜻해지는 느낌을 받았는데 글로만 봤을 때는 저게 기분상 그런 거 아닌가라는 생각을 했는데 직접 겪어보니 참말로 설명이 안 되는 부분이었던 거 같습니다.

그리고 삼공재에 처음 방문하게 되었는데 덥다는 느낌이 들었습니다. 그 당시 날씨가 추웠기 때문에 실내로 들어와서 그런가 보다 했는데 혹시나 해서 방바닥을 만져보니 크게 덥혀진 느낌은 아니었습니다. 가볍게 몇 마디 나누다가 가부좌하고 일단 보자고 하시길래 집중을 해보는데 선생님 쪽에서는 훈훈한 기운이 느껴지지만 그 외에 나머지 부분에서는 조금 차다는 느낌이 들었습니다.

그 순간 선생님의 기 때문에 이런 느낌이 드는구나 하는 생각이 들었고 가부좌 하고 집중을 해보니 단전에 명확하게 잡히는 느낌은 아니지만 몸통 전체에 열이 올라오면서 몸이 미묘하게 떨리는데 수련하면서 경험한 첫 번째 진동이었습니다.

어느 정도 시간이 지나고 선생님께서 단전에 느낌이나 여러 가지를 물어보시는데 안 된다고 하시면 어쩌지 하는 걱정이 있었는데 다행히도 삼공재에 방문해서 수련하는 걸 허락해 주셨습니다.

원래는 토요일까지 6일 근무를 하다 보니 삼공재에 찾아갈 수 있는 시간이 평일 빨간 날밖에는 안 되고 선생님께서도 기라는 건 어느 한순간에 깨칠 수도 있다고 말씀하셨지만 그렇게 해서는 진도가 더딜 것 같아 근무시간을 조정해서라도 한 달 2번씩은 나오기로 선생님에게 약속을 드리고 삼공재 수련을 시작하게 됐습니다.

그동안 글로만 보다가 직접 선생님에게 가르침을 받을 수 있기에 기뻤고 제대로 된 수련을 할 수 있다는 생각에 하루하루가 즐거웠습니다.

수련을 받아보면서 느끼는 게 기가 쎈 사람하고 있으면 뭔가 찌릿찌릿하면서 확확 오는 그런 느낌들을 많이 받았는데 선생님 앞에 있으면 오히려 평상시보다 더 조용한 어떻게 보면 좀 나른한 그런 느낌까지 들었습니다.

하지만 그날 수련을 마치고 집에서 다시 수련을 해보면 평상시보다 진동이나 단전에 느껴지는 여러 가지 느낌들이 많이 강해진 걸 보면 오늘도 선생님한테 엄청 기운을 많이 받았구나 하는 생각이 들었습니다.

그렇게 수련을 진행하다 보니 처음에는 몸이 단순히 떨리기만 하던 진동에서 팔과 목이 홱홱 돌아가는 것부터 시작해서 주먹 지르기부터 검도 비슷한 동작까지 한번 지나가고 나면 그 부분으로 기가 확 들어오는 그런 것들이 너무 좋았습니다.

그렇게 수련을 하는 도중에 같이 다니시는 도우 중에 한 분이 수련 점검을 하면서 대주천으로 넘어가는 과정을 보게 되었고 그걸 보면서 나도 여기 와서 많이 나아진 거 같은데 한번 해볼까 하는 생각이 들었습니다.

원래는 축기에만 전념해야 되는데 기가 가는 방향을 생각하니 그대로 기가 흘러가는 게 느껴져서 앞뒤로 임맥과 독맥을 한번 다 돌려보고 저도 축기 점검을 해달라고 했습니다.

그때 점검을 해주시더니 아직은 축기가 덜 됐다고 하시면서 축기에 더 전념하고 기는 임의로 돌리지 말라고 하셨습니다.

그 뒤로는 축기에만 전념하되 가끔 수련이 잘 안 된다 싶으면 가끔 돌려보긴 했는데 느낌이 강하게 오는 것은 아니라서 가급적 기본에만 충실했던 것 같습니다.

그러다 어느 순간부터 단전에 느낌이 강하게 오기 시작했는데 단순히 기가 있다는 걸 느끼는 게 아니라 단전으로 복부가 오그라든다는 느낌이 들 정도로 강하게 힘이 들어갔습니다.

그러다가 기가 통로를 따라 돌아가기 시작하는데 예전에는 개울가에 물이 졸졸 흘러가는 느낌이었으면 이때는 막혀 있던 둑에 고였던 물이 터지면서 길을 뚫고 지나가는 느낌이었습니다.

그러다 보니 예전에 지나갔던 길임에도 불구하고 통로를 확장하는 느낌으로 기가 치고 올라가는데 아프다는 느낌이 들 정도로 쎄게 올라왔습니다.

이 정도라면 그대로 한 바퀴 돌아가겠구나 하는 생각이 들었는데 막상 독맥의 대추혈 쪽에서 막혀가지고 거기서 아무리 애를 써도 넘어가지지를 않는 겁니다.

이때 축기의 중요성을 실감하게 됐습니다. 그 이후는 크게 좋아지는 느낌도 나빠지는 느낌도 없이 한동안은 그냥 축기에만 전념하면서 지냈습니다.

원래는 단전에 집중해야 조금씩 자리 잡히는 느낌이 들면서 조금씩 확장이 되는데 어느 날 일하던 중이었는데 순간적으로 단전에 힘이 들어가기 시작하더니 임맥으로 기가 치고 올라갔는데 한참 상담 중이라 중간에서 멈춰버렸습니다.

그래도 어느 정도 축기가 되어서 기가 돌아가는구나 싶어서 수련에 조금 더 박차를 가하니 막혔던 부분이 뚫리면서 전체적으로 임독을 한 바퀴가 돌아가게 됐습니다.

그렇게 몇 주 정도 지켜보니 단전에 축기나 임독맥의 순환이 안정권에 접어든 것 같아서 선생님께 축기 점검을 요청하게 됐습니다.

전에는 바로 점검을 해주셨는데 이번에는 단전에 느낌이나 여러 가지를 물어보시더니 다음에 날을 잡아서 해주시겠다고 하셨습니다.

다음 방문에서는 점검과 동시에 대주천을 인가받게 되었습니다.

선생님의 기를 인당으로 받을 때 묵직하면서 뜨뜻한 기운과 벽사문이 설치될 때에 묵직한 뭔가가 덧씌워지는 느낌이었습니다. 영안이 뜨이지는 않아서 보이진 않지만 이런 느낌들을 통해 대주천이 되었다는 게 실감이 됩니다.

대주천을 기점으로 수련에 더 박차를 가해야겠지만 이 과정까지 오도록 알게 모르게 신경 써 주신 삼공 선생님께 감사하다는 말씀 드리고 싶고 앞으로도 열심히 하도록 하겠습니다.

2016년 6월 4일

성민혁 올림

【회답】

헬츠 센터 트레이너답게 키고 헌칠하고 건장한 성민혁 씨가 여러 가지 곡절 끝에 삼공재에 찾아와 대주천 수련을 통과하는 과정이 실감나게 묘사되어 있습니다. 이왕 대주천까지 왔으니 현묘지도 수련까지 용맹정진하기 바랍니다.

백회 쪽이 간질간질하면서

안녕하세요. 선생님. 화두 수련한 지 두 달 정도 되어 가는데 수련 상황에 대해서 말씀드려야 될 것 같아서 메일 적게 되었습니다. 수련 초반에는 백회 쪽이 간질간질하면서 기운이 들어온다는 느낌은 들었지만 그 느낌이 강하다고 느껴지진 않았고 기운도 들어왔다 막혔다를 반복했습니다.

그리고 다리 쪽으로는 흐르는 감각은 잘 느끼지 못했는데 어느 순간부터 걷거나 운동을 하다 보면 다리가 뜨뜻미지근한 느낌이 들면서 기운이 전신으로 주천되는 것을 느꼈습니다. 그리고 삼공재 방문 전주부터 해서 백회의 기운이 이전보다 강하게 느껴지기 시작했는데 가끔은 너무 정신없이 들어와서 백회에 관이 박힌 듯한 느낌이 이런 걸 말하는구나라는 생각을 했습니다.

어제는 삼공재 방문을 위해 강남구청역에서 내렸는데 그 순간부터 백회가 간질간질하기 시작하더니 삼공재에 들어서부터는 기운이 점점 쎄게 들어오는데 너무 직접적으로 기가 들어오는 느낌이 들어서 놀랐습니다.

나중에는 그냥 묵직하게 고정이 되어서 화두에 집중하지 않아도 그 기운이 느껴질 정도였는데 수련 막바지가 되어서는 그 기운이 백회부터 하단전으로 뚫고 내려가면서 온몸이 찌릿찌릿했습니다.

그 이후 집에 와서도 지속적인 기운이 들어오는 게 느껴지고 책을 읽을 때 기운의 유입이 더 강해지는 것이 느껴집니다. 워낙 많은 기운이 들어오다 보니 이전과는 신체 리듬이 바뀌어서 한동안은 적응하는 데 시간이 걸릴 듯합니다.

아직은 화면이나 이렇다 할 만한 건 잘 모르겠지만 삼공재 방문시마다 화두 수련시 들어오는 기운이 강해지고 있으며 백회 위주로 들어오던 기운이 이제는 인당까지 뻗쳐 나가 묵직하다는 느낌이 많이 들고 있습니다. 아직은 화면이나 이런 부분에 대해서는 느낀 게 없기 때문에 언제 끝날지는 모르겠지만 변화 생길 때마다 종종 메일 드리도록 하겠습니다.

2016년 6월 4일

성민혁 올림

【회답】

수련은 잘되고 있습니다. 계속 용맹정진하기 바랍니다. 수련이 잘될 때는 물단지를 머리에 이고 시골길을 가는 옛날 아낙네처럼 조심스러워야 한다는 것을 항상 잊지 말아야 할 것입니다.

한순간도 참나를 잊지 않고

김태영 스승님께,

별고 없이 잘 지내시길 항상 마음으로 염원하고 있습니다.

제가 스승님께 받은 은혜 이 세상에서 갚을 수 없다는 것도 알고 있습니다.

오래 전부터 대행 스님의 폭이 없는 가르침에 일이 끝난 후 정말 많은 눈물과 저의 부족함을 보완하며 지내고 있습니다.

이러한 것도 모두 선생님과의 만남으로 가능했다고 알고 있습니다. 수많은 빙의령으로 저도 모를 정도의 신기로 사람들을 놀라게 하며 살던 그 얕음에서 벗어나 인생의 깊이를 조금씩 알아가는 것 같습니다. 저를 마주한 선생님의 마음이 얼마나 다급하고 안타까웠을까 하는 생각을 하면 제가 지금 환자를 보면서 느끼는 그런 느낌에서 조금은 알 수 있지 않을까 합니다. 많이 힘드셨던 우리가 처음 만났던 그때의 그 기억이 떠오릅니다. 참으로 제가 맑게 되었습니다만 그때는 제가 준비가 덜 되었던 것 같습니다.

지금 아들이 둘이나 돼서 정말 힘들지만 저와 제 와이프 모두 한순간도 우리의 참나를 절대 잊지 않고 스승님의 가르침을 잊지 않고 실행하려고 노력하고 있습니다.

제가 잊고 있으면 제 와이프가 각성시키고 제 와이프가 잊고 있으면 제가 각성시키고 그렇게 하고 있습니다. 그러다 보니 선계 스승님들께서 그 노력만은 잊지 않으시는지 기회가 될 때마다 기운을 보내주십니다. 스승님 현재 제 상황이 돈은 잘 벌지만 미국에서의 신분이 쉽지 않을 것 같습니다. 하지만 최선을 다해서 선생님께 갈 수 있도록 노력하겠습니다.

뵙고 보고 싶습니다. 정말 보고 싶습니다.

항상 감사합니다.

2016년 7월 4일

미천한 제자 김종완 드림

【회답】

오래간만에 보는 메일입니다. 아무래도 미국 생활에 정착하기가 어려운 것 같습니다. 그러한 것은 이민을 떠날 때 이미 각오한 일이 아니겠습니까? 김종완, 유정희 부부는 슬기로운 사람들이니 어떠한 난관도 잘 극복해내리라 생각됩니다.

가능하면 구체적인 사례를 보내주면 회답할 때 이야깃거리가 되어 다소나마 도움이 되지 않을까 합니다. 부디 6년 전 2010년에 미국으로 떠날 때의 그 씩씩한 각오와 예지를 살려나가시기 바랍니다.

준비된 구도자가 되려는 14년 세월

선생님! 안녕하십니까? 지난주 금요일 비 내리는 날 찾아뵈었던 서광렬입니다. 선생님께 말씀드리고 싶은 것도 있고 저에 대해서 알려드리는 게 예의일 것 같아 메일 올립니다.

14년 전에 선생님에게 메일로 인사드리고 취직을 하는 대로 준비된 구도자로 찾아뵙겠다고 다짐했었는데, 세월이 많이 흐른 후 지난주 금요일 처음으로 인사드리고 생식처방을 받고 '매주 찾아와 수련하겠다'고 말씀드렸습니다.

외교부에 2년 남짓 다니다가 회계사가 되어야겠다고 마음먹고 1999년경 퇴직 후 공부를 하였으나 수중에 돈이 떨어져 어머니에게서 돈을 가져다 쓰는 데다 결혼한 여동생 집에 얹혀사는 입장이다 보니 오랫동안 공부할 입장이 안 되어 회계사의 꿈을 접고 2003년 공무원 시험을 보아 합격하여 2004년부터 국세청에서 일하게 되었습니다.

경제적 자립이 갖춰지면 본격적으로 수련을 하겠다던 다짐은 구체적인 계획으로 이어지지 않은 채 차일피일 미뤄졌고, 10여년의 기간 동안 한 여자를 만나 결혼하고 두 아이를 낳아 키우는 그저 그렇고 그런 평범한 무명중생으로 살아왔습니다.

그러나, 구도자의 길을 잊은 것은 아닙니다. 항상 마음속에 숙제처럼 남아 있었으며 구도에 대한 미련은 마음속에서 지워지지 않았습니다. 그러던 중 2014년 가을부터 2015년 겨울까지 1년 3개월 정도 파주세무서 강당에서 점심시간을 이용한 국선도 수련에 참여하여 도인체조, 단전호흡 등을 배웠습니다. 국선도 수련을 하면서 다시 선도수련에 대한 열정을 키우기 시작했으며 『선도체험기』를 2015년 초부터 다시 1권부터 읽기 시작하였고 자연스럽게 등산과 달리기를 하기 시작하였습니다.

『선도체험기』 87권을 읽다가 선생님이 이향애 정형외과에서 고관절 교정을 받는 내용을 보고 저도 목과 등이 구부정하다는 얘기를 평소 많이 듣던 차에 교정을 받아볼 심산으로 지난 금요일 회사에 연가를 내고 이향애 정형외과에 방문하여 교정 치료와 서양침(IMS) 치료를 받았습니다. 서양침은 동양침과는 그 원리가 달라 근육 사이에 놓는다고는 하는데 뒤쪽 목과 어깨 사이에 침을 맞는 순간 손가락 끝까지 감전된 듯 찌릿찌릿하였습니다.

원래 삼공재에는 최근에 나온 『선도체험기』까지 다 읽고 나서 방문할 계획이었습니다. 그런데 금요일 아침에 이향애 정형외과 방문 차 집을 나서려는데 '더 이상 늦출 수는 없다'는 생각이 들었습니다. 이걸 자성의 목소리라고 해야 되나요? 메일을 먼저 드리는 게 예의일 것 같아 컴퓨터를 켜려고 했지만 하필 컴퓨터가 켜지질 않는 겁니다. 선생님께 생식을 처방받으러 왔다고 하면 방문을 허락해 주실 것으로 믿고 일단 출발하였습니다.

『선도체험기』 104권에 기재되어 있던 주소지인 아파트 통로에 아기 유모차 등이 있는 걸로 보아 '이사를 가셨을 수도 있겠다'라고 생각이 들어 출판사에 전화하여 선생님 댁 주소와 전화번호를 알아내어 전화 드렸습니다. 사모님의 전화상 목소리는 카랑카랑 하셔서 풍채가 있으실 것으로 예상했는데 실제로 뵈니 아담하시더군요.

드디어 선생님과의 대면의 시간! 순간 큰절을 드려야 하나 생각했었는데 스승과 제자 사이에 절하는 방법을 배운 적도 없고 용기도 나지 않아 겸연쩍은 얼굴로 고개만 숙여 인사만 드렸습니다.

'전에 메일을 몇 번 드린 적이 있습니다'라고 말씀드렸는데 선생님께서는 '그러냐'고 말씀하시고 별다른 말씀이 없으셨습니다. 편안한 표정으로 몇 가지 물어보시고 단전호흡을 30분 정도 해 보라고 하셨는데 약간 긴장한 상태로 단전호흡을 해서 그런지 단전에 미미한 열감만을 느꼈습니다.

반가부좌 상태로 20분 정도 지났을까 다리가 저려오는데도 억지로 참고 그 상태로 있었더니 나중에는 일어설 수조차 없어 선생님이 진맥을 하기 위하여 '가까이 와 보라'고 했을 때도 일어서지 못하고 기어서 갔습니다.

진맥 결과 석맥이 나오고 인영이 촌구에 비해 4·5성이라고 말씀하시고 표준 2통, 상화 1통, 수생식 1통을 처방해 주셨습니다. 15년 전에 당시 오행생식대리점 김또순 원장님에게 생식처방시에도 인영이 4·5성으로 촌구에 비해 크다고 하셨는데 당시에는 홍맥과 모맥이 나왔었습니다. 제가 폐와 위장 등이 약해 이번에도 비슷한 결과를 예상했는데 석맥이 나와 의외다 싶었습니다. 15년의 세월이 흘렀으니 제 몸도 많이 변했을 거라고 생각하고 처방해주신 대로 꾸준히 생식을 먹도록 하겠습니다.

하나 궁금한 점이 있는데 인영이 촌구보다 큰 경우 들숨을 날숨보다 길게 해야 한다고 되어 있는데 4·5성이면 들숨을 날숨보다 4배 내지 5배로 길게 해야 하나요? 생식 처방받고 나서 다시 정좌하여 단전 호흡한 30분은 쏟아지는 빗줄기 소리를 들으며 비교적 편안한 마음으로 임해서 그런지 단전호흡도 더 잘되는 것 같았습니다.

선생님께 인사하고 지하철과 버스를 갈아타며 집에 오는 중에 14년 전에 선생님께서 메일로 저에게 하신 말씀 중 '서광렬 씨와 나와는 누생에 걸쳐 수련을 함께 한 경험이 있다'고 하신 게 떠올랐습니다.

선생님께서는 선생님 본인에게 수련 도움을 받는 사람들은 거의 대부분 전생에 선생님과 인연이 있는 사람들이라고 하셨고 평소에 선생님께서는 수많은 사람을 상대할 터이니 메일로 몇 번 안부인사 드리고 궁금한 점을 몇 가지 질문한 사실밖에 없는 저와 같은 독자에 대하여는 기억이 안 나시는 것이 어찌 보면 당연하다는 생각이 들었습니다.

하지만 선생님이 『선도체험기』를 통해 저에게 미친 영향은 실로 엄청나다고 하겠습니다. 일례로 직장생활을 함에 있어서 『선도체험기』에서 늘 강조하신 역지사지 정신을 적용해 보고 있습니다. 직장 상사, 동료들과 생길 수밖에 없는 갈등 상황에서 상대방의 입장에서 한번 더 생각해 보고 '그럴 수도 있겠다'고 이해를 하려고 노력하고 있습니다.

2016년초 인사이동 이후 최근 6개월 동안은 세무조사 업무를 하고 있는데 생소한 업무다 보니 내 딴에는 열심히 한다고 하는데 상사 입장에서 또는 동료 입장에서는 못 미덥고 조사 베테랑에 비해서 시간과 노력의 투입 대비 결과물도 미미한 실정입니다.

조사실적 때문에 상사로부터 추궁당할 때마다 '나도 열심히 하고 있는데 어쩌면 저 사람은 나에게 이럴 수 있지' 하는 억울한 심정이 드는 것은 어찌할 수 없더군요. 그래도 서운한 마음을 추스려 나를 추궁한 사람 입장에서 다시 생각해 보면, 그분도 윗분에게 조사 실적보고를 해야 하니 나에게 실적을 좀 내라고 하는 것은 어찌 보면 당연하다는 생각이 드는데 머릿속으로만 이해할 뿐 가슴으로 와 닿지는 않습니다. 어느 정도 수련을 해야 자타일여의 경지에 오를 수 있을지… 그 경지를 하루빨리 느껴보고 싶습니다.

지난주 선생님으로부터 처방받은 생식은 하루 두 끼 이상 실천하려고 노력하고 있습니다. 직장생활 및 가정생활을 원활하게 하려면 동료 및 가족들하고 식사하는 것을 피하기가 어려운 것 같습니다.

그래서 점심 한 끼는 화식을 겸하기로 하고 회사에서는 점심식사하러 가기 전에 생식을 한 끼 분량의 절반 정도(2스푼 정도)를 먹고 점심(화식)을 들고, 집에서는 반찬은 그대로 먹고 밥 대신 생식을 먹고 있습니다.

한가지 위안이 되는 것은 배우자가 생식을 먹어보더니 괜찮다면서 아내도 하루 한 끼 정도 표준으로만 생식을 하고 있습니다. 제가 생식을 하는 것을 반대하지도 않을뿐더러 생식을 해 보더니 속이 편하고 좋다고 하니 참으로 다행입니다.

제 수련 상황을 말씀드리고자 합니다. 몸공부 측면에서는 선생님으로부터 생식을 처방받은 지난 주 금요일 저녁부터 생식을 하고 있으며 날마다 1시간에서 1시간 30분 가량 달리기 또는 걷기를 실천하고 있으며 도인체조는 국선도에서 배운 기혈순환유통법을 20분 가량 하고 있고 최근 이항애 정형외과에 배운 양반걸음 및 방석숙제를 하고 있으며, 등산은 최근 1년 동안 매주 주말을 이용하여 도봉산에서 5시간 정도 하였으나 현재는 정형외과 교정치료중이라 심한 운동을 하지 말라 하여 못 하고 있습니다.

기공부면에서는 단전호흡을 하면 얼마 되지 않아 아랫배에 갓 찐 고구마를 올려놓은 것처럼 단전에 따뜻한 열감을 느끼는 편이며 단전호흡을 의식적으로 하지 않을 때에도 가끔씩 단전이 따스해지는 느낌을 갖곤 합니다. 요새는 정수리에 바람이 스치는 것 같은 느낌 등을 받을 때도 있고 걸을 때 정강이나 발에 따뜻한 물이 흘러내릴 때의 촉감과 비슷한 느낌 등을 받기도 합니다. 제 판단에는 기문이 열린 상태로 보입니다. 당분간은 축기에 전념할까 합니다.

마음공부를 위하여는 『선도체험기』를 2015년초부터 1권부터 읽기 시작하여 현재 91권째 읽고 있습니다.(1권부터 60권까지는 2000~2003년 동안 1번 읽은 적이 있습니다.) 『선도체험기』 외에 다른 책은 거의 읽지 않았으나 최근에는 칭하이 무상사가 지은 '즉각 깨닫는 열쇠'란 책을 읽기 시작하였습니다. 읽어보고 버릴 것은 버리고 취할 것은 취할 생각입니다.

선생님! 경제적으로 자립을 이룬 후에 준비된 구도자가 되어 선생님을 찾아뵙겠다는 다짐을 해 놓고도 10여년이 지난 후에야 나타난 못난 제자를 꾸짖어 주시기 바랍니다.

출발이 늦은 만큼 허송세월한 시간을 벌충하기 위해서라도 수련에 매진할 것입니다. 선생님의 많은 지도와 편달을 부탁드립니다. 방문을 허락해 주시면 지난번에 말씀드렸듯이 이번 주 토요일 오후3시에 찾아뵙겠습니다. '독자'란 용어를 떼어버리고 '제자'란 문구를 넣을 수 있어 기쁩니다.

2016년 7월 7일

파주에서 제자 서광렬

【회답】

수련은 잘되고 있습니다. 호흡을 몇 초 들이쉬고 내쉬고 하는 것은 굳이 하지 않아도 됩니다. 그렇게 하지 않아도 성광렬이라는 소우주가 알아서 호흡조절을 하고 있으니까요.

무엇보다도 부인이 생식하는 데 협조적이라니 다행입니다. 지난 토요일에 혹시 서광렬 씨가 오지 않나 하고 기다렸습니다.

환청과 환시

삼공선생님께

안녕하세요. 삼공선생님. 저는 서울 창동에 거주하고 있는 정훈석입니다. 나이는 마흔입니다.

『선도체험기』를 접하고 용기를 내서 편지를 보냅니다. 인터넷의 어떤 선도수행자 분의 블로그에서 선생님의 메일 주소를 보았습니다.

항상 마음속에 명상이나 정신수련에 관해 동경이 있어서 관련된 책도 많이 접하였습니다만 일상생활에서 정신수련을 해본 적은 없었습니다.

제가 선도수련에 대해 관심을 가지고 다시 보게 된 것은 올해 초부터 시작된 심한 환청과 환시 때문이었습니다.

늘 막혀있는 듯한 명치의 답답함을 3년 정도 앓고 난 후 시작된 증상이었습니다. 내면에서 들리는 목소리들은 저에게 명령을 내리려고 하고 위협하였습니다.

처음에 저는 끌려 다니다가 응급실에 실려가기도 했습니다. 스님과 퇴마사에게 찾아가 봐도 효과가 없었습니다. 여러 군데 다니면서 금전도 많이 버리고 상담도 많이 했지만 불신만 쌓이게 되었습니다.

지금은 부산에 내려와서 기 치료를 받고 있습니다. 항상 가슴이 답답하고 몸이 괴로운 것은 막혀있는 경락의 문제로 결론짓고 이 방향으로 찾던 중에 부산까지 오게 되었던 것입니다.

기 치료를 통해 몸도 많이 좋아지고 막혔던 몸의 구석구석이 많이 열리는 경험을 하였으나 환청은 사라지지 않고 있습니다. 헛소리가 튀어나오려고 하고 신체가 저의 의지가 아니라 내면 존재의 의도대로 움직이려 한다는 것을 조금씩 느끼고 있습니다. 기 치료를 받았지만 오히려 정신적으로는 잠식당하고 있지 않은지 불안합니다.

『선도체험기』를 알게 된 것은 치료받는 과정에서였습니다. 지금까지 이렇게 많은 분량의 책이 발행되고 있다는 사실에 놀랐습니다.

모두 구입해서 읽은 것은 아니지만 근처의 헌책방을 뒤져서 몇 권 구입하였습니다. 읽고 싶었던 내용이 담긴 몇 권은 구하지 못했습니다. 사실 두세 권밖에 구입하지 못했습니다. 향후에 모두 읽을 것입니다.

이 책의 내용에서 빙의에 대한 여러 이야기들이 나오는 것을 보고 절망하고 혼자서 괴로워하던 제가 책 속에서 해결 방법을 찾은 것입니다. 제 병이 다 나은 듯했습니다

수련과정과 등장인물들의 대화가 아주 흡입력이 강하지만 재미로만 읽어나갈 수 없는 것은 제가 심각한 정신 상태로 가고 있기 때문이고 어두운 마음과 더불어 의지가 자꾸만 약해지기 때문입니다.

오래 전에 기 수련에 관심이 가고 책을 구입했던 적이 있습니다. 단학이라고 하는 서적이었습니다.

그렇지만 당시에 그런 관심을 통해서 길을 걸었어야 했습니다.

수련을 시작하기에는 너무 때가 늦은 걸까요? 뒤늦게나마 선도수

련을 시작한다면 결과가 어떻게 될까요?

긴 글을 읽어 주셔서 감사합니다. 편지가 잘 도착하기를 빕니다.

2016년 7월 10일

정훈석 올림

【회답】

우선 지난 26년 동안에 나온 111권의 선도체험기를 구해서 읽기 바랍니다. 책방에서 그 많은 책을 구하기는 어려울 것이므로 유림출판사(02 - 736 - 7148)사와 글앤북(070 - 7613 - 9110)에 문의하여 보시기 바랍니다.

만약에 『선도체험기』를 구입하여 1권서부터 차례로 읽어나가다 보면 책을 읽는 것 차체가 수련이 되어 빙의 현상도 자연히 해결이 될 것입니다.

그러다가 문제가 생겨 혼자서는 도저히 해결이 어려운 문제가 발생했을 때는 지체 없이 메일을 보내기 바랍니다.

가장 중요한 하나를 놓으니

김태영 스승님께,

가장 중요한 하나를 놓으니 참으로 많은 것이 보이고 넓어지는 것 같습니다. 그리고 신이 더욱 밝아지는 것 같습니다. 감사합니다.

저의 수련은 한국을 떠난 후, 전과 다름없는 방법으로 하고 있으며 꾸준히는 못했지만 일상생활에서 틈틈이 하고 있습니다. 예를 들면, 103배, 호흡, 그리고 관입니다. 화두는 『천부경』, 『대각경』 그리고 『삼일신고』입니다. 요즘 거의 대부분을 차지하는 것은 일상에서 계속 호흡을 하고 있고 전보다 관을 더 많이 깊이 하고 있다는 것입니다. 그리고 시간이 날 때마다 『선도체험기』를 다시 읽고 수련의 끈을 놓지 않고 있습니다.

관의 경우, 일상생활에서 빙의령에 의해 비이성적인 행동을 하는 사람, 습에 의한 행동을 하는 사람 그리고 인간으로 환생한 지 얼마 안 되어 거친 사람 등등을 볼 때면 제 자성에 맡겨서 그러한 것들이 좋아져서 앞으로는 저런 행동이 바뀌기를 간절히 바라며 관을 하고 있습니다.

스승님께서 "대주천 수련자는 하화중생하라"는 2년 전의 말씀이 크게 작용했고 대행 스님의 가르침도 크게 영향을 주었습니다. 보이는 것과 안 보이는 모든 것, 즉 알게 모르게 제 안에서 다방면으로 실천하고 있습니다.

시간의 흐름에 우리의 존재가 너무나도 슬프고 모든 동식물들을 더 깊고 넓게 사랑한다는 것이 전보다 발전된 사항입니다. 그리고 관을 하면 그 인과를 알 수 있게 된 것도 발전된 사항입니다. 힘든 과제가 계속 주어지는 것도 발전된 사항입니다.

이 곳에서 기쁜 일 중 하나는 한국 전통 무예인 태껸의 마지막 맥이라고 하는 고용우 선생을 만나 가르침을 받고 있습니다. 참으로 배우기 어렵고 힘든 무예 같습니다만, 제가 우리 한민족의 한침을 배운 이후 본의 아니게 한침의 맥을 잇게 되면서 맥을 잇는다는 것이 얼마나 힘들고 고통스러운 것인지를 알게 되었습니다.

그래서 온몸을 움직이고 배워가며 제 몸을 통해 태껸을 연구하고 또한 한 명이라도 더 배워서 맥이 끊어지지 않도록 해야겠다는 마음으로 시작했습니다. 제가 열의를 가지고 적극적으로 하니 많이 가르쳐 주십니다. 현재까지의 느낌으론, 태껸이라는 무예에 씨름, 유도, 주짓수, 쿵후, 아이키도 등 세계의 모든 무술이 들어있는 것을 볼 수 있습니다. 한국 TV에서 보여지는 태껸과는 많은 차이가 있습니다. 제가 처음으로 한침의 그 신비함을 접했을 때 왔던 감동의 눈물이 전통 태껸 맥에서도 같이 느낄 수 있었습니다.

『선도체험기』는 제가 105권까지 읽었습니다. 106권부터 111권까지 구입하여야 합니다. 운송비 포함 책값과 계좌번호를 알려주시면 바로 입금하겠습니다. 그리고 생식은 한상윤 사장을 통해 산 것이 아직 남아있습니다. 그 생식을 마무리 하고 다음부턴 스승님께 전처럼 구했으면 합니다.

수련의 가장 큰 애로사항은, 한국에 있을 때는 삼공재에 다니면서 수시로 저의 상태에 대해 점검도 받고 스승님의 기운도 받을 수 있었으나 이곳에서는 아무래도 한계가 있어서 안타까운 점이 있습니다. 그리고 삼공재에서 수련할 때면 같이 격려해 주시던 도반님들 또한 수련에 많은 도움이 되었으나 같이 수련할 그런 분들이 여기엔 없는 것이 안타깝습니다. 혼자 사막에 떨어져 나온 것 같은 느낌이 들 때도 있지만 그래서 수련에 목말라 하는 것 같습니다.

언제라도 항상 삼공재로 가고 싶지만 못 가는 상황 이해해주시고 도반님들께 제 안부를 대신 전해주십시오. 언제나 감사합니다.

2016년 7월 12일

미국에서 제자 김종완 드림

【회답】

김종완 씨 나름으로 열심히 수련하는 모습이 손에 잡힐 듯 느껴집니다. 부디 계속 용맹정진하기 바랍니다. 유정희 씨의 근황도 알려주시기 바랍니다. 『선도체험기』는 지금 111권까지 나왔습니다. 가능하면 그곳 서점에서 구입할 수 있는 길은 없는지 알아보아 주시기 바랍니다.

【김종완 씨의 회답】

반디북 유에스에서 확인해보니 책을 판매하여 6권 모두 다 구입했습니다. 빠르면 이번 주말에 받아 볼 수 있을 것 같습니다. 서점에서 『선도체험기』를 다시 구입할 수 있게 되어 다행입니다.

정희씨는 요즘 아이들이 방학하여 여유 없고 힘들어합니다만, 엄마로서 최선을 다하고 있습니다. 한 애는 유치원 종일반에 보내어 그래도 주중엔 첫째 애만 보면 되기에 저랑 같이 클리닉에도 같이 가고 항상 붙어 있습니다.

참으로 다행스러운 것은 이렇게 같이 수련을 할 수 있게 되어 서로 잘못되고 잘된 점을 수시로 논할 사람이 서로에게 있다는 것입니다. 저와 항상 동일하게 수련을 하고 소통하고 서로를 채찍질 하고 있습니다. 저보다는 바람 속에서도 흔들림이 없는 사람인 것 같습니다. 시간 내서 편지 보내라고 얘기하겠습니다.

그리고 요즘 관을 하면서 어떠한 사람이나 장소에 집중하게 되면 인당 부분이 몹시 무겁고 또한 이물감 같은 것이 꽉 차면서 뭔가 두드리는 듯한 느낌이 계속 듭니다. 스승님께서 겪으셨던 현묘지도 전에 나타났던 딱딱딱 때리는 것처럼 소리는 나지 않지만 부리 같은 것으로 약간 쪼아대는 듯한 계속 신경 쓰이는 느낌이 오래 지속됩니다. 요즘은 관을 하든 안 하든 약간 더 심해졌습니다.

저만 그런 줄 알았더니 정희씨도 그런다고 합니다. 약간 묵직하며 느낌이 묘하고 눈이 떠지는 느낌 같다고 합니다.

요즘 수련에서 나타나는 변화 중 특이사항입니다. 빠른 답장 항상 감사드리고 계속 연락드리겠습니다.

2016년 7월 13일

김종완 드림

【회답】

한 쌍의 부부가 다 함께 구도자가 되어서 상부상조하면서 산 설고 물 선 이국땅에서 잘 적응해 나가는 모습이 대견합니다. 다행히 선계의 스승님들도 김종완 씨 부부를 돕고 있는 것 같아 마음 든든합니다. 나 역시 수련이 어려움 없이 잘 진행되기 바랍니다.

아내를 사형(師兄) 삼아

스승님을 뵌 지도 벌써 2주가 다 되어 갑니다. 7월 9일(토) 두 번째로 선생님을 찾아뵈었을 때 맨 처음 하신 말씀이 '서광렬 씨, 내가 착각했습니다'라 였습니다. 7월 1일 처음 뵙고 방문을 나서면서 제가 '다음 주 토요일에 수련하러 오겠다'고 말씀드렸으나 선생님께서는 이번 주 토요일인 7월 2일(토) 오겠다는 것으로 알아들으신 것입니다. 제가 크게 말씀드려야 하는데 제 목소리가 작다 보니 의사전달이 제대로 되지 않은 것인데 그렇게 말씀하시니 선생님께서 정말 겸손하시다는 생각이 들었습니다.

주말이어서 그런지 다른 도우분들도 계시고 하여 마음이 편하여 단전호흡이 더 잘되는 것 같았습니다. 아마 도우님들의 기운을 제가 빼앗아 갔을 수도 있고요.

선생님은 찾아온 손님에 대하여 체질 점검을 하고 생식을 처방하는 것 이외에는 별 말씀은 없으셨으나 2시간 내내 찾아온 도우들의 상태를 일일이 점검해 보고 계시다는 것을 눈치로 알 수 있었습니다.

저는 반가부좌 자세가 익숙하지 않아 20분마다 다리를 풀었다 오므렸다 하느라 '삼매지경'은 꿈도 꾸어보지 못할 수준이지만 단전에 의식을 두고 있는 시간만큼은 '푹푹 찌는 삼복더위에도 삼공재에 가서 수련하는 이유가 있다'는 것을 실감할 수 있는 시간이었습니다.

지하철 · 버스를 갈아타고 파주 집에 7시 넘어 도착했더니 아내가 가방을 메고 현관을 들어서는 제 모습을 흘겨보더니 '거기 가서 수련하면 뭐가 달라?' 하는 겁니다. 저는 아무 생각 없이 '기운이 다르지' 했는데 아내는 기다렸다는 듯이 '다르긴 뭐가 달라? 그냥 집에서 단전 호흡하면 되지 토요일 아침에 나가 이항애 정형외과인가 뭔가 하는 데 가고 수련하러 『선도체험기』 저자에게 가고 서울 바닥을 헤집고 다니다 해질 무렵에야 들어오고 말이야. 평일에는 사무실 일 바쁘다고 새벽에 나가 밤 10시 이후에나 들어오고, 주말에는 애들은 뒷전이고 자기가 좋아하는 등산이다 수련이다 쏘다니고… 앞으로도 매주 갈거예욧?' 하는 겁니다. '아차' 하는 생각이 들었습니다. 제가 제 생각만 했던 것입니다.

아내도 세무공무원인데 두 딸아이(9살, 7살) 취학 때문에 휴직하고 집에서 애들 뒤치다꺼리하느라 바쁜데 남편이란 작자는 평일에는 꼭두새벽에 나가 밤늦게 들어오고 주말에는 혼자 가방 메고 나가버리니 화가 날 법도 합니다.

역지사지, 여인방편 자기방편 등 숱하게 『선도체험기』에서 보아왔지만 생활 속에서 적용하여 그 묘미를 살리지 않으면 다 소용없는 것이 아닐까 하는 생각이 들었습니다. 머릿속으로 아는 것과 실생활에 적용하는 것은 하늘과 땅 차이가 난다고 할까요.

솔직히 이럴 때는 결혼하지 않고 혼자 사는 것이 부러울 때도 있습니다. 그러나 결혼하고 같이 살면서 배운 점도 많은 것 같습니다. 저는 평소에는 잘 지내다가도 저도 모르게 열이 받치거나 팩 토라져 갑자기 큰 소리를 지르기도 하는 못된 버릇이 있었는데 아내에게 수십 번 지적을 받았습니다. '『선도체험기』만 읽으면 뭐해요? 행동은 다른 사람하고 똑 같은데…' 하는 핀잔도 많이 받았고요.

하지만 『선도체험기』를 꾸준히 읽고 나 자신의 행동에 대해 곰곰이 관찰하다 보니 저의 자격지심 내지 속 좁은 마음에서 그런 행동이 나온다는 것을 알고 나서는 자연히 그런 행동을 하는 횟수도 줄고 또 그런 괴팍한 행동을 미처 제어하지 못해 나오는 순간 '내가 다시 그런 행동을 하고 있구나'라는 것을 감지하게 되더라구요. '제 아내가 저의 가아의 모습을 비춰주는 거울의 역할을 하고 있구나' 하는 생각을 자주 하게 됩니다.

한집에서 살면서 배우자의 의견을 경청하는 것이 가정생활에 무리가 없을 것으로 보여 삼공재를 방문하여 수련하는 것은 매주 가기는 어려울 것으로 판단하고 있으며 2주에 1번 배우자의 허락을 얻어 방문할까 합니다. 그리고 평소에 아내에게 점수를 좀 따야겠습니다. 이번 토요일에 찾아뵙는다고 말씀드렸는데 토요일에는 가족행사가 있어 뵙기 어려울 것 같고 다음 주 토요일에 찾아뵐까 합니다. 자주 찾아뵈어야 하는데 죄송합니다.

저는 여름휴가를 극성수기인 7월말~8월초를 피해 남들보다 좀 빨리 다녀왔습니다. 작년에 이어 다시 제주도를 아내와 두 딸 아이와 함께 찾았는데 제주도 숙소 근처를 아침 운동 삼아 걷다 보니 우연히 제주시 조천읍 북촌리 마을에 가게 되었습니다.

마을 주위 표지판을 보다 보니 제주 4.3사건 당시 군 토벌대에 의하여 마을주민들이 대학살을 당한 곳이라는 것을 알게 되었고 '이곳에는 원혼들이 많이 있겠구나' 하는 생각이 들었습니다. 저는 기감이 둔한 편인지 빙의가 된다는 느낌이 어떤 것인지 잘 알지 못합니다.

다만 '선도수련을 꾸준히 하여 수준이 높아져서 억울하게 죽어간 영혼들을 천도할 수 있다면 하화중생할 수 있으니 보람을 느낄 수도 있겠다'는 생각이 들었습니다. 경험한 내용도 아닌데 저 혼자 상상의 나래를 펴는 것 같아 쑥스럽기도 하지만 선도수련에 새로운 자극이 된 것 같아 선생님께 말씀드립니다.

요즘은 『선도체험기』를 읽다 보면 선생님께서 '기력이 떨어진다' 하시고 '떠날 때가 되면 미련 없이 훌쩍 떠나버린다'고 하시는 내용을 읽을 때마다 아직 걸음마 단계인 제 입장에서는 조바심이 나는 건 어쩔 수 없는 것 같습니다. 제자들을 공부시키기 위한 하나의 방편으로 그런 말씀을 하시는 것으로 알아듣고는 있는데 허투로 하시는 말씀은 아니신 것 같아 불안한 마음을 감출 수가 없습니다. 그럴수록 하루하루 헛되이 보내는 일이 없도록 수련에 박차를 가하도록 하겠습니다. 감사합니다. 스승님! 연락드리고 조만간 찾아뵙겠습니다.

단기 4349(2016)년 7월 20일

파주에서 제자 서광렬 올림

【회답】

아내를 사형으로 여기는 습관을 서광렬 씨가 나보다 훨씬 일찍 체득하여 생활화하고 있는 것 같아 무척 대견하게 생각합니다. 앞으로도 내내 그러한 겸손한 자세로 일관한다면 조만간 반드시 크게 한 소식하게 될 것입니다.

그리고 수련하는 데 정성만 집중할 수 있다면 상공재 출입을 자주 하는 것만이 능사는 아닙니다. 부인과 잘 타협하여 가정생활에서 부디 마찰을 빚지 말기 바랍니다.

그리고 서광렬 씨는 글 솜씨가 깔끔하니 수련과 관련된 진솔한 내면의 이야기들을 자주 나에게 써 보낸다면 무슨 일이 있어도 회답을 보낼 것입니다. 그러한 이야기들이 오가는 사이에 수련도 비약적으로 발전하게 될 것임을 의심치 않습니다.

끝으로 새삼 부탁하고 싶은 것은 부디 배우자의 의견을 존중하고 이 세상에서 가장 믿음직스러운 사형으로 알고 존중해야 한다는 것입니다. 평생을 같이 하는 아내의 존경을 받지 못한다면 수련이 다 무슨 소용이 있겠습니까?

북촌리나 원혼에 관한 이야기는 따로 할 기회가 있을 것입니다.

【서광렬 씨의 회답】

저의 글 솜씨에 대하여 스승님께서 칭찬을 해 주시니 몸 둘 바를 모르겠습니다. 저는 메일 내용을 작성하고 나서 보내기 전 두세 번 정도 읽는 사람 입장에서 읽어보고 의미전달이 잘 안되거나 모호한 부분이 있으면 수정한 후 발송하고 있습니다.

앞으로 1주에 한 번 정도 제 수련상황을 정리하여 스승님께 메일로 보내드릴까 합니다. 스승님을 찾아 뵐 수 있는 시간은 평일에 연가를 내지 않는 한 주말밖에 없는데 매주 주말마다 삼공재를 방문하는 것은 결혼생활에 지장을 초래할 것 같아 어려울 것 같고 대신 메일을 자주 드리고 삼공재 방문은 2주에 1번 정도로 생각하고 있습니다.

배우자에게도 2주에 한번 삼공재에 가는 방향으로 생각하고 있다고 했더니 흔쾌하게 허락하지는 않았지만 반대는 하지 않은 것으로 보아 큰 어려움은 없을 것으로 생각합니다. 아래는 일기체 형식으로 쓴 글인데 붙여서 보내드립니다.

이번 주 일요일(7.24)에는 근 1달 만에 산에 올랐다. 새벽 5시에 일어나 승용차로 파주 집에서 출발하여 500m쯤 갔을까 비가 내리기 시작하여 갈까 말까 고민이 되어 차를 갓길에 세우고 5분 정도 망설였다.

최근 이향애 정형외과에서 교정치료를 받느라 4주 동안 등산을 하지 않았더니 최근 들어 머리가 아픈 증세가 나타났다. 나와 같이 촌구에 비해 인영이 4·5성으로 큰 사람의 경우 하체운동을 꾸준히 하지 않으면 혈기가 머리로 올라가 두통이 유발될 수 있다. 올해 7월 1일부터 김태영 선생님을 찾아뵙고 삼공재 수련을 하기 시작하면서 기몸살의 일종으로 나타나는 현상일 수도 있겠다는 생각이 들었으나 그것보다는 최근 등산을 하지 않았기 때문이라고 판단되었다. 하늘을 보니 온통 먹구름이 낀 것은 아니라서 비가 오더라도 그리 많이 오지는 않을 것으로 보여 얼마간의 비는 맞을 각오를 하고 출발했다.

도봉산은 내가 가장 즐겨 찾는 산이다. 2000년경 『선도체험기』를 읽기 시작하면서 2008년초 결혼 전까지 거의 매주 도봉산 또는 북한산을 찾았다. 2003년에 치른 서울시 공무원 시험 후에 서울시청에서 어느 구청에서 일할 거냐는 전화가 와서 당시 도봉산을 좋아했던 나는 별 고민 없이 '도봉구청으로 보내 달라' 하여 2003년 말부터 도봉구청에서 6개월 정도 근무한 경험이 있을 정도로 도봉산을 좋아했다.

2008년 결혼 후에는 마누라 눈치 보랴 아기 키우느라 등산을 못하다가 결혼생활이 안정이 되기 시작한 2015년부터 다시 도봉산 등산을 시작한 것이다.

바위 타는 것은 누군가에게 정식으로 배운 것은 아니고 처음에는 다른 사람이 하는 것을 어깨 너머로 배우고 그 다음부터는 혼자 '어떻게 하면 저 바위에 오를 수 있을까'를 연구해서 내 나름대로의 방법을 터득하게 되었다. 나는 평소 타던 바위는 꼭 타야 직성이 풀리며 여유가 있으면 새로운 바위도 시도해 본다.

그러나 미끄러져 다칠 정도로 무리하진 않으며 다리가 후들거릴 정도로 위험이 느껴지는 경우에는 깨끗이 단념하고 그 바위를 기억해 두었다가 다음 산행 때 다시 시도해 본다.

그러면 그날그날의 컨디션에 따라 예상외로 쉽게 오르는 경우도 있다. 마음속에 두려움이 있으면 경사진 바위를 오르기 힘들겠지만 그렇다고 '이까짓 꺼'라는 생각으로 자만해 버린다면 생각지도 않은 곳에서 슬립(slip)을 당할 수도 있다는 생각으로 조심한다.

바위 타는 데 있어서의 마음상태 또한 두려움도 자만도 아닌 중용의 미를 살려야 하나 보다. 무엇보다 신기한 것은 깎아지른 바위를 보면 오르고 싶다는 생각이 드는 것은 거의 본능에 가깝다. 아마 내 전생에도 바위하고 친하지 않았을까 생각해 본다. 아빠를 닮아서인지 첫째 딸도 바위가 있으면 무조건 올라가고 본다.

1시간 정도 차를 몰아 도봉산 주차장에 도착하여 등산을 시작하니 오전 6시가 조금 지났다. 항상 등산하는 방향은 포대능선을 따라 산을 올라 Y계곡, 신선대, 칼바위, 뜀바위 방향으로 진행한 후 하산할 때는 계곡코스를 이용하여 도봉산 탐방센터 쪽으로 내려온다.

보슬비가 간간이 내리고 있어 바위가 미끄러워 항상 타던 바위를 못 탄 게 몇 개 있어 아쉽긴 했지만 안전이 우선이라 어쩔 수 없었다. 경사진 바위 면의 물기 때문에 신발이 미끄러지며 얼굴이 바위에 닿으려는 찰라 이를 막기 위해 바위에 손을 짚었는데 충격이 있었는지 손목이 시큰거린다. 물기로 인하여 바위가 미끄럽긴 했지만 도봉산 정상의 바위들이 안개에 휩싸인 모습은 내가 무릉도원에 와 있는 듯한 착각을 일으키기에 충분했다.

『선도체험기』에 여삼총사 등 등산에 대한 이야기가 간혹 등장했었고 그 글을 읽을 때마다 나도 선생님이 이끄는 등산모임에 끼어서 함께 할 수 있다면 정말 좋겠다는 생각을 많이 했었는데 선생님을 처음 뵙던 7월 1일에 선생님께 '요즘도 등산하십니까?'라고 여쭤보니

'기력이 달려서 등산을 못 한다'고 하시니 아쉬운 마음을 금할 길이 없다.

선생님과 함께 산에 오를 수 있다면 등산도 하면서 삼공재에 방문한 것과 동일한 효과를 낼 수 있어 일거양득일 것 같은데 선생님을 늦게 찾아 뵌 나의 게으름을 탓할 수밖에.

그러나 더 이상 삼공재 방문을 늦추지 않은 것에 스스로 위안을 삼아 본다. 당시 선생님과 함께 등산하는 제자들은 일거양득이었을 터이지만 스승님은 등산하느라 기력소모가 있는 데다 제자들에게 기운을 뺏겨 이중고에 시달리지는 않았을까 생각해 본다. 당시 제자들과 함께 등산할 때의 선생님의 고충을 생각해 보지 않을 수 없다.

오랜만에 등산을 해서 그런지 등산한 후 이틀이 지났지만 아직도 어깨와 종아리가 뻐근하다. 몸은 참 정직한 것 같다. 매주 등산할 때는 등산한 오후에만 몸이 나른하다가 다음날 되면 아무렇지도 않았는데 이번에는 1달 만에 한 등산이라 그런지 다음날인 월요일에는 직장생활에 지장을 줄 정도로 피곤했고, 다음다음 날인 오늘도 완전히 회복이 되지 않으니 말이다. 우리 몸은 곧바로 자각 증상을 보여주니 우리가 몸을 가지고 수련한다는 것은 참으로 솔직한 사람과 이야기하듯 바로바로 몸의 상태를 알려주니 더없이 좋은 것 같다.

최근에는 기감이 좀 예민해진 것인지 내 몸에 빙의가 된 것 같다는 느낌이 많이 든다. 단전에 집중을 해도 그 전처럼 쉽게 단전이 따뜻해지지 않으며 정수리 부근 머리카락을 누군가가 잡아끄는 느낌이 들고 어깨와 뒷목이 뻐근하고 두통이 있으며 마음 상태가 안정되지 않고 짜증이 많이 난다.

어제 월요일에는 사무실에 에어컨을 6시 이후에는 틀어주지 않아 후텁지근하여 평소보다 빨리 퇴근하여 집에 9시 30분경 도착하였는데 집에 있어야 할 아이들과 아내가 없다. 전화해 보니 아파트 단지 내에 야시장이 열렸는데 다른 학부모들과 만나 막걸리 파티를 하고 있단다. 거실에는 청소하다 만 듯 먼지가 수북하고 싱크대에서는 악취가 진동한다. 10시 10분경 아이엄마가 들어와 애들만 집안에 들여보내고 나서 다시 막걸리 파티로 복귀한다. 아이들이 목욕하고 나서 내의를 달라고 하는데 옷장에 빨아놓은 내의가 없다. 세탁기를 보니 이제 막 세탁을 끝낸 아이들 옷이 그대로 방치되어 있다. 짜증이 난다. 한소리 해야겠다.

10시 50분경 들어오는 아내에게 '애들 팬티와 메리야스가 부족하면 더 사라'고 했다. 팩 토라지기 잘하는 남편이 지금 짜증이 나 있다는 것을 아내는 금방 알아챈다. 고수다. '짜증났어요?' 하며 옆구리를 툭 건드린다. 나는 일그러진 표정을 보이기 싫어 애써 외면했다. 그냥 씻고 둘째 아이 방 침대에 누웠다. 무척 더웠다. 요새는 열대야 때문에 온 식구가 안방에서 에어컨을 틀고 잔다. 그래도 시원한 안방으로 가기는 싫었다.

내 경험상 짜증이 나 있을 때는 가능하면 대면하지 말고 말을 하지 않은 채 얼마간의 시간을 보내고 나서 짜증이 풀리면 사과를 하는 것이 좋다. 그래도 『선도체험기』를 읽으며 마음공부를 좀 했던 덕분인지 예전 같으면 큰 소리를 쳤을 법도 한데 더 이상 상황을 악화시키지 않은 게 다행이라는 생각을 하면서 잠을 청했다.

새벽 5시에 일어나 안방에 가서 아내에게 '어제 내가 짜증냈지?'라고 말하며 꼭 안아 주었다. 아내는 '괜찮다'고 했다. 어제 청소하다가 같은 아파트 단지 내에 살고 있는 학부모 아줌마들로부터 전화가 와서 소위 '번개팅'을 하자고 하여 나갔다고 한다. 상대방인 아내 입장에서는 충분히 이해될 수 있는 상황인데 내 입장에서만 생각한 건 아닐까? 아내가 집안 일, 아이들 돌보는 것은 뒷전이고 친구들 만나서 노는 데 정신이 팔려있다고 생각한 것이다. 세탁기 돌려놓고 청소하다가 전화가 와서 잠깐 나가 친구 학부모들과 막걸리 한잔 한 것뿐인데… 내 입장에서만 생각하다 보니 짜증이 난 것이다. 마음이 뒤틀려 있으니 보이는 것 들리는 것 모두 못마땅한 것이다. 역지사지하기가 쉽지 않다. 아직 내 아상의 껍질은 엄청 두꺼운가 보다.

이상입니다. 수련과 관련된 일상의 일들은 일기체로 작성하는 게 편하여 그리 하였습니다.

제 수련상황을 간략히 말씀드리면 몸 공부면에서는 정형외과 교정이 끝나 주말마다 5시간 정도 등산하는 것을 재개하였으며 매일 아침 1시간 정도 걷기 또는 달리기를 하고 있으며, 양반걸음(20분) 및 방석숙제(10분)를 잠자기 전에 실시하고, 생식은 매일 2끼 이상을 실천하고 있습니다. 기 공부면에서는 단전호흡시 하단전을 의식하면 얼마 지나지 않아 따뜻함을 느끼고는 있으나 뜨겁거나 달아오른다는 느낌은 없습니다.

단전호흡을 하면 정수리 쪽이 간지럽거나 원형의 판때기를 올려놓은 것처럼 무게감을 느끼기도 하지만 의식적으로 하단전에 집중하면서 축기를 하려고 노력하고 있습니다. 스승님이 『선도체험기』에 말씀하신 것처럼 축기가 잘되면 물이 차면 밖으로 흘러 넘치듯 자연히 경락을 타고 기가 흐르게 되리라고 생각하고 있습니다.

마음 공부면에서는 『선도체험기』를 순서대로 읽어나가며 101권을 읽고 있으며 선생님 저서인 한단고기 상하권을 다시 읽어보려 합니다. 한단고기 책은 예전에 구입하였으나 대충 보아서 내용에 대해 기억나는 것이 없어 다시 읽어보아야 할 필요성을 느꼈으며 이해를 돕기 위하여 지도가 나와있는 '『환단고기』'(안경전 역주) 책을 구입하였습니다.

이번 주 토요일에는 아내의 허락을 얻어 삼공재를 방문할 예정입니다. 지난번에 주문한 생식이 1/3 가량 남아있기는 하나 2주 정도 버틸 분량은 아니라서 삼공재 방문하는 김에 생식도 처방받고자 합니다. 그리고 최근 발간된 『선도체험기』 109권~111권도 선생님께 구입할 예정이구요. 그럼 이번 주 토요일에 찾아뵙겠습니다. 스승님! 감사합니다.

단기 4,349(2016)년 7월 26일

파주에서 제자 서광렬 올림

【회답】

도봉산은 명산이어서 전문 산악인들이 전국에서 많이 모입니다. 첫눈에 알아볼 수 있으니 될수록 그들과 친해지기 바랍니다. 그들의 냉골 입구 통과 시간은 대체로 오전 8시에서 9시 사이입니다. 그들과 친해져서 따라다녀야 배울 것이 있습니다. 그들은 자일을 이용하지 않고 순전히 두 손과 두 발의 감각으로 바위를 탑니다.

내가 쓴 '한단고기'는 20여년 전에 나온 것이어서 이제는 낡은 것이 되어버렸습니다. 안경전 역주 '『환단고기』'는 미흡한 부분들이 눈에 뜨이긴 하지만 새로운 정보를 많이 싣고 있습니다.

7월 30일 오후 3시에 기다리겠습니다.

두 가지 문제

안녕하십니까? 선생님. 울산에 사는 최성현입니다. 생식이 다 떨어져가서 다시 주문하려고 이렇게 매일드립니다. 계좌번호랑 가격을 알려주시면 바로 입금하겠습니다. 몸무게가 별 차이가 없어서 전에 먹던 걸 그대로 먹으면 될 것 같습니다.

다행히 제가 가지고 있던 두 가지 문제를 알게 되어서 수련에 좋은 변화가 있을 것 같습니다. 하나는 생식할 때 면류와 같은 음식을 같이 먹어서 생식의 효과를 제대로 못 봤다는 것입니다. 생식하면서 몸무게가 오히려 조금씩 증가하여 왜 그럴까 하고 고민하다가 문제를 알게 되어 지금은 생식 3순갈에 반찬만 먹는 걸로 바꾸고 운동을 하여 몸무게가 조금씩 줄어들고 있습니다. 두 번째는 기공부 쓰다 운을 느끼는 것에 집중해야 되는데 천부경 외우는 거에만 정작 기운에는 소홀하였습니다.

기운을 제

이제는 최우선으로 기운을 느끼는 것에 집중해 보니 일을 하 대로 느끼고 있고 평소에도 단전의 기운이 좀 더 원활해지고 고 나서 쉴 겸 의자에 앉으면 기운을 있습니다.

부를 더 제대로 해보겠습

부족한 부분을 고쳐나가 니다.

항상 감사합니다. 선생님.

2016년 7월 24일

최성현 올림

【회답】

생식을 할 때는 그전에 먹던 주식인 밥, 빵, 국수, 라면, 떡 같은 것은 일체 먹으면 안 된다는 것을 강조했건만 이제야 뒤늦게나마 정신을 차린 것 같습니다.

비록 뒤늦게라도 실 체험을 통하여 그 사실을 알게 된 것은 다행입니다. 그리고 기 수련에도 눈뜨게 된 것 역시 잘한 일입니다. 아울러 이 기회에 내가 『선도체험기』에 소개한 바 있는 주문(呪文) 수련에도 관심을 기울이기 바랍니다. 태을주나 시천주주 같은 주문을 면서 기수련을 하면 의외로 좋은 성과를 올릴 수 있을 것입니다.

시도해 보시기 바랍니다.

일상생활에서 관을 해 보도록 하겠습니다

요새 한낮에는 찌는 듯이 더워 움직이기가 거북하고 밤에는 후텁지근한 날씨에 잠을 제대로 잘 수 없으니 바야흐로 여름의 절정에 와 있는 듯합니다. 사부님과 사모님은 이러한 날씨도 마다하지 않으시고 변함없이 수련자를 맞아주시니 저와 같은 구도자 입장에서는 감사할 따름입니다.

지난주 토요일(7.30) 세 번째로 선생님을 찾아뵈었는데 그날도 무척 더운 날씨였습니다. 지하철 강남구청역에서 내려 5분 남짓 걸어가는데도 땀이 삐질삐질 나는데, 삼공재에 도착하여 선생님께 인사드리고 반가부좌 자세로 앉긴 앉았는데 어찌나 땀이 나던지 티셔츠 안에 입었던 내의가 다 젖은 느낌이었습니다. 처음엔 더워서 집중이 안 되었으나 에어컨을 틀어 주셔서 점차 더위가 가시고 호흡에 집중할 수 있었습니다.

하단전에 집중하자 하단전이 뜨거워지면서 그 열기가 상단전 쪽으로 올라가는 것처럼 느껴졌습니다. 하단전이 계란과 같은 크기의 타원형처럼 보이고 하단전이 달아오르며 하단전 주위가 그 열기로 인해 수증기가 위로 올라가는 것처럼 보였습니다. 마치 이른 새벽 잔잔한 호숫가에 모락모락 피어오르는 안개처럼요. 엄밀히 말하자면 화면으로 보인 것은 아니고 머릿속에 그런 모습이 상상이 되었다는 것이죠.

하단전을 제외한 다른 곳에서 나타난 현상을 말씀드리면 단전호흡을 시작하자마자 오른쪽 견갑골 아래 부분에 경련이 일어났으며, 수련 내내 정수리도 간질간질하였으며 뒤쪽 목 부분에는 파스를 바른 듯이 화끈거리면서도 시원한 느낌이 들었습니다. 오른손 손바닥 등에도 바늘로 가볍게 콕콕 찌르는 듯한 통증이 있는 등 여러 가지 현상이 있었으나 지금은 축기에 전념할 때라고 생각되어 행주좌와어묵동정 염염불망의수단전을 생각하며 하단전에만 의식을 두면서 호흡하려고 노력하였습니다.

수련 도중 20분 정도 같은 자세에서 정좌하고 있으면 다리가 저려 와서 반가부좌를 풀고 주무른 다음 다시 양반다리를 하고 앉아서 수련하지 않을 수 없었습니다. 사부님을 처음 찾아 뵈었을 때 '정좌하여 단전 호흡하는 것을 매일 연습하라' 하셨는데 매일은 하지 못하고 생각날 때마다 했더니 습관이 아직 되지 않은 것 같습니다. 매일 10분~20분 정도라도 잠들기 전에 정좌하여 단전호흡하는 습관을 들이도록 하겠으며 『선도체험기』를 읽을 때에도 정좌하여 단전호흡하며 읽도록 하겠습니다.

신기한 것은 삼공재에서 나와 지하철과 버스를 갈아타고 버스에서 내려 집으로 걸어오는데 의식하지 않았는데도 단전이 따뜻한 겁니다. 그 전에는 의식을 해야 단전이 따뜻해지곤 했었는데 신경을 쓰지 않았는데도 단전이 따스하니 '내가 삼공재에 가서 스승님께 불씨를 하나 얻어왔구나' 하는 생각이 저절로 들더군요. 뿌듯했습니다.

꼭 영화 '드래곤 길들이기'에 나오는 것처럼 뱃속에 빨간 불씨를 품고 있는 용이 연상됩니다. 그 소중한 불씨를 꺼뜨리지 않기 위하여, 그리고 나아가 자가발전이 가능하도록 하기 위하여 열심히 수련하겠습니다.

선생님을 찾아 뵌 그날 저녁 가족과 함께 저녁을 먹는데 (저는 밥 대신 생식을 먹고 반찬은 평소대로 먹음), 내일 뭘 할 건지에 대하여 얘기가 나왔습니다. 아이들에게 의중을 물은 결과 스카이방방(아이들 놀이방)을 가기로 결정했는데 엄마 아빠 둘 중 누가 데리고 가느냐가 문제였습니다. 아내가 '내가 데리고 갔다 올게요' 하더니 약간 뜸을 들인 후 '오빠(아직 결혼 전에 쓰던 호칭 그대로 오빠라고 부릅니다)가 갈래요?'라고 묻는데 눈치를 보니 아내가 내심 애들 아빠가 가 주길 바라는 것 같아 제가 가겠다고 자청하였습니다. 아내는 '정말?' 하며 좋아합니다. 아내는 요즘 아이들이 방학기간이라 하루 종일 아이들과 부대끼느라 가끔씩 아이들에 대해 신경 쓰지 않고 혼자만의 시간을 갖고 싶은가 봅니다.

저는 일요일 도봉산으로 등산을 가려고 마음속으로 작정하고 있었는데 단념하였습니다. 가정의 평화를 위해 등산을 깨끗이 포기한 것은 잘한 일인 듯합니다.

토요일에도 삼공재 수련에 참석하느라 오후 시간을 가족과 함께 보내지 못했는데 일요일마저 예정대로 제가 등산을 강행했더라면 와이프가 쌍심지를 켜는 등 가정에 냉랭한 기운이 감돌 것은 불을 보듯 뻔한 일이지요.

아이들과 놀아주느라 등산하는 즐거움을 누릴 수는 없겠지만 아내가 원하는 것을 기꺼이 해 줌으로써 아내가 기뻐하는 것을 보면 제 마음도 환해지는 것을 느끼게 됨은 '너와 내가 따로 있는 게 아니구나' 하는 것을 실감하게 합니다.

스승님 말씀대로 아내를 사형처럼 대하며 잘해 주려 합니다. 여인방편 자기방편이란 문구가 갑자기 떠오릅니다. 일요일 아이들과 스카이방방에 가 있는 8시간 동안(정오 12시~저녁 8시) 아이들이 즐겁게 뛰노는 것을 바라보며 흐뭇해하며 『선도체험기』를 읽을 수 있어 나름대로 보람 있는 시간이었습니다.

주말에 『선도체험기』 읽기에 집중한 결과 선생님으로부터 구입한 111권까지 모두 읽었습니다. 시사문제와 상고사 부분은 제외하고 읽었는데, 시사문제는 틈틈이 시간을 내어 볼 생각이고, 상고사 부분은 안경전 역주 『환단고기』와 『증산도 도전』을 참고하여 볼 생각입니다.

최근에 나온 『선도체험기』를 시사문제 등을 건너뛰고 빠르게 읽은 이유중의 하나는 『선도체험기』를 처음부터 다시 읽고 싶어졌기 때입니다. 어제부터는 다시 『선도체험기』 1권부터 읽기 시작했는데 1권에 선생님께서 수련 초기에 도봉산을 등산하시면서 냇골(냉골이라고도 함) 바위를 타신 얘기와 임독과 독맥의 그림을 유심히 보신 내용 등은 제가 지금 수련하면서 하고 있는 행동과 너무 유사하여 눈에 쏙쏙 들어옵니다. 제가 수련을 본격적으로 시작한 지 얼마 되지 않은 시점이라서 『선도체험기』를 처음부터 다시 읽는다면 많은 도움이 되리라 생각하고 있습니다.

요즈음에는 평소 제 자신을 관찰하는 습관을 들이고자 노력하고 있습니다. 출, 퇴근시 파주 집에서 직장 사무실이 있는 인천 남동구 구월동까지 승용차를 이용하는데 편도상 거리가 43km로 아주 먼 거리는 아니지만 사무실이 인천 번화가에 위치해 있어 서울외곽순환도로 및 인천 시내에서 교통이 많이 막혀 편도로만 1시간 20분~30분가량 소요되는데 문제는 최근 들어 퇴근시 밤에 운전하다 보면 깜빡깜빡 졸면서 운전하는 제 자신을 발견하게 됩니다. 며칠 전에는 운전하다가 잠깐 눈을 감았다가 뜬 것 같은데 차는 벌써 몇 십 미터쯤 앞으로 진행된 상태더라고요.

아! 이러다가 교통사고가 날 수도 있겠구나 싶더라고요. 보통 평일에 잠을 6시간 정도 자고 점심시간 등을 이용하여 잠깐 눈을 붙이기도 해서 그리 잠이 부족한 편은 아닌데 졸음운전을 하게 되는 것은 빙의령의 장난일 수도 있다는 생각이 들기도 하는데 빙의된 느낌도 잘 모르겠고 화면에 보이는 것도 아니라서 답답합니다. 그래서 선생님이 『선도체험기』에서 시종일관 말씀하신 관(觀)을 해 볼까 합니다.

빙의령 때문에 졸리는 것인지 아니면 실제 수면시간이 부족하여 이런 현상이 발생하는 것인지 자세히 살펴보려 합니다. 졸음운전뿐만 아니라 배가 고프면 배고픔에 대해 관찰해 보고 사무실 일로 근심걱정이 생기면 근심걱정의 실체에 대하여 곰곰이 생각해 보고, 육아 등에 문제가 생기면 이를 화두로 삼아 해결책을 마련하는 등 관(觀)을 마음공부의 방편으로 삼고자 합니다. 『선도체험기』를 읽으면서 '관하라'는 말을 수백 번을 들었을 터인데 이제 관을 해 보고자 하는 제 자신을 보면 '좋은 도구를 옆에 두고도 지금까지 사용하지 않았구나'란 허탈감과 동시에 '지금이라도 늦지 않았다'는 안도감이 듭니다. 일상생활을 하면서 시시각각 변화하는 제 자신을 관해보고 나서 그 경과를 스승님께 말씀드릴까 합니다.

이 세상에서 구도자로서의 길을 가는 데 있어서 스승님과 같은 훌륭한 안내자를 만난다는 건 더 없이 큰 행운임을 잘 알고 있습니다. 스승님의 기대에 어긋남이 없도록 또한 제 자성에게 부끄러움이 없도록 열과 성을 다하여 삼공공부에 매진하겠습니다. 감사합니다. 스승님!

단기 4349(2016)년 8월 2일

파주에서 서광렬 올림

[회답]

졸음운전이 통제가 되지 않는다면 당연히 관을 해야 합니다. 관이란 자성의 눈으로 거짓 나를 객관적으로 도마 위에 올려놓고 빈틈없이 살펴보는 것을 말합니다.

그래도 통제가 안 되면 우주의식의 가호를 받는 태을주(太乙呪) 주문을 외워서라도 운전 중 졸음은 무슨 일이 있어도 피해야 합니다. 그것도 안 되면 운전대를 아예 잡지 말고 자가용 외의 다른 교통수단을 이용함으로써 사고로 인한 죽음만은 피해야 할 것입니다.

생활 속의 선도수련 이야기

김광호

스승님, 사모님 안녕하십니까? 늘 많은 도움을 주셔서 감사드립니다.

금년 초의 내 인생에서 중요한 세 가지 이슈가 진행되었다. 4개월 간의 휴직기 동안 첫째 21일 단식체험을 무사히 마쳤고, 둘째 현묘지도 화두 수련을 마무리 한 후에, 셋째 정년퇴임 후 새 직장에 취직하였다.

몇 개월의 휴식 이후 직장생활을 다시 시작하면서 그 전의 나와 일정한 수련과정을 거치고 난 후의 나의 변화를 관찰해보며, 실생활에서도 과연 올바른 구도자의 길을 가고 있는지 스스로 점검해보는 시간을 갖고자 한다.

첫 번째는 다시 시작한 직장생활 이야기를 먼저 해볼까 한다. 회사에 입사하여 미팅 때 무엇을 말할 것인가? 화두 삼아 등산 시나 산보 시에 자나 깨나 몰입해 보았다.

문득 이곳 광주는 야구의 고장이니 야구와 관련하여 사자성어를 만들어 보면 사람들이 기억하기 쉽지 않을까 하는 생각이 떠올랐다. 야구하면 먼저 떠오른 단어는 홈런과 안타이다.

회사의 본질적인 역할과 야구의 단어를 조합해 보았다. 곧 "정통안타"가 텔레파시로 떠오른다. 야구공을 방망이로 정통으로 맞추어

안타를 때린다는 의미이다.

회사에서 일하는 동안 행동지침으로 삼을 수 있도록 해보아야 하겠다고 생각했다. 현재 이 "정통안타" 네 글자를 전술로 활용하여 적용해보곤 한다.

정은 정리정돈, 통은 소통 문화, 안은 안전, 타는 타이밍의 의미를 적용하여 보았더니 나름 괜찮아 보인다. 이것을 전술로 활용해보기로 한다. 정통안타를 때려라!

기억하기도 쉽다.

산행하면서 떠오르는 망상은 흘려버리고 풀어야 할 과제는 화두삼아 관해본다. 회사 업무상 리모델링한 창고를 사용하고 있는데 늘 안전이 문제이다.

안전사고 예방에 대해 고민하다 보니, '미니 안전기원제' 아이디어가 떠오른다. 안전의식, 정신교육도 고취하고 먹거리도 지원할 수 있는 피자로 미니 기원제를 해보면 좋겠다는 생각이다.

시행은 피자 다섯 판을 사서 미니 안전기원제를 했는데 근무하는 직원 안전의식도 좋아지고 피자파티도 하고 일석이조라 생각되었다.

안전 기원제 지내면서 축문을 낭독하는데 한줄기 묵직한 기운이 백회로 들어오는 것이 체감된다. 아마 그곳에 머물고 있는 지박령이란 느낌이다. 이후 사고가 현저히 줄어들었다.

이제 생활하면서 발생되는 모든 문제는 관을 통하여 해결할 수 있으리라 자신감이 생긴다. 해결해야 할 문제를 자성에 놓고 자나 깨나 몰입하거나 명상을 통하여 해결책을 찾을 수 있는 훌륭한 방편

무기가 생긴 것이다.

두 번째는 선도수련이다.

새벽 인시(3시~5시)에 양의 기운을 받으며 일어난다. 모자를 쓰고 장갑을 끼고 등산화를 신고서 집 앞 월봉산을 오른다. 새벽의 상큼한 기운을 느끼면서 심법으로 백회, 상단전, 중단전, 하단전, 용천혈까지 연결하고 새벽 기운을 소통하면서 올라간다.

오르막길에서는 호보 운동 즉 호랑이 걸음처럼 걸어가는 것이다. 회사에는 젊은 친구 중에 의외로 허리 아픈 사람이 많이 있다. 운동은 게을러서 못하고 식탐으로 몸은 점점 비대해지다 보니 자연히 허리가 아픈 것이다. 산 정상에서 명상을 20분 정도 한다. 달과 별의 기운과 교류하는 시간이다. 내 기운은 우주기운, 우주기운은 내 기운. 우주와 나는 하나이다. 이렇게 되새기며 새벽 산행을 한다.

회사 안에 연못이 있다. 커다란 잉어들이 몰려다니는 모양을 보면 저것들도 살기 위해 애를 쓰고 있다는 생각이 든다. 내가 지나가면 신기하게도 내 발걸음을 향해 몰려든다.

그 큰 입을 벙긋거리며 따라붙는 통에 나는 하는 수 없이 멈춰서게 된다. 녀석들도 덩달아 동작을 멈추는데 그 모양이 우습기도 하고 애처롭기도 해서 한참을 들여다본다.

별달리 줄 것도 없는 나는 내가 쓸 수 있는 기운을 모아 녀석 하나하나에게 던져 줘본다. 신기하게도 뻐끔거리며 받아먹는 폼이 그럴싸하다.

매일 같은 시간에 눈을 맞추다 보니 이제 녀석들과의 소통도 자연스럽게 이어지는듯하다. 출근길에는 먹이를 찾듯이 사람 발걸음을 좇아 다니지만, 퇴근길 저녁에는 녀석들도 명상을 하는 듯 연꽃 아래에 자리를 잡고 고요히 숨을 죽인다. 비단잉어의 수명이 무려 60 여년이나 되는 이유가 하루 중 명상시간을 가져서인가 싶어 혼자 웃는다. 다 제 눈에 안경으로 보여지는 것이니 모르는 사람이 들으면 나를 이상하게 볼지도 모를 일이다.

처음 이 연못을 발견하고 산책코스로 정말 좋겠다는 생각을 들었다. 아침 출근길에 날씨에 상관없이 비가 오나 눈이 오나 바람 부나 매일 다섯 바퀴씩 돌자 마음먹은 뒤로 하루도 빠짐없이 실행하고 있다. 이곳을 산책할 때는 그날 할 일이 자동으로 떠오르고 정리가 된다.

특히 그때 백회, 인당, 용천, 노궁, 명문, 신도 등으로 운기됨을 알 수 있다. 특히 두 바퀴째 돌면은 허리가 세워지면서 명문, 신도혈 등으로 고무 압착기로 붙이듯 피부호흡이 되는 것을 체감할 수 있어 온몸에 기운이 충만하게 느껴진다.

저녁 명상 시에 특별히 호흡이 쉬는 듯 안 쉬는 듯 이루어진다. 기운이 온몸으로 마른 스폰지에 물이 빨려오듯 흡수된다.

단전이 달아오르고 백회, 인당에 운기가 강하게 느껴진다. 허리가 반듯이 세워지고 삼합진공이 되어지고 백회, 인당이 폭발할 것 같은 느낌이 온다.

호흡이 멈춰지듯 하면서 전신으로 기운이 운기된다. 또한 발바닥 호흡이 된다. 용천혈에 구멍이 뚫린 것처럼 기운이 들어오고 나감이 자동차 타고 가다 문을 열고 손을 내밀어 바람을 온몸으로 느껴 보는 것처럼 강하게 온다.

곧이어 기운이 장대하게 느껴지면서 심법의 경지를 배우라는 전음이 온다. 아무래도 큰 일이 벌어질 것 같은 예감이 든다.

내심 영안이 트이려고 그럴까? 하는 생각이 든다. 수련은 계속 진보하고 있다고 확신이 온다. 한번은 목욕탕에서 문득 피부호흡이 될까 싶은 호기심이 들어 나는 기어이 확인에 들어가 보았다.

곧. 냉탕으로 들어가서 물속 깊이 잠수하여 숫자를 마음속으로 천천히 세어 보았다. 하나, 둘, 셋 삼십까지 세보고 물 밖으로 나왔는데 호흡이 전혀 가쁘지가 않다. 아! 이거야말로 말로만 듣던 피부호흡이로구나! 사람이 코로만 호흡해야 살 수 있는 게 아니라 피부호흡도 병행하여 살아가는 거라는 상식을 이제야 체험해보다니 놀랍기만 하다.

이렇게 깨닫게 된 피부호흡이니만큼 어떻게 잘 활용해야 할 것 같은데 차차 생각해보아야겠다. 수련이 향상되고 기운이 충만해지면서 내 모습이 우러러 보인 탓이 크다. 따라가기엔 하늘과 땅만큼의 차이인줄 알지만 첫 삽질이 중요하기에 나는 오늘도 끄적거려 보는 것이다.

세 번째는 수행에 필수인 등산체험에 관한 이야기이다.

토요일 삼공재에서 명상수련하고 집에 도착하니 22시였다. 오늘따라 칠흑 같은 밤하늘을 올려다보니 별이 유난히 반짝인다. 불현듯 지리산 천왕봉이 간절히 그리워지는 건 왜일까?

나는 두 번 생각할 틈도 없이 등산 장비를 챙기기 시작했다. 잠깐 눈을 붙이고 나서 새벽 1시에 집을 나섰다. 광주에서 지리산까지는 총 2시간 30분이 걸린다.

중산리 매표소에 도착하니 3시 30분이다. 한 치 앞도 안 보이는 지리산 숲은 칠흑처럼 캄캄하다. 고요한 밤에 두 팔을 벌리고 선채 우주의 기운을 통째로 받아들이는 듯 울창한 나무들의 기운도 팽팽하게 감지된다.

몇 걸음 더듬대며 걷다가 돌부리에 걸려 넘어질 뻔했다. 그러고 보니 급히 나오느라 헤드 랜턴도 빼먹고 두고 왔다. 아쉬운 대로 스마트폰 후래쉬를 이용하려는데 배터리마저 간당간당했다. 생각보다 오래 버텨주는 통에 날이 밝을 때까지 무사히 나를 이끌어주었다. 이 또한 감사할 일이다.

앞에 두 명의 여성이 올라가고 있다. 요즘 사건사고가 등산할 때 많이 나고 보니, 저 여성들에게도 내 인상이 혹시 불안감을 조성하는 건 아닐까 염려스럽기도 한다.

짐짓 밝은 목소리로 인사를 먼저 건네니 자연스럽게 말이 오갔다. 서울에서 왔단다. 서울에서 전날 22시 30분 버스를 타고 와서 새벽 산행을 즐기는 것이었다.

여자들이 겁도 없나 싶기도 했지만 그 열정에 박수를 보내고 싶었다. 등산 사고 뉴스가 나온 뒤로 앞산 산책 가는 것도 벌벌 떠는 아내에 비하면 그 용기가 대단한 것 같다.

저만큼서 단체로 등산하는 무리들이 보인다. 얼마 안가 가볍게 추월하며 앞질러 갔다. 산행하는 또 다른 등산객들을 앞질러 갔다.

수련 후 나의 등산 행보는 대부분 이러하다. 우스개소리로 축지법을 쓰느라고 농을 하곤 하지만 실제로 그만큼 체력이 많이 길러졌다.

앞만 보고 한참을 오르다 보니 지리산에는 돌계단이 많다는 것을 새삼 느낀다. 중산리 매표소에서 천왕봉까지 5.3km이니 등산로가 가파르고 돌계단을 많음을 알 수 있다.

등산 중에 문득 『선도체험기』에 나와 있는 효봉 스님이 제자한테 마음공부를 가르치는 방편이 생각났다. 효봉 스님은 제자와 함께 탁발을 나갔는데, 그날따라 시주가 많아서 걸망이 무거웠다. 제자가 걸망을 지고 무거운지 자꾸 뒤처지며 투정을 한다. 스님은 무언가 가르침을 줘야겠다고 생각했다.

그때 물동이를 이고 가는 아낙이 걸어가는 게 보였다. 스님은 다짜고짜 달려들어 아낙에게 순식간에 뽀뽀를 해버렸다.

그 걸 본 동네 사람들이 죽일 듯이 쫓아오고 두 스님은 꽁지가 빠지게 도망갔다. 그렇게 전력으로 달려갔던 제자는 얼마나 혼이 빠졌는지 등에 진 짐은 무거운지도 몰랐음을 뒤늦게야 깨달았던 것이다.

이때 스님은 제자에게 "일체유심소조(一切唯心所造)"를 몸으로 체득하게 했다. 일체는 마음이 지어낸 것이라는 말이다. 그래서 이 마음의 방편을 활용해보고자 생각되었다.

돌계단 올라가는 것이 어찌나 힘이 들던지 살짝 꾀가 생기려고 할 무렵 효봉 스님의 제자 마음이 되어 보기로 했다.

이제부터 나는 평지를 걷고 있다고 몇 번 중얼거리고 나서 마음을 바꾸어보았다. 얼마간 시간이 흐르자 어느 순간 가파른 돌계단은 평지가 되어 내 발 밑을 받쳐주는 듯 날아갈 듯이 걸을 수 있었다.

휙휙 자신들의 앞을 가볍게 지나치는 나를 기인을 바라보는 듯한 등산객들의 시선을 뒤로하고 나는 처음으로 가장 빠른 등산을 경험했다.

일체유심조! 책 속에나 있던 활자가 체화되는 순간을 경험하게 해준 지리산이 형제처럼 느껴진다. 드디어 지리산 천왕봉에 도착하니 오전 6시 30분, 3시간 만에 올라온 것이다. 여름철 새벽 등산은 덥지도 않고 산행하기에 안성맞춤이다. 생각이 있는 곳에 몸도 따라가게 된다.

마음만 먹는다면 새벽등산의 또 다른 묘미를 느낄 수 있다. 천왕봉 정상에서 사진 몇 장 찍고 나서 명상과 먹거리로 가져간 생식을 간단히 먹고 나서 하산을 시작하였다. 내려오면서 풍경을 여유 있게 좋은 곳에서 잠시 좌정하여 즐겼다. 마음에 여유가 있으니 눈에 보이는 자연천지가 그렇게 아름다울 수가 없다 신선이 별거인가 싶었다.

내려오다가 우리나라에서 가장 높은 곳에(해발 1,450m) 있는 법계사에 들렀다. 법계사는 서기 544년(신라 진흥왕 5년)에 인도에서 건너오신 연기조사가 부처님 진신사리를 봉안하면서 창건하였다고 한다. 불상을 모시지 않고 부처님 진신사리를 향해 예배드리는 법당인 적멸보궁이다. 법당에 들어가서 한 시간 동안 명상을 하였다. 이 법당을 창건한 연기조사를 의념하고 하산하면서도 역시나 많은 돌계단을 어떻게 극복할까 하는데 옆을 지나가던 등산객이 하는 말이 걸작이다. 지리산 돌계단이 얼마나 지루하게 많았으면 산 이름이 지리산이었겠느냐 한다. 우리는 한편처럼 같이 웃었다.

나는 그래도 선도씩이나 배운 사람인데 나약할 수야 없지 않은가 그래서 이번엔 학창시절 소풍 가서 추고 놀았던 디스코가 떠올라서 이용해보기로 했다. 돌 하나 밟을 때마다 슬쩍 허리를 꺾으며 스텝을 밟으니 신기하게도 박자까지 맞춘 듯 금새 몇 개의 계단을 뛰어넘어갈 수 있었다. 마치 춤추는 소년이 되어 신바람 나게 단숨에 하산을 했다. 이렇게 즐거운 방법을 쓸 때에는 주위의 묘한 시선 또한 즐길 줄 알아야 하는 건 기본이다. 『선도체험기』에서 늘 강조한 "일체유심소조"요 "삼계유심소현"이 바로 이것이다.

글쓰기는 쓰면 쓸수록 어렵긴 하지만 재미 또한 쏠쏠하다. 현묘지도를 마친 지도 벌써 4개월이 지났다. 누구나 목표를 향하여 매진할 수는 있다.

하지만 그 목표를 이루고 나서 얼마나 실생활에 접목시킬 수 있느냐가 더 중요할 것 같다. 기운을 받은 만큼 소명의식도 같은 크기로 활용해야 한다고 생각한다.

도의 길은 올바르고 선하고 지혜로움을 행하는 것이다. 관하면서 늘 내면의 전음에 귀를 기울여야 할 것이다.

고구려의 조의선인은 평소에 고구려의 상징인 검은색의 도복을 입고 신선도를 수련하며, 몸과 마음을 닦았다고 한다.

수나라 양제가 113만 대군을 이끌고 고구려를 침공해 왔을 때, 을지문덕 장군은 살수에서 이들을 대파하여 살아 돌아간 자가 2,700명에 불과했다고 하는데 그 유명한 살수대첩이다. 이때 을지문덕 장군이 이끈 병사들도 바로 검은색 옷을 입고 신선도로 단련되었던 20만 조의선인 군사였다.

우리민족의 역사에서 잃었던 영토 중에서 가장 넓은 영토를 회복한 고구려는 신선도를 수련하여 국가 위기 시에 나라를 구하였다. 오늘날 우리는 선도수련을 어떤 방편으로 활용하여 공익에 기여할 것인지, 생활 속에서 어떻게 활용할 것인지 관을 생활화하며 참구해 보아야겠다.

스승님, 사모님 늘 건강하시길 기원합니다.

2016년 8월 6일

제자 김광호 드림

[회답]

인내천(人乃天)이요, 인중천지일(人中天地一)이다. 사람이 곧 하늘이며, 사람 속에 하늘과 땅 즉 우주 전체가 하나되어 들어있다. 일체유심소조(一切唯心所造)요 삼계유심소현(三界有心所現)도 결국은 같은 뜻이다. 무슨 일이든지 우리들 마음먹기에 따라 이루어진다는 뜻이다. 그 마음이 곧 하느님이요 사람인 것이다.

중요한 것은 이것을 수련 중에 깨닫고 어떻게 실천하느냐 하는 것이다. 깨달은 진리 자체를 그대로 믿고 실천하면 누구나 그렇게 된다. 이 믿음의 정도가 만사를 결정한다.

가파른 계단도 마음먹은 대로 평지처럼 걷게 된다. 이 글을 읽는 여러분도 김광호 씨처럼 자기가 깨달은 진리를 그대로 믿고 실천하여 보기 바란다. 수련 중에 깨달은 진리를 그대로 믿고 실천하는 사람이 바로 하느님이다. 그래서 사람은 누구나 다 하느님인 것이다.

이것이 유달리 한민족의 조상들의 믿음이 되어 지금까지 우리에게 이어져 내려오고 있는 데는 무슨 이유가 있을 것이다. 인내천(人乃天)에서 내(乃)자는 무엇은 곧 무엇이다라는 것을 시인하는 동사이다. 이왕에 깨달음을 얻었으면 층계 같은 지엽적인 것보다는 더욱더 근원적인 것을 거머잡아야 하지 않겠는가?

【부록】

금언과 격언들

오바마가 선택한 미국의 5대 명언

The only thing we have to fear is fear itself.

우리가 두려워할 것은 오직 두려움 그 자체뿐이다.

- 프랭클린 루즈벨트 대통령 -

The welfare of each of us is dependent fundamentally upon the welfare of all of us.

우리 모두의 개개인의 복지는 근본적으로 개개인의 우리 모두의 개개인의 복지에 달려있다.

- 시어도어 루즈벨트 대통령 -

No problem of human destiny is beyond human beings.

인간의 운명에 과한 문제는 인간의 본질 자체를 초월할 수 없다.

-존 F 케네디 대통령-

The government of the people, by the people, for the people.

국민의, 국민에 의한, 국민을 위한 정부. -에이브러햄 링컨 대통령-

The arc of the moral universe is long, but it bends towards justice.

도덕적 세계의 활은 길지만, 정의를 향해 굽어있다.

-마틴 루터 킹 목사-

밀란다왕이 나가세나 존자에게 물었다.

"스님, 내가 들으니 백 년 동안 나쁜 짓을 했더라도 죽기 전에 뉘우쳐 한 번만이라도 부처님을 생각한다면 천상에 태어날 수 있다고 합니다. 그러나 나는 그런 말을 믿지 않습니다. 또 살생을 단 한번 했더라도 지옥에 떨어진다는 말을 믿지 않습니다."

"어떻게 생각하십니까? 조그마한 돌맹이라도 배 없이 물 위에 뜰 수 있을까요?"

"그야 뜰 수 없지요."

"그렇습니다. 백대의 수레에 실을 만한 무거운 바위라도 큰 배에 싣는다면 물 위에 뜰 수 있습니다. 선업(善業)은 그 배와 같다고 생각하십시오." - 밀란다왕 문경 -

어떤 사람이 게으른데다가 걸핏하면 살생을 하고 남의 것을 제 것으로 만들며, 오입질을 하고 거짓말을 하며 요사스런 소견을 갖는 등, 온갖 나쁜 업을 지으면서 살았다. 그가 죽을 때에 많은 사람들이 찾아와서 "죽은 뒤에는 천성에 태어나소서" 하고 축원한다고 해서 그가 과연 천상에 태어날 수 있을 것인가.

그럴 수는 없다. 비유를 들자면, 연못 속에 무거운 돌을 던져놓고 나서 "돌아 떠올라라. 돌아 떠올라라" 하고 제아무리 축원을 한다고 해서 그 무거운 돌이 떠오를 수 있겠는가. 나쁜 업을 지은 그는 그 갚음으로 저절로 밑으로 내려가 반드시 지옥에 떨어질 것이다.

-『중아함』 가미나경 -

천하난사 심작우이(天下難事 心作于易), 천하대사, 심작우세(天下大事, 心作于細). - 노자(老子) -

세상에서 가장 어려운 일도 쉬운 것에서 시작되고, 세상에서 가장 큰 일도 사소한 일에서 비롯된다.

친구들아, 부처로서 구경(究竟)을 삼지 말라. 나 보기에는 부처도 한낱 똥단지와 같고, 보살과 나한은 목에 씌우는 형틀이요, 손발에 채우는 자물쇠. 이 모두 사람을 결박하는 물건이니라. - 임제록 -

『선도체험기』 113권에 계속됨.

저자 약력

경기도 개풍 출생
1963년 포병 중위로 예편
1966년 경희대학교 영어영문학과 졸업
코리아 헤럴드 및 코리아 타임즈 기자생활 23년
1974년 단편 『산놀이』로 《한국문학》 제1회 신인상 당선
1982년 장편 『훈풍』으로 삼성문예상 당선
1985년 장편 『중립지대』로 MBC 6.25문학상 수상

저서로는 단편집 『살려놓고 봐야죠』(1978년), 대일출판사, 민족미래소설 『다물』(1985년), 정신세계사, 장편 『소설 환단고기』(1987년), 도서출판 유림, 『인민군』 3부작(1989년), 도서출판 유림, 『소설 단군』 5권(1996년), 도서출판 유림, 소설선집 『산놀이』 ①(2004년), 『가면 벗기기』 ②(2006년), 『하계수련』 ③(2006년), 지상사, 『선도체험기』 시리즈 등이 있다.

선도체험기 112권

2016년 9월 20일 초판 인쇄
2016년 9월 30일 초판 발행

지은이 김 태 영
펴낸이 한 신 규
편 집 안 혜 숙
펴낸곳 글앤북
주 소 138-210 서울특별시 송파구 동남로 11길 19(가락동)
전 화 Tel. 070-7613-9110 Fax. 02-443-0212
등 록 2013년 4월 12일(제25100-2013-000041호)
E-mail geul2013@naver.com

ISBN 979-11-955266-7-3 03810 정가 15,000원